袒露在金陵

王彬 著

人民文学出版社

图书在版编目（CIP）数据

祖露在金陵/王彬著. —北京：人民文学出版社，2020
ISBN 978-7-02-016161-4

Ⅰ.①祖… Ⅱ.①王… Ⅲ.①散文集—中国—当代 Ⅳ.①I267

中国版本图书馆 CIP 数据核字（2020）第 040089 号

策划编辑　脚　印
责任编辑　王　蔚
装帧设计　刘　远
责任印制　任　祎

出版发行　人民文学出版社
社　　址　北京市朝内大街 166 号
邮政编码　100705
网　　址　http://www.rw-cn.com

印　　刷　河北鹏润印刷有限公司
经　　销　全国新华书店等

字　　数　180 千字
开　　本　880 毫米×1230 毫米　1/32
印　　张　9.875　插页 3
印　　数　1—5000
版　　次　2020 年 9 月北京第 1 版
印　　次　2020 年 9 月第 1 次印刷

书　　号　978-7-02-016161-4
定　　价　42.00 元

如有印装质量问题,请与本社图书销售中心调换。电话:010-65233595

自　序

这场酝酿了几天的雪，昨夜终于现出踪迹，把银灰的夜空点缀得有几分斑驳了。

今晨从窗户望去，对面的楼顶已然变白，道路虽然还是乌黑，却也蠕动着黝黯润湿的微光。彤云掩映的树木，蜷缩在橙灰的色调里愈加模糊，而使人感到气闷。

然而，雪终究不好意思完全止住，花粉似的依旧在窗外漂浮而明灭闪眨。突然想到俞(平伯)氏笔底的炫目大雪——灰空里的雪羽，把北国古都蒙络在溟濛的银雾里。

依稀之间，想起雪峤和尚这样一首诗：

帘卷西风啼晓鸦，闲情无过是吾家。
青山个个伸头看，看我庵中吃苦茶。

这是雪峤和尚青山围绕的草堂韵事，我自然没有这样的机缘。

但是，如果在雪花纷纭的日子，吃一两盏自己喜欢的茶，看一两册自己喜欢的书，写一点自己喜欢的文字，与远方的朋友说些心思散漫的闲话，也算是难得幸事吧！

2019.12.16

第一章　六诏

六诏　/　002

香光　/　013

红粉　/　021

翠屏山　/　029

顾太清　/　036

沈园香碎　/　046

故园的女人与花朵　/　053

第二章　兄弟

桃源乡梦　/　078

岳阳三士　/　084

我笑青山　/　091

旧句什刹海　/　100

八通碑　/　108

Azad、梭罗或豆田哲思　/　117

兄弟　/　126

第三章　野狐岭

衵露在金陵　/　158

高峡平湖　/　178

月令杨家埠　/　183

瓦当，或涂满蜜和蜡的蜂房　/　189

野狐岭　/　200

第四章　翡翠湾

梵高的星空　/　216

翡翠湾　/　226

冬天的树木　/　233

背篓里的桃花　/　239

次第花开　/　245

第五章　乌鸦

带囚笼的歌者　/　256

秋夜里的三枚匕首　/　261

杜鹃　/　269

乌鸦　/　272

银鹊山庄　/　278

秧鸡　/　285

青铜峡的猫　/　303

第一章 六诏

少女的珍贵是无可比拟的,她是来自吹过"青麦的南风",来自蔷薇花、金银花,以及"转黄麦茎丛中天蓝色的矢车菊",虹彩留住日光所在的一切甜蜜。

六诏

  六诏,在浙江的嵊州与奉化之间,奉化境内。据说东晋的王羲之曾经在此隐居,晋穆帝司马聃六次下诏,请他重新回到朝廷,都被王羲之严辞拒绝了。五十九岁辞世时,朝廷追赠他为金紫光禄大夫,王羲之的儿子们也固让不已,说是恪守他的遗嘱,这是为什么呢?

  据《晋书》王羲之传记载,王羲之做过会稽内史。会稽管辖的范围相当今天的绍兴与宁波一带,内史是当地的最高长官。永和九年三月,王羲之与友人在兰亭举行修禊活动,微醺之中写下了《兰亭集序》,便是他在会稽任职期间的事情。那一天,"天朗气清,惠风和畅",仰观宇宙,俯察品类,游目骋怀而足以极视听之娱,心情十分愉快，用王羲之自己的话说是"信可乐也"。然而，两年之后，王羲之却心情大坏，来到父母墓前面发誓说，我早年遭逢不幸，父亲早逝，依靠母亲与兄长养育成人，在人才缺乏的时候承蒙国家厚爱，现在我的志向变了，决定退出官员行列，"稽颡归诚，告誓先灵"，从今以后，如果我背叛了这个想法，贪图名利苟且进身，则为"天地所不负载"，礼教所不容，"信誓之诚"，白日可证！

他为什么如此激愤？早年王羲之被朝廷征召为秘书郎，征西将军庾亮延请他做参军，"累迁长史"，他并没有拒绝。庾亮对王羲之印象极好，辞世之前上疏称赞他清贵而有见识，推荐他做宁远将军与江州刺史。江州相当于今天的江西省，刺史是当地最高的行政长官。此时的王羲之名声极好，朝廷公卿都喜欢他，多次召他做"侍中""吏部尚书"，皆不就，又推荐他做护军将军，王羲之仍然迁延不就。扬州刺史殷浩一向看重他，劝他赴命，写信给他说，"悠悠者以足下出处足关政之隆替，如吾等亦谓为然"，将王羲之是否任职与国家治理的兴衰联系到一起，话说得很重了。王羲之不得不回信说，"吾素自无廊庙志"，自从儿娶女嫁之后，这个念头更加坚定了，但是为了国家，指派我即便是到遥远的地方，我也会欣然赴任宣扬国家的威德，怎么可以推辞呢？

然而，在做了护军将军后，王羲之的心态却发生了变化，"又苦求宣城郡"，朝廷没有答应，但是变通了一下，"乃以为右军将军，会稽内史",王羲之被尊为王右军便是这样来的。到了会稽以后,王羲之很高兴,流连于那里的山峦溪流,而产生了终老于此的念头。会稽的好山水吸引了众多名士,谢安在未出仕时"亦居焉"。孙绰、李充、许询、支遁等人"皆以文义冠世,并筑室东土"而与"羲之同好"。

然而,也有让王羲之不感兴趣的人。他的前任王述"少有名誉,与羲之齐名",但羲之却不知什么原因而"甚轻之"。然而,王述也不是简单人物,他的祖父王湛,是司徒王浑的弟弟,从小就有气量。侄子向来看不起他,吃饭的时候"所食方丈盈前",饮食十分丰富,却不给王湛吃。王湛让人把蔬菜端过来,"对而食之"不以为意,人们称赞他气度随和而有辅佐之才。他的儿子王承参与东晋建国而受到敬重。在做东海太守时,王承为政简明,"不为细察"。有个小吏偷了池塘里的鱼,主簿主张追究,王承说,文王的园林与众人共有,池塘里的鱼有什么可惜!有个读书人违反夜禁,被隶卒抓住,王承问他原因,读书人说,"从师受书,不觉日暮",跟老师读书,没有察觉天色晚了。王承于是让隶卒把这个人放了,说"鞭挞宁越以立威名,非政化之本"。宁越是战国时通过读书而改变命运的人,他用十五年苦读,"人将休,吾将不敢休;人将卧,吾将不敢卧",十五年以后学成,周威王拜其为师。

为了避难,王承带领族人东渡长江,每次遇到危难都泰然处之。到了下邳，登山北望，王承不禁叹息说："人言愁，我始欲愁矣。"到了建邺以后，王承辅佐司马睿御极，在中兴众臣中，渡江名臣中的王导、庾亮等人都在王承之下。然而，王承很早就去世了，众人十分痛惜。王承的儿子王述，从小失去父亲，以孝顺母亲闻名，性情沉稳恬静，每当众人辩论时，王述都不说话。一天，王导发表言论，在座的人纷纷赞扬，王述却严肃地说："人非尧舜，何得每事尽善！"提醒王导不要被谀辞蒙蔽。王导很感谢他，评价王述是"清贞简贵"，与他的祖父、父亲相仿，只是旷达恬淡略差而已。

后来，王述出任建威将军、会稽内史，为政清廉严肃，因母丧去职而住在会稽。王羲之接任以后只吊唁了一次，就不再拜访王述了。每次听到角声——官员出行的前导，王述都以为王羲之来了，"辄洒扫而待之"，打扫庭院等待王羲之，"如此者累年"，王羲之也没有去，"述深以为恨"，由此怨恨王羲之。王述被任命为扬州刺史时，临就任之前，于"郡中遍行"，就是不拜访王羲之，只是在出发前才"一别而去"，简单告别一下就走了。

扬州刺史高于会稽内史，是会稽内史的上级，王羲之羞于做他的下属，派人到朝廷请求把会稽分出为越州，以回避王述管辖。但是，派去的人言辞不当而"大为时贤所笑"。这件事深深刺激了王羲之，从此心怀惭愧而抑郁不乐。王述做了扬州刺史后，到会稽检查工作，所有的刑罚政令都要考核，官员们为此疲于应对，而王羲之深感羞耻，遂"称病去郡"，"稽颡归诚，告誓先灵"，究其原因还是同侪的排挤和矛盾，并没有更多的肥遁理由。

隐遁林泉以后，羲之与友人尽山水之游，"弋钓为娱"，又与道士研讨丹药、采集药石、泛舟沧海，曾经在六诏一带居住。一九八八年，在六诏村口的剡溪边上发现了一座石砚，上面刻有"右军遗迹"四字。在六诏，有一座王右军庙，与其相邻的剡源村也有一座王右军庙，旧称上下右军庙。斯人虽然已是白云悠暝，却早已化为天际的光芒而被后世铭记。六朝的鲍照在《登大雷岸与妹书》中写有这样两句话，一句是"神居帝郊"，一句是"岩泽气通"，霞舒云卷而姿态万出，以此指喻王羲之的法书似亦足矣。然而，在宦海的怒涛之中呢，王羲之并不快活。据《晋书》记载，王述做了扬州刺史以后，羲之有一次比较他与自己的优劣，对儿子说过这样一句话："吾不减怀祖，而位遇悬邈，当由汝等不及坦之故耶！"怀祖是王述的字，坦之是王述的儿子，是一个有品格的人，反对世俗放荡而崇尚"刑名之学"。谢安雅好音乐，即使为祖父母服丧时也不撤乐，一时成为风尚，坦之认为这样不对而苦苦劝阻。坦之也去世很早，临终前给谢安、桓冲等人写信不提私事，只是忧虑国家，朝野之人都很惋惜，追赠其为安北将军，谥号"献"。相对坦之，王羲之的儿子们更多的是名士派头，乃至糊涂，比如凝之。凝之是谢道韫的丈夫，安西将军谢奕的女婿。有一次，道韫归宁闷闷不乐,谢奕说:"王郎,逸少子,不恶,汝何恨也?"凝之是王羲之的儿子,人很不错,你为什么不高兴?道韫说:"一门叔父则有阿大、中郎,群从兄弟复有封、胡、羯、末,不意天壤之中乃有王郎!"封,谓谢韶;胡,谓谢朗;羯,谓谢玄;末,谓谢川,"皆其小字也"。谢家的子弟各不一样,王羲之的儿子也大不一样。

王羲之有七个儿子,知名的有五个,长子玄之早故,次子凝之,历任江州刺史、左将军、会稽内史。其次徽之、桢之、操之与献之。凝之与献之的书法都很好,献之尤为王羲之喜爱。一日家中失火,徽之光着脚跑出去了,连鞋都来不及穿,同在一间房子里的献之却神色恬然,不慌不忙叫左右扶他出去。晚间小偷溜进他的房间,把东西偷光了,献之不急不慢地说,"偷儿,青毡我家旧物,可特置之",青毡是我家中的旧东西,请放下吧!小偷被吓跑了。

这是献之,他的哥哥徽之,字子猷,就是雪夜访戴的那位,在王羲之儿子中最具名士派头,喜欢声色而性情放诞。吴中的一个士大夫家中有好竹子,徽之到了那里,主人打扫干净请他坐,他翻翻白眼,只是看那竹子,旁若无人,啸咏而归。给大司马桓温做参军时,徽之"蓬首散带",不理府中任何事情。又给桓冲做骑兵参军,桓冲问他,"卿署何曹",您负责哪个部门?徽之回曰,"似是马曹",好像是管理马的部门。桓冲又问,"管几马"?徽之答说,"不知马,何由知数"!我连马都不管,哪里知道马的数量!再问,

"马比死多少"？回曰，"未知生，焉知死"！对桓冲的问话王徽之大概很是奇怪，在他的内心深处或许是觉得遇到了一个糊涂领导，问什么马的生死呢！一天，徽之陪同桓冲出行，时值暴雨如注而下，王徽之跳下马挤进桓冲的车里说，"公岂得独擅一车"，在这样的雨天您怎能独占一车呢？过了一段时间，桓冲对王徽之说，您在府里的时间不短了，应该料理一些事物了吧？听了这话，徽之一句话不说，只是仰头高视，用手扳撑着自己的脸颊说，"西山朝来致有爽气耳"，译为今天的话就是，早晨的西山有明朗的气象。听到这样的话，不知桓冲会怎样想，王羲之听到儿子这样的话与这样的做派，又会产生怎样的波澜？"吾不减怀祖，而位遇悬邈，当由汝等不及坦之故耶！"这自然是父亲的气话，埋怨儿子株连了他，历史的现实也的确是儿子累及了父亲，徽之大概要负主要责任，这样不负责任的儿子怎么会不影响父亲！

相对王徽之，王凝之更有甚者。徽之不过是放诞无礼，让旁人惊诧，上司不悦，凝之则是愚蠢，以致害了自己与儿子的性命。王家世代信奉五斗米教，凝之尤其信服。五斗米教首领孙恩造反时，凝之正在会稽内史的任上。幕僚们请他做好防御，但是凝之不听，而是到一处安静的房间里祷告，不久出来对众人说已经"告请"了"大道"，答应派鬼兵相助，不用一兵一卒"贼自破矣"，你们放心吧！于是不做任何战事守备，遂"为孙恩所害"。谢道韫"既闻夫及诸子已为贼害",忍住悲痛,喝命婢女用肩舆抬着她,抽刃出门,迎击贼兵。贼兵刚来到她的家门,道韫便手刃数人,被孙恩捉住。外孙刘涛不过数岁,也被捉住准备杀掉。谢道韫对孙恩说,"事在王门",与外姓没有关系。如果你一定要杀,那就先杀我吧!孙恩虽然狠毒,听了谢道韫的话也不禁动容,释放了道韫与她的外孙。

  早年读《世说新语》一类书籍,只知道她的咏雪诗。说是诗,其实只是一句,"未若柳絮因风起",当时的想法是也不过尔尔。对叔叔谢安"雪骤下,何所似也"的问话,谢安哥哥的儿子谢朗回答是,"撒盐空中差可似"。当时的想法是,如果形容"霰"有什么不可?然而今天细读"雪骤下",倏忽闪过这该是大雪的思索,硕大的雪花自然会与绵软的柳絮发生联想,静穆地在灰色的天宇里浮沉飘荡。这应该是雪花最美好的时光,从而更富有审美意味吧!有一天,谢安问道韫,《毛诗》中哪一句最好,谢道韫说:"吉甫作颂,穆如清风。仲山甫永怀,以慰其心。"吉甫即尹吉甫,是周宣王的重臣。这四句诗出自《诗经》大雅,题目是《烝民》,表达了一位老臣忧心国是的情怀,"穆如清风"是指化育万物那样的雅德。谢道韫喜欢这样的诗,当是她的胸襟与意趣指向。

  近日阅读一则微文,说是青葱女子犹如带露娇花,文中引述了清人龚自珍《世上光阴好》的五言排律。第一句是"世上光阴好,无如绣阁中",对少女而言最好的光阴是在绣阁之中,这就呼应了贾二爷的一句名言，女孩儿未出嫁时，是颗无价的宝珠，怎么嫁人后就混账了？

二十世纪美国作家德莱塞在长篇小说《珍妮姑娘》中摘引英国十九世纪作家杰佛里斯赞美少女的话：一个美丽而完美的女孩儿需要一百五十年的时间才可以造成。少女的珍贵是无可比拟的，她是来自吹过"青麦的南风"，来自蔷薇花、金银花，以及"转黄麦茎丛中天蓝色的矢车菊"，虹彩留住日光所在的一切甜蜜。德莱塞也激情写道：少女是从天空和大地一切娇美事物中萃取的九轮草、风铃花与紫罗兰，是紫色的春和金色的秋，是绚烂的阳光，清爽的阵雨，永恒的迷人之夜。人们赞叹少女的美丽，一如赞叹娇艳的花朵。最后的结论，德莱塞总结道：少女的可爱是几个世纪的杰作。今世的少女是这样，同样，在谢家聚会白雪缤纷之际，少女时代的谢道韫也该凝聚了多少时代的瑰丽光泽，这当是她人生之中最幸福的时光吧！

嫁到王家以后，一日，道韫听到王献之与宾客辩论。献之辩论不过，将要理屈词穷时，道韫派婢女对献之说："欲为小郎解围。"于是用青绫步障遮住自己，接续王献之的论点而"客不能屈"。

就是这么一个女子，婉约而有肝胆的女子，却嫁给了凝之这么一个蠢人，她的内心当不会静若止水吧？她回答父亲谢奕"不意天壤之中乃有王郎"，其背后该蕴含何等复杂欲说而又难以说明的哀怨与幽曲呢！这就不禁令人想起了蔡文姬，那么一个才女，才藻是那样好而命却是那样的薄！一九七九年，国际天文学联合会颁布了三百一十座水星环形山的专有名称，这些专有名称都是以著名文学艺术家的名字命名，其中有十五位中国文学艺术家的名字，有一座叫"蔡文姬山"。星空如海，哪一颗星辰里的山峰是谢道韫的呢？

流落匈奴的蔡文姬被曹操用"金璧"赎还以后，感伤乱离，追怀悲愤，作了两首诗，其中这样写道：

儿前抱我颈，问母欲何之？人言母当去，岂有复还时。阿母常仁恻，今何更不慈？我尚未成人，奈何不顾思！见此崩五内，恍惚生狂痴。号泣手抚摸，当发复回疑。兼有同时辈，相送告别离。慕我独得归，哀叫声摧裂。马为立踟蹰，车位不转辙。观者皆唏嘘，行路亦呜咽。去去割情恋，遄征日遐迈。悠悠三千里，何时复交会？念我出腹子，胸臆为摧败。

读这样的诗，千载以来是都可以堕泪的，"阿母常仁恻，今何更不慈"？对儿子的质问，蔡文姬应该如何回答，为什么不让她把子女带回来呢？蔡文姬是骨肉分离，相对于她，谢道韫则是天人迥别，用多少"金璧"，儿子也赎不回来了。这样的悲痛，又岂是"胸臆为摧败"能够描绘得出！自此以后，谢道韫在会稽寡居，治理家事谨严而有法度。太守刘柳拜访她，谢道韫插起发髻，坐在帐中的素褥上，刘柳则"束修整带造于别榻"与其交谈。道韫风韵高迈，说到家事，"慷慨流涟"，恸哭不已。在交谈的过程中，道韫沉稳清雅，辞理畅达。辞别以后，刘柳说从来没有见过道韫这样的女子，"瞻其言气，使人心形俱服"。谢道韫对刘柳的印象也不错，说，"亲从凋亡，始遇此士"，亲人都死了以后，第一次遇到这样的人士，与他交谈而"殊开人胸府"。这是对刘柳的称赞，而在内心深处，涌动对亲人的思念又该如何痛楚！她还会遥想那样连绵丰盈的大雪，回味那遥远而闪光的甜蜜，折叠着对未来的憧憬星光吗？这么一想，《晋书》王羲之传的结语，"观其点曳之功，裁成之妙，烟霏露结，状若断而还连；凤翥龙蟠，势如斜而反直。玩之不觉为倦，览之莫识其端，心慕手追，此人而已。其余区区之类，何足论哉"，则未免轻薄。对他法书的赞誉，王羲之自然无愧，但是对他的儿孙辈，却无一句论及，泉下有知，他该会做何种想法？谢道韫不用说了，六诏呢？也应该并不那么轻松、单纯、逍遥，只是简单的遁世与栖隐。

2019.5.17

在我的印象里，洛阳龙门山的卢舍那大佛，是颇有几分巨丽之象的。这里所说的巨，不仅仅是体积之大，而是从审美的范畴，是说，这佛有一种感动人心的力量。

在造型上，卢舍那佛广额丰颐秀目。嘴部丰满而不过于腴肥，口型不大，有一种微妙的动感。瞻礼的人，向大佛膜拜，不经意地向上望一眼，会恰好与大佛略微下垂的视线交织，从而感到一种佛法的慈力。

不知道什么原因，中国的佛教，藏传与汉传佛教，在佛的造像上，有一个很大的不同。前者往往是狞恶的、凶蛮的，后者则是安详的、慈和的，而且渊渟着一种女性的秀媚，比如这卢舍那大佛。

我疑心，这卢舍那，对中国佛教里释迦牟尼的造型，影响颇大。至少，在汉传佛教的寺院里，到处可以看到对他的模仿，当然，也有高下之分罢了。

在我随喜过的寺庙，有两处的佛像给我的感觉颇佳。一处是北京西山的卧佛寺，大雄宝殿里的释迦牟尼，在嘴部与下颌之间荡漾着一种非常美妙的光影。再一处是西湖的灵隐，那里的佛，脸颊与颌部的线条与北京西山的十分近似。这两尊佛均是解放以后抟塑的，北京的那一尊，是在"文革"之后，大概是八十年代的中后期；西湖的那一尊是在五十年代建国以后不久。大概都受了一点时代的影响，有一种光复旧物的气度。与卢舍那佛，都仿佛有一种血缘的关系。

为什么，要雕刻成这个样子？

《资治通鉴》讲过这样一个故事。说是在武则天时代的天授元年（690年），这一年的四月，武则天想把自己的女儿太平公主嫁给侄儿武攸暨。但是武攸暨已有妻室，不能娶，于是武则天"潜使人杀其妻而妻之"。所以如此，理由是，"太后以为类己"。类己，便是像自己。太平公主有哪些地方像武则天？一是多权略，大和尚怀义，便是太平公主设计，命健妇乱棒打死的。一是相貌上，"方额广颐"，很像武则天，因此得到武则天的喜爱。爱自己的女儿而将人家的妻子杀掉，再将自己的女儿嫁给他，爱可谓深矣，其背后是阴鸷与狠毒。根据《河洛上都龙门山之阳大卢舍那佛龛记》，卢舍那佛"大唐高宗天皇帝之所建也……皇后武氏助脂粉钱二万贯"。钱能通神，权亦可通神，由是，龙门石窟的卢舍那佛以武则天为原形，或者，卢舍那佛根本就是武则天。

　　根据佛教的说法，佛有三世亦有三身。三世是过去、现在、未来。过去是伽叶佛，现在是释迦牟尼，未来是弥勒佛。具体到大雄宝殿内，则居左是伽叶，居中是释迦，居右是弥勒。还有一种格局，居中者是娑婆世界的释迦牟尼，居左者是东方琉璃世界的药师佛，居右者是西方极乐世界的阿弥陀佛。佛还有三身，即法身、报身、应身。法身是理念的象征，理念无所不在，佛有，凡夫俗子有，蝼蚁蚊蝇亦有，故而一切有灵之物皆可以修炼成佛。报身是智慧的象征，无所不见，无所不知，无所不会，无所不成而朗彻天地。应身是功德的象征，自我修炼，感化众生，因功积德，是为功德。这佛的三身，法身是里，应身是外，报身介于里外之间。卢舍那佛便是报身佛，梵语在汉语中的音译。如果意译，则是"光明普照"的意思。在唐的东都，洛阳的龙门石窟雕刻这么一尊佛，而且以武则天为对象，其目的也就不说自明，当然是为了颂扬武则天，揄扬她的智慧照彻天下。武则天称帝那年，以日月临空，制"曌"字，与洛阳的卢舍那佛，在主题上大体是一样的。

　　在中国古代的人物画廊里，武则天的形象不能说好，这里面固然有传统文化中对女性鄙薄的因素,但她的行迹,也委然难以令人称道。文豪林语堂写过一本以武则天为对象的传记,其后列有武则天杀人的三个表。第一个表所列杀戮对象是武则天的近亲家族,第二个表是李唐宗室,第三个表是唐朝的大臣。谋杀唐的宗室与大臣,我们还可以理解——政治是残酷的。谋杀自己的亲族,则难以令人明白。为了说明问题,而又免去累赘,我们且将第一个表,转录在这里:

武后谋杀表——武后的近亲家族

日期	姓名	关系	方法	家人污名
655年冬		女婴	掐死	
655年冬	王皇后	后	割裂	流放,改姓蟒
655年冬	萧良娣	妃	割裂	流放,改姓枭
665年	韩国夫人	姊	毒杀	改姓蝮
666年8月	魏国夫人	侄女	毒杀	改姓蝮
675年4月	太子弘	子	毒杀	二子杖死
684年3月	王子贤	子	判罪	葬如庶人
684年12月	燕王忠	后子	判罪	七子杀,幼子流放,改姓虺
690年7月	泽王上金	后子	判罪	九子杀,幼子流放,改姓虺
690年7月	许王素节	后子	判罪	
679年	斐妃	儿媳(太子弘妻)	虐待死	

675年4月	周妃	儿媳（王子哲妻）	饿死	
693年正月	刘妃	儿媳（太子旦妻）	谋杀	
693年正月	窦妃	儿媳（太子旦妻）	谋杀	
656年元月	元庆	后兄	判罪	改姓蟒
656年元月	元奭	后兄	判罪	改姓蟒
666年8月	惟良	甥	阴谋	改姓蟒
701年9月	重伦	孙	鞭死	
701年9月	永泰公主	孙女	鞭死	
701年9月	延吉	重外甥（永泰公主之夫）	判罪	
683年	玉吉妻	甥妻	谋杀	
688年9月	长乐公主	姑母	判罪	

萧良娣即萧妃，因与王皇后争宠，故而王皇后同意高宗将武则天纳入宫中，却没有想到，不仅是萧妃，包括自己，都招来杀身之祸。而且，死后还要遭到污辱，一个改姓为蟒，一个改姓为枭。枭是一种恶鸟，有人说是猫头鹰。雍正将他两个争位的兄弟，一个称为狗，一个称为猪，不过是步其后尘。十年动乱，将那些被批判的对象或者将姓名倒写，或者打上"×"，都不过是其余波，道理是一样的。我没有考证，这是否也是武则天的发明，但对后世的影响，却令人难以称赞一辞。

在武则天所杀的儿子当中，最可怜的是太子贤。我对他的印象最为深刻，他曾经写过一首《黄台瓜词》，叹息做儿子的命运。

诗是这样写的：

种瓜黄台下，瓜熟子离离。

一摘使瓜好，再摘使瓜稀。

三摘犹为可，四摘抱蔓归。

讽喻高宗，其实是武则天，不要把儿子们杀光了。九十年代初，我去陕西，好像是在乾县看过太子贤的墓。墓早已被盗，在墓道的左侧有一个盗洞，据说发掘的时候发现了一具尸体，可能是被同伙敲死的，怕多一个人分赃。盗墓的团伙里多为父子兄弟的缘故就在于此。我去的时候，太子贤的墓已然整理过，干干净净，只是文物一件也看不到，都拉到陕西省的博物馆去了。墓室不大，很狭隘，真仿佛是囚禁贤的牢笼。据说，太子贤所以被杀，是因为他过于聪明，令武则天不安。这还可以说通，因为儿子对母亲构成了威胁。最无辜的是被她掐死的女儿。那时候，武则天还是妃子，一天王皇后前来看她，她不在，只有女婴在。王皇后走后，武则天将女婴掐死，嫁祸于皇后。根据虎毒不食子的亲情推断，高宗认为凶手不会是武则天，只能是王皇后，将王皇后罢掉，立武则天为后。这个被武则天杀死的女婴成为武则天登上政治舞台的奠基石。这一年是655年的冬天，即高宗永徽六年。从这一年开始，到701年,即武则天的大足元年,在四十六年的时间里,被她谋杀与治罪的亲属有二十三人,平均两年一人。这些被处置的对象,有她的儿子、女儿、儿媳、兄长、孙女、侄女、外甥、外甥媳妇、姑母以及她丈夫的其他妻子。谋杀的手段有割裂、毒杀、鞭死、掐死、饿死,令人不寒而栗。这样的人却要与佛结缘,无论如何,是难以令人想象的。

我在《资治通鉴》中随便翻检出这样几则:

> 太后命僧怀义,作夹纻大像,其小指中犹容数十人,于明堂北构天堂以贮之。

> 乙未,作无遮会于明堂,凿地为坑,深五丈,结彩为宫殿,佛像皆于坑中引出之,云自地涌出。又杀牛取血,画大像,首高二百尺,云怀义刺膝血为之。丙申,张像于天津桥南,设斋。

最后,烈风将大佛的画像吹裂为碎片。大和尚薛怀义因为武则天另有新宠,赌气将贮于天堂的佛像烧掉。佛像烧了,天堂烧了,延及明堂。明堂是武则天坐殿的地方。"火照城中如昼,比明皆尽",武则天"耻而讳之"。最无耻的是一个叫法明的和尚,写了一本《大云经》,说武则天是弥勒佛下生,"当代唐为阎浮提主",武则天很高兴,"制颁于天下",让天下的人都读这本《大云经》。什么叫"阎浮提"？胡三省解释,"释氏以人世为阎浮提",鼓吹武则天是弥勒佛转世,当取代唐而坐天下,为武则天提供了夺取唐政权的理论。武则天很高兴"制以释教开革命之阶,升于道教之上"。唐的王室因为姓李,拜老子李聃为远祖,故而立道教为国教。武则天以佛教作为篡夺唐政权的根据,便把佛教摆在道教之上。

在中国这样的农民国家,弥勒佛是一个很有意思的人物。因为他是代表未来世的佛,是西方极乐世界的佛,故而往往成为改朝换代的工具。武则天是这样,元末的农民起义军也是这样,都自称是弥勒下世,解救众生。只是武则天是女性,是皇后,对她而言,改朔易帜只需阴谋与屠杀。她确实成功了,不仅生前被尊奉为弥勒佛,而且身后,以卢舍那佛的姿影,让我们至今惊叹和膜拜。那调动一切艺术手段来表现的庄严、雄伟、睿智、慈祥乃至女性的柔媚,对我们而言,怎么想,都不是滋味。而在地府里,对于武则天,却大概会快活得发疯,因为,她至今还在愚弄着我们。

白居易在中国古代文学史中占有显著地位，是新乐府诗歌的重镇。在很长的时间里，他的诗被揄扬为极具人民性，故而他的诗，从小学选到大学，给现代的中国人，至少是我辈中国人的印象特别深刻。因为，幼时记诵的，斧头也砍不掉。

大概是在六十年代初，我所在的那所中学，不知什么缘故，分裂为两所学校，一所在本部，一所在原来的校办工厂。清的时候，校办厂是八旗发放钱粮的衙门。进大门有一道很长的甬道，与大堂的月台相衔，仿佛一个变了形的"凸"字。月台上种有两株颇高颇老的国槐。薄暮，孩子们放学了，鸟儿们也放学回巢。第二天清晨，我们上学的时候，洁白的月台上，落满了暗绿的鸟迹。

我在这里读了两年书，读或者背诵白居易的《卖炭翁》《缭绫》和一首吟诵牡丹的诗。诗记不清了，但意思还记得，大概是说，富贵人家买一株牡丹，抵得上十户小康人家一年向国家交纳的钱粮。《卖炭翁》还记得："卖炭翁，伐薪烧炭南山中。满面尘灰烟火色，两鬓苍苍十指黑。""黑"读"褐"音，为什么？为了韵脚。还有："缭绫缭绫何所以，不似罗绡与纨绮，应似天台山上明月前，四十五尺瀑布泉。"读《卖炭翁》，还有背的时候，第一字"卖"我们的发音总是重重的，而读《缭绫》呢，发音总得轻轻的，而且快捷，读着读着，大家忽然笑起来。后来读鲁迅的《百草园与三味书屋》，金笸箩、铁如意之类，把头拗过去，拗过去，知堂诠释是以他家的一个远房亲戚为原型。我忽然明白，我们那时也是得意罢。当然在潜意识中免不了恶作剧的成分，怪怪的，作为一种玩笑和解脱。不知道为什么，那时的孩子，至少是我所在的那一个班，高兴或者无事可做的时候，喜欢用拳头敲击课桌下面的底板，嘭嘭地，发出鼓一样振动的声响。教我们语文的是个上了年纪的老先生，河北人，听到这声音便着急，连连阻拦，"同学同学别敲鼓"，"别"读四声，大家都笑。一天下午，大家又敲，他又制止。过了一会，他说头晕，匆匆地离开课堂。第二天，一位老师代他的课，说他已经过世了。怎么走得这样快呢？

我读书的这所学校，近年拆光了，在上面盖起了文化馆。有时候，从那里走过，总仿佛是做梦。古人说前尘影事，真是烟尘日影一样地飞掠过去了。那些人，那些事，只有那两株国槐还是亭亭如盖，没有一丝衰老的迹象。只是环境变了，它们已然临街，成为绿地的组成部分。

前几年，我去庐山。当时京九线还没有开通，从北京去庐山，到九江下车，换乘汽车才能到庐山。这样，一般的游客，总要在九江逗留一两天，看看先贤们留下的胜迹。琵琶亭大名鼎鼎，是必然要去的，现在叫琵琶亭公园。园内有白居易的雕像，雪白的汉白玉，颇高峻。雕像的前面是一座卧碑，镌刻着《琵琶行》诗，毛泽东的手迹。雕像之后，有一座两层的绿色的攒尖式的小亭子，这便是琵琶亭了。亭柱是铁管制的，勾起中指敲一敲，发出咚咚的声响。走进去，凭高而望，可以看到滔滔的江水。离琵琶亭不远是浔阳楼，之间是一片占地颇广的堆料场。沙、石与红褐色的金属构件。我后来知道，琵琶亭与浔阳楼并不是原有的建筑，都是近年易地重建。琵琶亭旧在湓浦。湓是一条小河，长江的支流。原来的琵琶亭塌毁了，故而，白居易笔下的景物，在我们去的这个琵琶亭中是见不到的，而在宋江的时代还可以见到。宋江是既在琵琶亭又在浔阳楼喝过酒，还在那里结识了黑旋风与浪里白条张顺。那时的江水，大概没有现在混浊，按照《水浒传》的写法，是清流滚滚，洁净得很。物是人非，非复旧观了。但《琵琶行》

的魅力,千载而下,还是不减。"同是天涯沦落人,相逢何必曾相识",泪沾青衫的江州司马,九江唐宋时称江州,写尽了落魄的歌女与官员被贬谪后的酸楚与怜惜的心态。对于不幸的歌女,白居易是同情的。在白居易的诗集中,关于底层妇女的诗颇有几首,比如《观刈麦》,对抱着孩子拣拾麦穗的妇女,感到悲伤,同时也感到惭愧,"今我何功德,曾不事农桑。吏禄三百石,岁晏有余粮。念此私自愧,尽日不能忘"。态度是伤感、温婉的。当然,写女人,写沦落的女人,在中国古代诗歌中,《琵琶行》是最好的。读这诗,不仅仅可以体验诗人惆怅的情绪,还可以玩味与这情绪相联的某种迷离的情境。对诗人笔下的江月、荻花,茫茫江浸月,瑟瑟荻花秋,总有一种历历如画的感受,这种感受在《卖炭翁》与《缭绫》之类的新乐府中是品味不到的。白居易自称,他的诗老妪都解,我怀疑这是一种标榜,读白居易的诗有时候是要查查字典的。也许那时候人的文化水平高,现在人的文化水平低?这自然是钻牛角尖。雅与俗只是相对,元白诗俗,只是相对于雅的一种说法,何必较真。

人是一种很怪的动物,说不准在什么时候,在一段很短的时间里,会频繁地造访与一个历史人物相关的地方,我也是这样。去过九江不久,我又去了河南的洛阳。这里是白居易终老的地方,洛阳龙门石窟的对面,香山寺后面的山坡上。在白居易的诗集中,有不少吟哦香山寺的诗,其中有一首:"空山寂静老夫闲,伴鸟随云往复还。家酝满瓶书满架,半移生计入香山。"还有一首卜居香山寺脚下的诗:"老须为老计,老计在抽簪。山下初投足,人间久息心。乱藤遮石壁,绝涧护云林。若要深藏处,无如此处深。"早些年,他在香山寺的墓坍塌了,有人呼吁。近年,洛阳市政府把他的墓作为文物,修葺一新。一个浑圆的坟丘,四周砌筑灰色的花岗岩,墓顶种植着绿色的藤蔓一类的植物,初春的时候似乎要开放浅黄的纤碎的花朵。

在洛阳,对于白居易,大概是颇为愉快的,不像在九江,处于左迁的时候。在这里,他以太子少傅的身份退隐,诗呢,已名满天下。只是年纪老了,对于年轻的歌妓难免怅惘:

一树春风千万枝,嫩于金色软于丝。
永丰西角荒园里,尽日无人属阿谁?

据《云溪友议》说,白居易有两个爱伎,一个是歌伎叫樊素,一个是舞伎叫小蛮。白居易称赞她们是"樱桃樊素口,杨柳小蛮腰"。诗人老了,而爱伎们却正年轻且"方丰艳,因杨柳词以托意云"。知道了背景,再读这首诗,难免别扭。一个七八十岁的老夫子,搂着两个十七八岁的漂亮姑娘,怎么想怎么不成模样。但在白居易时代,对于富有的权贵男人,这是正常而又正常的,如果有人诼称，还可以说是诗酒女人，风流倜傥。然而，"海仙时遣探芳丛，倒挂绿毛幺凤。素面翻嫌粉涴，洗妆不褪唇红"，美丽的少女又该做如何之思呢？

今年初，在华堂商场，无意中买了一本梁羽生的《名联谈趣》。其中有一节说到白居易与关盼盼的故事。根据梁羽生的记载，关盼盼是张建封的爱妾，张做过尚书，在徐州为盼盼筑燕子楼以居之。有一次约白居易喝酒，喝得高兴，"出盼盼以佐欢"。白居易给盼盼写了一首诗，其中有句"醉娇胜不得，风嫋牡丹花"。不久，张建封死了。张建封的儿子造访白居易，送给盼盼三首以燕子楼为题的诗，有一首"北邙松柏锁愁烟，燕子楼中思悄然。自埋剑履歌尘歇，红袖香销一十年"。北邙在洛阳城外，唐时是官宦与富贵人家卜葬的吉地。张建封故后葬在这里。关盼盼在燕子楼为其守节，一守便是十年。白居易读后也写了三首以燕子楼为题的诗。其中的第三首对盼盼最为刺激：

　　今春有客洛阳回，曾到尚书墓上来。
　　见说白杨堪作柱，争教红粉不成灰。

通篇通俗，确是元白体。后两句说张建封墓地上的白杨已然成拱，可以盖房做柱了，可他生前的爱妾怎么不以身相殉呢？怕盼盼看不懂，又赠盼盼以绝句：

黄金不惜买蛾眉，拣得如花四五枝。
歌舞教成心尽力，一朝身去不相随。

毫不隐晦，指斥盼盼不从张建封于泉下，是忘恩负义。据说，关盼盼读后不堪刺激，写了一首《和白公诗》：

自守空楼敛恨眉，形同春后牡丹枝。
舍人不会人深意，诬道泉台不去随。

埋怨白居易不了解她，不久绝食而亡。一个男人死了，他的女人，妻或妾，就非得殉夫，否则就要被社会舆论所不容。这是一种什么道德观？这是最腐朽的封建道德。这就使人奇怪，被讴称为极具有人民性的诗人，何以在这一点上丝毫不放松，非要讽喻一个女人殉死？这难道是一个稍有良知的人，且不要说写诗的人所应该做的吗？而这个人，可以同情卖炭的老人，织绫的女人，刈麦的妇女，却不同情男人的侍妾，虽然她已经为这个男人守节十年，这里面有什么道理？现代人自然不会同意这种道理与做法。而比白居易早，至少早一千年的孔老夫子也不会同意这个道理与做法。他愤怒地说过："始作俑者，其无后乎！"以人形的木俑或陶俑殉葬，都受到孔老夫子的强烈抨击，何况其他。在大的事情上，孔老夫子并不糊涂，但也并不人人都是这样。在燕子楼，据说有这样一副楹联：

歌韵擅风流，纵仆射多情，难得青楼拼一死；
芳心嗟寂寞，赖香山绝唱，顿教红粉艳千秋。

仆射，指张建封。香山，是白居易晚年的号。上联指责关盼盼有负于张建封，下联则以关盼盼的口吻感谢白居易。一个女人被一个男人刺激而死，还要感谢这个男人，天下哪有这样的道理？这真是匪夷所思。但天下的事，却往往是，不敢想的事，早已做出来，这也是匪夷所思。而认知这种匪夷所思，并不是容易之事，如同我对于白居易，早年只知他的诗有人民性，而直到多年之后，五十岁以后，方才认识到他的人与诗还有另外，非人道的另外一面，其间至少隔了三十五年的烟尘，这也真是匪夷所思，而令人感喟不已的。

翠屏山

初到蓟县，总有些异样的感觉。在蓟县城里，宽宽窄窄的街巷，有许多以渔阳为称的场所。渔阳饭庄、渔阳旅行社、渔阳商场、渔阳电料行之类。渔阳与蓟县有什么关系？后来明白了，这里，在唐代，是渔阳郡的治所，"渔阳鼙鼓动地来"，安史之乱的策源地。那时，史思明是这里的最高长官，但，这是久远的故事了。来这里，来这里的游人，很少有人会想到胭脂色的马嵬坡，想到白居易"宛转蛾眉马前死"。他们要么去城西北的黄崖关长城，要么去于桥水库，那里现在辟为游览区。

于桥水库位于蓟县的东北，其北是凤凰山，其南是翠屏山，一条大坝横亘在两山之间。大坝的里面是水，从北面的大山里流淌而来的沙河与黎河的波浪。大坝的外面是城，城与水库之间是一派黄褐的土地。不过，也不是完全没有绿色，凤凰山还是种植了不少松树，掩映着几座小巧的亭台。我原以为这就是翠屏山，后来发现错了，对面的山才是。其实，还是不能称作山的，至多不过是丘，如同我身后的凤凰山，比水库外面的城略高一些的台地罢了。也种植了一些松树，绿沉沉的，没有人家，不像凤凰山还有些别墅似的小房子，题曰凤凰山庄。春或秋，在那里，把玩月色或者聆听风声，在新植的松林里穿行，应该是颇有韵味的。

不过，我来这里，倒不是为了赏鉴这里的风月，而是因为一本小册子的缘故。在那本小册子里，介绍了蓟县的风土，说及翠屏山。我还记得，读到"翠屏山"这三个字的时候，我的头轰地响了一下。原以为这翠屏山是凭空虚构，没想到却是一座真真实实的存在。《水浒传》我读过多遍，而且写过一本研究它的书，研究它的文化背景与风物典故，却把这蓟县的翠屏山忽略了，这实在是我的浅学无知，惭愧得很。如果那本书能够再版，我当把这里，蓟县，宋时又称蓟州，以及其东北的翠屏山补写进去。为什么？因为这里是《水浒传》发生大转折的地方。从这里，从翠屏山逃出了杨雄、石秀与鼓上蚤石迁，从而导致了"三打祝家庄"的战争。三打祝家庄是《水浒传》中最精彩的章节，人物众多，情节繁缛，但叙事者的风度却从容不迫。阅读者在开初的阅读之时是绝对想象不出，这场战争与杨雄的妻子潘巧云偷情多多少少有些纠葛。潘氏的偷情对象是蓟州报恩寺的和尚裴如海。石秀是个精细人，看出两人的勾当，告诉他的义兄杨雄。受潘巧云的挑唆，杨雄不信。石秀憋口气，每夜窥伺裴如海与潘巧云的踪迹。原来，杨雄的家在一条断头巷里，只有进口没有出口。每天夜间与凌晨，但凡杨雄不在家的时候，都有一个头陀前来巷口唱佛号，夜间唱入钹，凌晨唱出钹，给裴如海偷情望风。石秀发现了这个秘密，将头陀与裴如海杀死，又将两个尸首的衣服剥光，赤条条的，做情死状，把个蓟州城都轰动了。住在杨雄前巷的浮浪子弟做了一支小曲，嘲讽这两个死去的和尚。住在后巷的破落户不服气，也编了一支小曲哼唱。前巷与后巷的子弟都唱，把杨雄气得发昏。石秀又去找他，说明原委，杨雄道"是哥哥的不是了"。石秀给他出主意，诳骗潘巧云进香，次日将她和丫鬟迎儿抬上翠屏山。潘巧云发怔，石秀从树后转出身来，"那妇人一见吃了一惊"，杨雄变了脸色，先是丫鬟说，后是妇人说。石秀道，这妮子留她做什么？杨雄一刀把迎儿挥做两断。潘巧云要叫，杨雄先把她的舌头割了，又一刀从心口割到小肚子，把心肝掏出来，挂到松树上，却被石迁撞见。这石迁是蓟州城出了名的贼，于是三人结伴投奔梁山。在祝家庄偷吃人家的鸡，石迁被捉，杨雄与石秀去梁山请求出兵解救，从而引发了三打祝家庄的战争。

《水浒传》这本书，鼓吹江湖义气，为兄弟可以两肋插刀，为朋友可以杀掉自己的妻子，为兄长报仇可以杀掉嫂子，为了避免自己的兄弟堕入烟花，可以将兄弟看中的女人一刀砍为两截。在《水浒传》中有三个女子的命运最是吸引读者关注的视线，一个是阎婆惜，一个是潘金莲，一个是潘巧云。这三个女性都很美丽，但命运都很悲惨，一个是被宋江杀死，一个是被武松杀死，一个是被杨雄杀死——宋江杀惜，武松杀嫂，杨雄杀妻。宋江出于无奈，武松为哥哥报仇，杨雄则是因为戴了绿帽子，说来最无英雄气。对于石秀，后世的读者颇有微辞，总觉得他有些变态，上海的施蛰存老先生干脆把他写成一个性变态者。而这个人物也确是精明得令人感到战栗，是个克格勃式的人物。与这种人物打交道的最好办法，便是与其不相识。如果不幸认识了，只有远远地回避为好。

不知别人怎样，读《水浒传》杨雄杀妻这一节，我总感到冷风的吹袭。是的，石秀并没有动手，只是笑嘻嘻地对潘巧云说"由哥哥服侍嫂嫂"。这是个白面狼似的人物，也忒阴毒凶残了。如果无论是书中人物，还是书外人物，在杀人之后，都如此心安理得，那么，这个社会，我想，必然会被人类所淘汰。阎婆惜何罪当诛？潘巧云何罪当诛？即便是潘金莲，那样一位美丽的女子，守着那样一位丑陋的男人，难道就不应该见异思迁？这当然是古人与今人的态度不同。

今人的态度又怎样？

一九七三年，我在一家汽车修理厂学习。那是一家颇大的厂子，因为大，故而分工细。我向一位姓陈的师傅学习修理变速器，如果是北京吉普还应该包括前驱动。大概有十个师傅负责，采取流水排号的办法，一个师傅负责一个号，其中有一位女师傅。修底盘是很累的活，尤其是载重汽车，如果是解放，一个变速器，两个壮年男人摆弄起来也不轻松，何况柔弱的女性？但是，在那个年月，男人能做的事，女人照样地也要做，但有些事其实是做不了的。这位女师傅与一位男师傅搭伙，故而颇有传闻。那两位师傅，我现在想，也不过三十岁左右。我做工的车间还负责方向盘与拉杆，前拉杆与后拉杆的修理，由一位小伙子与一位老师傅负责。这个小伙子姓刘，黑黑的，个子不高，皮肤很光滑，镶嵌在脸上的五官也颇端正。时不时有一个年轻的女工找他，一个很美丽的女工，眼睛大大的、亮亮的，辫子长长的，皮肤也是黑黑的，黑得俏皮，和小刘很相称。我以为他们在谈恋爱。有一天早晨，突然听说，小刘去医院了，大家都传。小刘去医院有什么可传？难道他生病了？后来知道，他去医院是看望那个女工的。她原来是文工团的演员，后来下放到工厂。和她同来的还有几位，一位姓黄，而她，我却始终不知道姓什么。有一天，就是大家都传小刘去医院的那一天的清晨，一位小学老师的妻子约来亲戚朋友抓奸，把她与自己的丈夫捉住，把她的头发绞掉，打了一顿，送进医院。那个年代，即便是现在，一个女人发生了这种事情，也是名誉扫地了。有人问小刘，小刘表示，那也要她。有师傅，一个叫小宋的师傅说，这次她该回心转意了。我后来才知道，他们原来是夫妻。自己的妻子出了这等事，小刘的反应是这个样子，大家都叹息。我那时年幼，不懂男女之间的情感纠葛，现在想来，一个唱歌跳舞的女人与一个修理底盘整天油污的男人，在情感上大概很难疏通，他们的结合是那个时代的悲剧。而有时我又想，一个女人，出了那样的事，她的男人依然爱她，为什么？只能说是爱之过深。相对于《水浒传》杨雄这类人物，我们应该做出怎样的判断？一个是千年以前的人物，一个是千年以后的人物。前者是蓟州府以杀人为业的刽子，后者是北京城修理汽车的工人。他们的妻子都很漂亮，都做出了对丈夫不忠之事，但命运却完全相反，为什么？当然是做丈夫的观念不同。在杨雄，妻子是他的附属，只能被他一人占有，丝毫没有自己的人格。但在《水浒传》中，英雄们还是要娶妻，为什么？翻脸将她杀掉，作为一种英雄气概的衬托。只有一位英雄喜欢女色，却被刻画成五短身材的可笑的丑陋形象。我曾经做过统计，七十一回本的《水浒传》，英雄们杀戮的对象，最多是女人与穿麻衣的草民，并不是贪官污吏，最后的招安，实在是顺理成章。奇怪的是，多少年来，我们在给孩子们编写的教科书里，却将这些人物歌颂为英雄。也难怪，这些人与杀人如麻的张献忠相比，不过是几只吸血的蚊虫罢了。

说到张献忠，只说其一事。张献忠进入四川以砍断女人的小脚取乐。将女人的小脚聚成一堆，又砍掉他的一个爱妾的小脚，置于堆的尖上，谓之天堆。这岂是人做的事？这样的人，在我们的教科书里，却称之为英雄，将这样的盗贼称之为英雄，难道还有一丝一毫的心肝吗？

这么想着，望望对面的翠屏山，心情是复杂的。那时候，按照《水浒传》的写法，这里是个荒僻的所在，尽是乱坟、白杨与青草，故而杨雄与石秀要把潘巧云骗到这里，以避眼目。现在呢？都是松树，没有杨树，过去的都砍光了。也许在杨雄杀妻的时代便没有，只是作为一种文学修饰的手段。记得东晋的陶潜写过一首挽歌，吟哦白杨，有一种萧骚的声音，而感到悲凉。所谓"死去何所道，托体同山阿"，逝去的永远逝去了，逝者无知，只能给今天的生者留下凄楚与感伤。这么想着，再一次眺望远处的翠屏山，突然感悟，这山的名字有多么美丽，却与那么凶残的故事相连，无论如何，是不应该的。

顾太清

一

　　一八三九年，龚自珍辞官南归，创作了三百一十五首七绝组诗，这一年正是农历己亥，故名《己亥杂诗》。组诗中的第五与第一百二十五首，最为今人称道而选入中小学课本，其中"落红不是无情物，化作春泥更护花"与"我劝天公重抖擞，不拘一格降人才"也由此流行于世。然而，并不是每一首诗都给诗人带来荣誉，比如，第二百零九首，反而让他中了蜚言的毒箭。

　　诗是这样写的：

空山徒倚倦游身，梦见城西阆苑春。

一骑传笺朱邸晚，临风递与缟衣人。

诗的末句有一段自注："忆宣武门内太平湖之丁香花一首。"在龚自珍的时代，北京内城西南有一片湖泊曰太平湖，湖东是奕绘府。奕绘的祖父是乾隆五子荣亲王永琪，故而世称荣府。于是有人附会龚诗中的"朱邸"便是荣府，而"缟衣人"则是奕绘的夫人顾太清。因为顾太清本名春，所谓"梦见城西阆苑春"，由此揣度二人有暧昧之情，时称"丁香花案"。

蜚言的制造者是冒广生，孟森曾经作文驳斥，继而苏雪林作《丁香花疑案再辩》。到了一九九二年，赵伯陶又作《莫须有的〈丁香花案〉》为之辩污。然而，事情并没就此结束。二〇〇六与二〇〇九年，黄仕忠又著文，以顾太清和龚自珍各自的经历做比对，从时间上推断顾太清与龚自珍早年相识相慕是完全可能的。然而，文章仅是想象的推论，并无史实根据，而被有识者斥为无根游谈。

在清代，评论本朝词人，男性以朱彝尊、陈维崧，女性以吴藻为冠。而在辛亥鼎革之后，则以纳兰和顾太清分别居于男女词人之首。在评论顾太清的词作时，词学大家况周颐谓其"深稳沉著，不琢不率，极合依声消息"，"其佳处在气格不在字句……此等词无人能知，无人能爱,夫以绝代佳人而能填无人能爱之词,是亦奇矣"。又说顾太清的词"得力于周清真,旁参白石之清俊","纯乎宋人法乳,故能不烦洗伐,绝无一毫鲜艳涉其笔端"。她的词确实写得好而多有风致,譬如《庭院深深·杏庄婿属题〈络纬美人〉团扇》:

开到黄花秋老,凉风吹过妆楼。云鬟宫样罢梳头。绮窗无个事,晓日上帘钩。 细检瓜瓤菜叶,爱听络纬声幽。持来素手慢凝眸。想因观物化,应不解悲秋。

"素——手——慢——凝——眸"啊。

因为这些缘故,当闻听顾太清的居住之地就在房山,且有大量的建筑遗存,怎么可以不去拜望?

二

顾太清故居的所在之地,现在是京煤集团的下属单位,是一处存放炸药的仓库。

这个地方一边是大房山,一边是大安山,中间的山谷便是南峪。顾太清故居在南峪的半山之间,前边是杨树关。所谓关,其实不过是一座小巧的城楼。关的前面横置一道栏杆,一位年轻的武警手持黑色的微冲——玩具似的,在那里站岗。几位身着天蓝制服的同志在栏杆外面迎接我们。有一位同志姓李,告诫我们:"这里不准吸烟,不准照相,不准穿有钉子的鞋。"上世纪五十年代这里发生过爆炸,一个小战士打扫卫生,不小心把水溅在炸药——硝化甘油上,冒出了纤细的白烟,小战士不知所措,告诉了工程师。工程师告诉大家,赶紧疏散,能跑多远,就跑多远。爆炸惊天动地,北京都听见了,于是将这个炸药库远远地迁移到河北,后来由于经济建设需要又迁回原址。

我们有些毛骨悚然。

进杨树关之后向左行,看到一处破烂的房子,这里原是章京的住处。再向上,看到一处院落,中间是三楹大门,两侧是与大门相连的倒座。大门早已堵塞,院墙也已经倾圮了。院落里丛生杂树,我注意到有一种树叶的边缘镶嵌纤细的锯齿,好像是榆树。问李,说这是木榄子,叶子可以食用。又指点一株硕大的白皮松说,那是原来就有的。再向上,看见一座大房子,那便是霏云山房,背后是清风阁。我们从侧面的楼梯走上去,梁栋上的彩画断续依稀可见,在一只朱红的包袱里,描画着一只金色的行龙。李说,前几年这里的彩画还十分清晰,有不少画有《红楼梦》故事。顾太清十分喜爱《红楼梦》,曾经作过续书,称《红楼梦影》。

清风阁背后是雪白的月台。在月台正中位置,李说是顾太清与奕绘的墓穴——曾经是墓穴，而现在什么也看不见了，只看见一个不大的黑色洞穴。看到大家疑惑的神态，李强调就是这里，前几年，她的后人便在这个地方祭拜。月台的栏杆依旧莹洁如玉，而雕刻的工人仿佛还没有走远，躲在什么地方端详自己的作品。雕工也委实好，望柱的端部高雕流云，桥块的抱鼓雕刻寿字。云是灵芝形状，寿是团寿，都是常见的传统的吉祥图案。一株小灌木从月台的壁缝里钻出来，李说，这是麻栎疙瘩，它的根可以做烟斗。麻栎疙瘩的叶子纤细如线，绿得尖新而舒展微黄的韵味。如此娇嫩的叶子，却生有如铜坚硬的根部，在我的感觉里无论如何难以统一。

故居位于半山之间，故而东西两侧，各建有一条爬山廊，随着山的姿态而向上伸展。在清风阁的时候，透过半拱的钻山，看到秀媚的廊柱侍女似的站成一列，而朱红的油漆都已褪尽，潜意识里掠过一丝莫名的漪涟，这里就是顾太清曾经住过的地方么？蓦地想到她的两首诗，其中一句是"大南峪里天台寺，楼阁参池云雾重"。天台寺建于明代，是慈圣李太后为宝珠禅师王能贵所建，入清以后属于胜朝遗物，因此顾太清要叹息"一段残碑哀社稷，满山春草牧牛羊"了。前半句是描摹，描摹心中的情感微澜，后半句是实写，实写眼中的景物。而这里的景物的确很美，"野鸟山峰皆法象，苍松古柏宛游龙""立马东岗新雨后，西南高插紫芙蓉"，雨霁新晴，天空蓝得养眼，西南的高峰犹如紫色的芙蓉。顾太清喜欢这里，奕绘也喜欢这里，很想把这里作为生前的别墅与未来的终老之地。夫妻二人此时虽然不过三十几岁，却已经预办身后之事，"笑指他年从葬处，白云堆里是吾乡"。

一年以后再来这里，景象已然丕变，顾太清吟道，"去年三月游南谷"，山间的桃花宛如旖旎的霞光，而今天呢？"微荫小阁凝青霭，细溜仙源漱白沙"了。这是写于三月的诗，两个月以后，顾太清再吟哦，"白云深处清风阁，总使忙人亦不忙"。而在赴南峪途中，暴雨骤起，雷电交织，豪雨纵横宛如银色的波涛。诗的题目是《题南谷清风阁，次夫子韵》，夫子即奕绘，夫妻二人经常唱和。在这次唱和中，奕绘的笔端是"雨中出郭快时晴，望见山楼已落成"。山楼，便是清风阁，据《荣府史》记载，这是一座两层楼阁，"上下各五楹"，"阁上南室为'栖神宇'，北室为'延年行馆'"。住在这里，奕绘的感触是"中年已办终身计"，他哪里料想到，三年以后，不过四十岁——而那年，顾太清也是四十岁——就真的长眠于此，"千章碧树拥佳城"了呢？

三

北京民进的一位小姑娘在手机里通知我，八月二十九日去北京市文物局。我在去年曾经写过一篇关于北京名人故居的调查报告，民进的同志据此写了一则界别提案，北京市领导批示由市文物局答复。文物局的同志很重视这个提案，正副局长与相关部门领导莅临会议。因为会议的内容是名人故居，自然要说到顾太清。那么一个词人，清代最伟大的女词人，她的故居竟然成为储存炸药的处所，这真是匪夷所思而叫人料想不到。杜甫有句，"魑魅喜人过，文章憎命达"，真是这样吗？

道光十八年，也就是公元一八三八年，奕绘病逝，而这一天又恰是顾太清的长子载钊的生辰，于是府中舆论大哗，认为"庶出妨人"。奕绘的母亲，也就是太福晋，本来就听到许多浸润之言，认为她有"夺嫡"企图，现在又涉及庶子为"不吉之人"，自然是火上加油。为了护持嫡子载钧，遂命顾太清携带儿女移居府外，先是赁居养马营，一年后迁徙到砖塔胡同。对这段生活，顾太清刻骨铭心，她在一首诗题中说："自先夫子薨逝后，意不为诗。冬窗检点遗稿，卷中诗多唱和，触目感怀，结习难忘。遂赋数字，非敢有所怨，聊记予之不幸也，兼示钊、初两儿。"这一年，载钊十四岁，载初七岁。被迫同顾太清移居府外的还有两个女儿，十二岁的载通与九岁的载道，四个儿女都处于少年与童年阶段。在这首诗中，有这样两句："有儿性痴顽，有女年尚婴。斗粟与尺布，有所不能行。"前一句是写儿女的顽皮与无知，后一句则暗泄与嫡子载钧不合。《史记》淮南衡山列传讲述汉文帝与淮南王相争,淮南王不食而亡。数年以后,民间流传一首歌谣:"一尺布,尚可缝;一斗粟,尚可春,兄弟二人不能相容。"一尺布可以缝在一起做衣服,一斗粟脱去外壳,也可以让大家共食,天下之大,兄弟之间为什么不能和睦相容呢?

顾太清,本姓西林觉罗氏,是甘肃巡抚鄂昌的孙女。鄂昌因胡中藻案赐死,家产被籍没。其子鄂实峰移居香山健锐营,娶富察氏女,生一子二女,长女即顾太清。太清,本名春,字梅仙,太清乃其号,因此她的正确姓名应是"西林春"才对。奕绘的祖父永琪是乾隆五子,永琪的妻子是鄂尔泰之子鄂弼的女儿,与顾太清有戚谊。因为这个原因,顾太清常来荣府,与奕绘相识,诗词唱和而互生倾慕之意。但是太清是罪人之后,与奕绘不可以连为枝理,于是按照清人的规制,冒充荣府护卫顾文星之女而向宗人府报禀,才得以成为奕绘的侧室。婚后不久,奕绘的正室就去世了,顾太清便以侧室摄行正室之事,但其做事严厉,由此埋下了祸根。奕绘是一个很有学问的人,诗也写得很好,与顾太清甚是相得,二人经常诗歌唱和,连骑出游。所谓连骑,就是两匹马齐头并行。在清朝咸、同以前,满族的青年妇女出门向来骑马,只有老年妇女才坐车轿。因此顾太清与奕绘出行,自然也要骑马,又是琴瑟相得的夫妻,连骑而行是情理之事,却哪里料到,这一满族习俗，在后人的笔记里却演绎为，太清"做内家装，于马上拨铁琵琶，手白如玉，见者咸谓王嫱重生"，进而演绎出"丁香诗案"那样的绯闻，而使清誉，包括她的家人蒙污。李青莲有诗："青蝇一点白璧污"，这真是不幸的事情。当然，这样的桃色流言，对于今天千方百计制造绯闻以求提升人气的女星们却是求之不得，而对于封建时代的女性，却具有毁灭力，文人之无良何至于此！

养马营在西城，砖塔胡同也在西城。现在，养马营已然拆掉，砖塔胡同西端也已经拆掉不少。顾太清曾经住过的地方是否也被拆掉，一时难以说清，而对于可以说清，且有大量建筑存世的南峪别墅，我们却丝毫没有爱惜之情，历史与社会的荒谬真的要恒久地伴随这个不幸的女人吗？然而又似乎不是，文物局负责同志答复我们，京煤集团准备把炸药库迁移他处，而将这里修复为旅游胜地，他们也准备予以资金支持。如果真是这样，自然值得庆贺，且可以告慰那些曾经对祖国文化的繁荣与发展做出贡献的先贤们。虽然这样的事情来得太晚，也依然是高兴的事情，用顾太清的表述是"洗尽铅华不惹愁"。但是，我依旧浸润一种淡淡的愁恻的情绪，为这个女子的命运而叹息，担心这样的事情未必会很快转为现实。况且在清风阁周围，也真应该恢复一些顾太清眼中的树木。顾太清有句："杨柳才垂碧玉稍，杏花乍染胭脂梗。"

而在奕绘的笔底则是："六株银杏初生叶，两树红梨正放香。"种植一些这样的北京的土著物种应该不难，而且要抓紧时间去种，为什么不种呢？

2013.10.21

沈园香碎

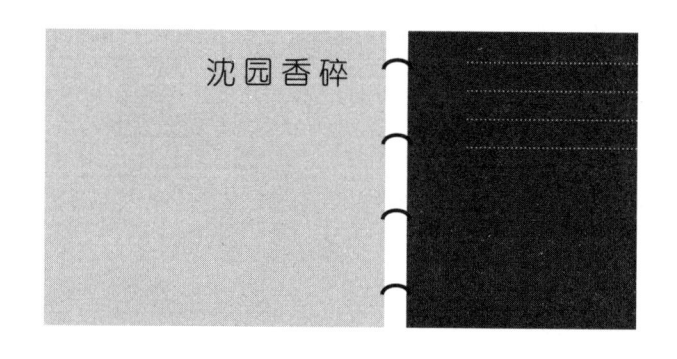

去绍兴,未有不去鲁迅故居与鲁迅纪念馆的,鲁迅已然成为绍兴市的名片。去沈园的就相对稀少,而且去完故居与纪念馆,再去沈园,在时间上也很紧张了。即便是去得成,也只能是一带而过,导游小姐的催促之声令人心烦,破坏了兴致。当然这只是一日,若是两日三日游之类,不存在这样的问题。绍兴,包括沈园是需要细细体味的,但,恐怕这样的人也就不多。而且,今胜于昔,绍兴的街道也都大大地扩展。在我的印象里,"文革"之中我来过一次,鲁迅故居好像在一条纤细的小巷里,今天却十分宽阔,后来明白,是将前面的街道拆掉,拆到河滨。幸好,只拆了半段,东面的那一段还在,还保留着旧时的风貌。从那里穿过,到长庆寺,向右拐，便是沈园了。

作为园，沈园也并没有什么。无非是一面水塘，正是柳絮吹棉的时候，灰暗的水面上仿佛浮满了白色的苔藓，实在没有美的印象。好像是在池塘的北部，有一座敞厅，卖些喝的饮料之类，远不及鲁迅的百草园有意思。褐色的泥土种着一垄一垄的青菜，绿而湿的井台，靠东墙的地方种植着一株比我印象里要纤小若干的皂荚树。但我们去的不是时候，既没有听到蝉吟，也没有听到蟋蟀的歌声。据说，蟋蟀中的高品，入过知堂的诗：

辣茄蓬里听油蛉，小罩扣来掌上擎。
瞥见长须红项颈，居然名贵过金蛉。

知堂说这样的蟋蟀可以过冬，但须放于衣襟之内。北方的虫也是这样，放在一个小巧的葫芦里，揣入怀中，以人的体温维持虫所需要的生存温度。沈园也不能说没有这样的小虫，只是没有经过鲁迅先生的题品，也就不为游人赏鉴，从而引不起更多的遐思。来这里，还是要凭吊陆游的。在沈园的入口，在它的右首，有一片青竹围起的小院，里面布置了一个陆游生平的展览。但也仅仅是图片，没有可以摩挲的东西。远不及在百草园，在鲁迅的旧居，有那么多苍灰的屋瓦覆盖着的墙与台阶，还有旧时的家什，和一种鲁迅在《故乡》中提到的"狗气杀"——狭长的木笼，木条之间有缝隙，鸡可以将头伸进去啄食主人撒在里面的米糠，狗则不可以，故而要气杀。但沈园也不能说完全没有可以观览的去处。好像是在池塘的南侧，有一堵残墙，据墙下的说明，这是沈园的原墙，好像是嵌着一方乌黑的石头，镌刻着陆游的《钗头凤》。而红领巾似乎也不在意，围绕着墙跑过去，跑到对面卖饮料与小吃的敞厅里。对他们而言，那一个时代，也实在遥远了一些，他们哪里懂得这些哀怨的故事。而我却至今奇怪，陆游的母亲为什么一定要将陆游和他的妻子唐婉拆散？一定要在陆游的心中烙印巨大的创痛，八十岁的时候，还要写下伤心的诗句，"犹吊遗踪一泫然"。一个女人，至死都被一个男人所思念，灵犀相通，是一个方面；面容姣好，我想也是一个重要因素。

　　关于女人，关于中国的美女，绍兴的闺阁是上了青史的，浣纱的西施，至今还是小说与银屏的形象。但不知为什么，在诗三百里，却没有关于越女的诗句。不若中原的女子，引起采风人的关注，用蛾眉比喻女人的眉毛纤细而有曲线的秀丽，用天牛的幼虫来形容女人颈项的洁白与柔美。但唐婉是幸运的，在陆游的笔下有不少与她相关的诗。"伤心桥下春波绿，曾是惊鸿照影来"，鸿是天鹅一样美丽的大鸟，在一个女人的面前，鸿感到惭愧，这个女人自然是美丽的。而与这样的女人不得不分手，对一个男人而言，无疑义的，自然万分痛苦。对于唐婉也是这样，或者更为深刻。在中国，这样的事情实在太多。因为母命，不得不同自己不喜爱的女人结合。因为母命，又不得不同自己心爱的女人分手。在南宋，在理学昌盛的时代，我又奇怪，何者唐婉又可以再嫁，而后半生有托，较之朱安，鲁迅的元配夫人似乎更现代化一些。

在鲁迅的故居，我已然忘掉了哪一间是鲁迅住过的地方，笼统地说，也就是鲁迅与朱安饮合卺酒的地方(按照过去的习俗，把一个葫芦分成两半，那便是瓢。男女新人各执一个装满酒的瓢而对饮)。关于朱安，在很久的时间里，没有人说。后来可以说了，也说得很清楚。据说，新婚的次日，应该拜祠堂，但鲁迅没有去。婚后的第四日，鲁迅便只身浮海回到日本。用鲁迅的话，这是母亲送给他的礼物，他不能够拒绝，这在鲁迅自然是痛苦万分的。朱安呢？同样，鲁迅也是别人送给她的一件礼物，她又该如何？用今人的眼光，不被丈夫怜惜的女人是最痛苦的女人。但朱安是个旧式的女人，甚至不如九百年以前的唐婉，选择了一条比唐婉还古老的道路。只是有一次抱怨："老太太嫌我没有儿子，大先生始终不同我说话，怎么会有儿子呢？"我常常奇怪，对于朱安这样的女人，研究鲁迅的专家为什么不去注意？他们花费了那样多的笔墨去研究孔乙己、阿Q、祥林嫂，那些虚构的悲剧人物，为之重重地叹息，却没有人去研究现实中的悲剧人物。怎么会是这样的呢？对于鲁迅，他的人格与作品我是极为尊重的。好像是有一个评论家，评价鲁迅的作品，第一个是冷，第二个是冷，第三个还是冷。鲁迅颇为认可。对于鲁迅的冷漠，朱安的态度是麻木。据说，鲁迅故世以后，关于他的藏书问题，引起不大不小的争议。有人要卖，有人要保护。激愤之中，朱安突然说："我也是大先生的人，我也要保护。"有谁去保护，进而呵护？一个女人，丑陋的女人是女人，旧式的女人也是女人，丑陋的旧式女人也需要丈夫的珍惜。失掉了这种，或者从来没有得到过这种珍惜，对任何一个女人，丑陋的与漂亮的，古老的与现代的，都应该是人生的最大不幸。而唐婉呢？仅就此，其实是作为女人最应该得到的，已然得到了，这对她而言，又是最大的幸福，至今会让朱安这样的女人羡慕乃至忌妒的罢。也许朱安已然不会忌妒了，至少她在名分上还是鲁迅的夫人。而唐婉呢？真是各有各的痛楚。在沈园，我极力寻觅一丝一痕她的踪迹，当然是一点也没有，只能闭上眼睛去想象，这里的泥土是她践踏过的，那里的春波是她照映过的，都如同花朵一样，化作了微尘。如烟往事鸟空啼啊！而在百草园与鲁迅的故宅，是不用虚拟想象的，真实得很。颇大的淘米缸、饲鸡的笼子、蒲公英，又叫白鼓钉、盛菜油的油墩鬏、灶头、锡壶与车前子，两壁是粉墙的天井，身穿长袍的寿先生也来过这里，称"寿家拜岁"。在知堂的文章里，描述过这样的油灯：灯是瓷制的，"承油盏的直柱只有一寸高，下面即是瓷盘，另有一个圆罩，高七八寸，上部周围有长短直行空隙，顶上偏着开一孔，可以盖在灯上，使得灯光幽暗，只从空隙射出一点来，像是一堵花墙，这是彻夜不灭灯时所用，需要亮光时把罩当作台，上边搁上灯盏，高低也刚适合"。这是读书人夜读时用的灯，不是照佳人用的灯。那种灯应该是像戏台上的，有一枝细细的茎，上面覆盖着朱红的纱罩，"今宵剩把银釭照，犹恐相逢是梦中"，会给人无尽感喟的。

陆游与鲁迅都是中国历史上，古代与现代的杰出人物。他们的妻子，唐婉与朱安的命运也是相似而又不同。唐婉选择了逃逸，朱安选择了坚守，一如旧时大多数乃至今日相当部分女人的选择，终老于周家，一说和她的婆母葬在一起。她的墓地在北京海淀区的板井村，五十年代还好，后来被平掉，被一个机关所占用。但棺木没有取出来，还是深深地嵌在黄色的泥土里。我不知道行走于其上的人物是否知道这段历史，如果知道，他们还会安心吗？

还是回到现实，不要再思索这样沉重的话题。在沈园门口，我想拍一张静物做纪念。刚要按快门，突然一个骑自行车的小姑娘闯入镜头，我没有拍。待她走后，我突然意识到，那个小姑娘有多么美丽啊。那样的娇媚，肤色是那样的白皙，如果是在《聊斋志异》中，用蒲翁的笔法，与这样的女人相聚，是"人生得一姝丽足矣"。

　　好像是西洋人爱说,美丽是上帝送给女人的最好的礼物。朱安不用说了,唐婉又怎样?这样的礼物似乎并不总是与幸福相连,这真是有些不可以索解的。

故园的女人与花朵

那蔷薇，就像所有的蔷薇，

只开了一个早晨

——巴尔扎克

写下这个题目，有些纠结。纠结什么呢？一时难以说清。但有一点是明确的，即：题目中的故园是指鲁迅的故园。既然是鲁迅的，那么至少有三处，绍兴、北京、上海，都有资格成为鲁迅故园。如果我是绍兴人士，则毫不犹豫地选择绍兴。如果是上海籍呢？而我是北京人，熟稔的当然是北京，因此以鲁迅在北京的曾经居住地而作为写作中心，也就没有什么可以迟疑了。然而，虽是如此，也还是有些纠结,纠结那些女人与花朵,尤其是女人——新与旧的女人,真的一时梳理不清。那就暂时放下,从故园的猫说起。

一

在北京,鲁迅曾经居住过四个地方,一处是南半截胡同7号的绍兴会馆,一处是八道湾胡同11号周氏兄弟旧居,一处是砖塔胡同84号,一处是宫门口西三条21号的鲁迅故居,现在被包围在鲁迅博物馆的院子里。在绍兴会馆,鲁迅住了七年半,从一九一二年的五月到一九一九年的十一月。先是住在会馆西北部的藤花西馆,因为邻人吵闹而迁移到会馆东南的补树书屋。关于邻人吵闹,鲁迅在日记中这样记载:"半夜后邻客以闽音高谈,狺狺如犬相啮,不得安睡。"但是搬到南部的小院以后,虽然逃避了狺狺犬啮,却又平添了猫的骚扰。而且,这里多少有些阴气,鲁迅在《呐喊》自序中写有这样一句话,"往昔是曾在院子里的槐树上缢死过一个女人的",据说是一个官员的姨太太。鲁迅对此倒不在乎,况且"现在的槐树已经高不可攀了"。让他恼火的是猫,是夜晚闹春的猫。周作人在《鲁迅的故家》中回忆,对于猫叫春,像小儿一样绵长的啼哭,他们那时是"大抵大怒而起"。周作人说,他的一九一八年的日记里,也有"夜为猫所扰,不得安睡"的记载。不得安睡怎办?只有采取行动,"拿着一支竹竿",周作人写道:"我搬了小茶几,到后檐下放好,他便上去用竹竿痛打,把它们打散,但也不能长治久安,往往过一会又回来了。"谁拿竹竿?揣摩文意,既然周作人"搬了小茶几",那么就应该是鲁迅,是鲁迅手持竹竿与搬着小茶几的周作人走到后檐下面。打猫为什么不在前檐,而偏要绕到房子的后面,舍近求远地走到后檐下呢?我近日去那里探访,绕到补树书屋的后面明白了,后檐的地势相对前檐至少高出半米,站在那里可以很容易打散在屋顶上叫春的猫。

当然,在补树书屋,对鲁迅而言,更多是岑静与寂寞,是抄古碑的好地方,而且"古碑中也遇不到什么问题和主义"。夏夜时分,"蚊子多了,便摇着蒲扇坐在槐树下",鲁迅在《呐喊》自序中说,"从密叶缝里看那一点一点的青天,晚出的槐蚕又每每冰冷地落在头颈上"。关于这株槐树,研究鲁迅的著作记述多矣,这里不再多说。我感兴趣的是槐树之前的历史,因为文献记载,补树书屋的墙壁上,曾经嵌有一方石匾,刻有这样一些文字:

> 昔有美树,花夜合。或曰:楝别种莲芙。

夜晚将花朵合拢的,是什么树呢?是合欢吗?合欢我是熟悉的，北京曾有一条大街将其作为行道树，夏天的时候绽放绯红的花朵，后来不知道出于什么原因统统被砍掉了。合欢的叶子在晚间闭合，因此在日本有"睡觉树"之称。叶子是这样，花也是这样吗？

什么植物的花在夜晚一定闭合呢？有一种叫"夜合花"，又称"夜香木兰"，有九片花瓣，外面三瓣是绿色的，里面六瓣是白色的，清晨开放，晚间合拢，香气幽馨，直径有三到四厘米，是一种偏大型的花卉。把这样的树称为"美树"，自然是不错的。但这只是我个人猜测，因为还有这样的话："或曰楝别种莲芙。"楝，又称苦楝，果实是圆球形状的，成熟以后焕发一种金黄的色泽，因此又叫金铃子。在中国文人的情怀里，楝是高洁的树木，庄子《秋水》篇中便有凤凰非梧桐不栖、非楝实不食的议论。楝花一蓓数朵，颜色紫红，芳香满庭。

楝，这种树在印度被称为神树，是雕刻佛像的好材料。那么，楝的别种"莲芙"，是楝的哪一个品种呢？可惜也一时难以说清。而历史中的现实是，在鲁迅的时代，无论是夜合还是莲芙，都早已在壬寅年的春天死掉了。壬寅是道光二十二年，即公元一八四二年。这一年，距鲁迅入住的时间是七十年，距周作人是七十五年。他们所见的槐树，种于癸卯，与壬寅相差一年——公元一八四三年。如果从这一年算起，周氏兄弟眼际中的槐树正当盛年，正是亭亭如盖、青翠如幄的好姿态。周作人说住在这里，盛夏的时候屋子里并不很热,"不大有蚊子,因为不记得用过什么蚊香,也不曾买有蝇拍子,可见没有苍蝇进来",自然与这株槐树有关,"它好像是一顶绿的大日照伞,把可畏的夏日都挡住了"。这是槐树的好处,当然也有坏处,只是槐树上的"青虫很有点讨厌"。青虫,在古人的笔下是"尺蠖",鲁迅写作"槐蚕",是一种像蚕那样白皙的小虫子,以槐树的叶子为食,北京人俗称"吊死鬼"。这种小虫子,时常用一根细长而雪亮的白丝吊下来,落在地上一曲一伸地爬,不小心,落在行人的身上是免不了的。如果落在"头颈上",会像鲁迅那样,产生"冰冷的"感觉吗?周作人呢?他奇怪的是,"那么旧的屋里该有老鼠,却也并不见",这其实是与猫大有关系。周作人说,"谁家的猫常来屋上骚扰,往往叫人整半夜睡不着觉",这些扰人清梦的猫便是驱逐老鼠的功臣吧!

但是,它们哪里料得到,做了这样的好事却难免被痛打,功臣应该得到这样的"待遇"吗?

那些白皙的小虫子,那个自缢的女人呢?

二

展现在我们眼前的是三个活泼的姑娘:俞藻、俞芳与许羡苏。

照片中，俞芳与许羡苏之间是鲁迅的母亲鲁老太太。

俞芳与俞藻有一个姐姐叫俞芬。俞芳后来回忆，八岁那年，她们的母亲去世了，比她大十二岁的俞芬，带着她和小妹俞藻一起到北京读书，住在西城的砖塔胡同61号，即今之84号。俞氏三姐妹的父亲叫俞英崖，61号是俞英崖朋友的房产。俞英崖在外地工作，俞氏三姐妹便借住在这里。一九二三年七月，鲁迅与周作人失和，八月离开八道湾而迁居于此。

与鲁迅初次接触，俞氏姐妹很拘谨。但是，很快发生了变化，一天，鲁老太太给他们讲鲁迅小时的故事。说鲁迅穿着红棉袄，手持大关刀，模拟关羽征战的样子，高喊："娘，给你看看！"听了这个故事，俞芬立即拿起鸡毛掸子，模拟鲁迅小时的样子高喊："大先生，大先生，你看！""这是红棉袄，这是大关刀，和尚师父给我做的，给你看看！"陌生的界限一下子打开了。

俞芬与许羡苏同为绍兴人，是鲁迅三弟周建人在绍兴女子师范教书时的学生。许羡苏到北京女子师高读书的时候，俞芬在师高附中读书，因此许羡苏在回忆往事的时候，说她的这位同学是一位超龄的活泼的女中学生。鲁迅借寓砖塔胡同61号便是通过许羡苏介绍的。一九二〇年，许羡苏从绍兴来到北京报考北京大学，住在八道湾，鲁老太太很喜欢她。后来，许羡苏考上了北京女子师高，住到学校里去了，鲁老太太舍不得，流了好几次眼泪。许羡苏当时剪了短发，与高师当局的要求相抵触。当时剪短发的，还有廖伯英、甘睿昌和张挹兰。张挹兰后来转到北京大学，与李大钊同日遇难。高师当局下令这些剪短发的学生必须把头发养长，而这四个学生拒不遵命。高师当局于是向学生的保证人、监护人与家长，要求他们督促执行。许羡苏的保证人是周作人，为此，周作人退掉聘书以示抗议；鲁迅则写了一个短篇《头发的故事》，表达他的激愤与支持。

一九二六年八月二十六日，鲁迅与许广平南下，由此，鲁迅与许羡苏的通信也频繁起来。以八月二十七日至十月二日为例，根据《鲁迅日记》，他们之间的通信次数是：

八月

二十七日　上午以明信片寄寿山、淑卿。午蹬车，一点钟发天津。

二十九日　晨七时抵上海……以明信片寄淑卿。

九月

一日　下午寄羡苏明信片。

四日　下午一时抵厦门，寓中和旅馆。以明信片寄羡苏及三弟。

五日　午寄淑卿信。

八日　下午得淑卿信，二日发。

十二日　下午寄淑卿信及明信片一。

十八日　上午寄许羡苏信并《语丝》十本。

二十三日　午后得羡苏信，十五日发。

二十四日　上午寄羡苏信并《语丝》。

二十七日　收小景片十二枚，十六日淑卿自北京寄。

十月

二日　下午得羡苏信，廿四日发。

按：淑卿，即许羡苏。鲁迅九月八日得到许羡苏的回信应是对九月一日以前三张明信片的回复。许羡苏二日寄出的信，鲁迅六天就收到了，说明其时邮政是顺畅的，作为平信的收发时间今天也大抵如此。从八月二十七日到十月二日，在三十七天的时间里，鲁迅与许羡苏通信十三封，鲁迅八封，许羡苏五封。有人根据《鲁迅日记》统计，鲁迅与许羡苏的往来信函大概有二百五十余封。鲁迅，包括邮寄书籍，有一百多封，许羡苏的也有百余封。

在鲁迅的人生中，许羡苏是一位难以回避的女性。许羡苏面容姣好，性格活泼。历史如果给鲁老太太再一次选择儿媳的机会，有的研究者认为，她一定会选择许羡苏。友人曹聚仁在一本关于鲁迅的评传中，更是把许羡苏直接称为"鲁迅的恋人"。鲁迅的学生孙伏园曾经私下里，将许羡苏、许广平与鲁迅之间的关系称为"二许之争"。这样的闲话，很快传到鲁迅的耳朵里。一九二六年九月三十日，时在厦门的鲁迅，致信在广州的许广平，转述伏园的闲话，"他所宣传的，大略是说：他家不但常有男学生，也常有女学生，但他是爱高的那一个的，因为她最有才气云云"。"高的那一个"是指许广平。对这件事，鲁迅看得很淡，认为"平凡得很，正如伏园之人，不足多论也"。看到鲁迅的信，不知许广平的心情如何，而许羡苏又会翻涌怎样的波澜呢？

关于鲁迅与许羡苏之间通信的下落，许羡苏在一九六一年著文回忆说，一九三〇年她去河北第五女师——其地在大名府，任教前夕，把鲁迅给她的来信捆成一包，交给了鲁迅的夫人朱安，"不知她怎样处理了"。但是，后来整理鲁迅在北京的故居时，在朱安的箱子里并没有见到这些信。如果这些信还在，那些曾经的鲜活文字会传递何种信息呢？

一九二七年一月十一日，鲁迅在即将离开厦门大学的时候，给许广平写了一封长信，述及厦大的学潮以及关于北京的一些传闻，说到一位从北京南来的教授白果，"为攻击我起见，便和田千顷分头广布于人，说我之不肯留居厦门，乃为月亮不在之故"，将许广平喻为皎洁的月亮。信尾又告知这样一件事情:"我托令弟买了几株柳,种在后园,拔去了几株玉蜀黍,母亲很可惜,有些不高兴,而宴太即大放谣诼,说我纵容着学生虐待她。"宴太即周作人的妻子羽太信子,令弟即许羡苏。这封信收进《两地书》时,羽太信子与许羡苏的真实姓名都被芟夷而改为代称,前者是可以理解的,是为了避免麻烦,用鲁迅的话是"力求清宁"。后者呢?回避什么?许广平是许羡苏在女子师高的同学,比许羡苏大三岁,称其令弟自然可以,但有什么必要回避其名?

"柳"的背后包蕴什么深隐的故事吗?

三

当然,这样的柳也可以理解为自然之柳。

一九二四年六月二十五日,鲁迅从砖塔胡同移居"西三条胡同新屋"。次年四月五日,请云松阁栽种绿植。计有"紫、白丁香各二,碧桃一,花椒、刺梅、榆梅各二,青杨三"。《鲁迅日记》中的丁香、碧桃、花椒、刺梅与榆梅,今天还可以见到。丁香位于前院正房两侧,壮硕蓬勃,已经高过屋顶了。其余的植物均在后园,一株在正房背后的东边,这是碧桃。余者则位于后园的北墙之下,从西向东依次是花椒、刺梅、榆梅。三株青杨呢？现在是一株也没有了。

青杨是杨树的一种，在中国土著杨树的种类中，与青杨相对应的是白杨。白杨树皮皎洁，青阳树皮青灰。清人陈淏子在辑录的《花镜》中比较这两种杨树的区别时说，白杨的叶子在萌芽之际，包裹一层乳白的绒毛，及至舒展开来，上面是淡青色，背面依旧是白色的。白杨的叶子似"梨叶长而厚"，"蒂长两两相对"，也就是"对生"，"遇风则簌簌有声"。岂止是"簌簌"，有时简直会发出骤雨一般的暴响。相对白杨，青杨的叶子要小许多，高度也相对低矮。在中国的传统文化中，杨树不种在院子里，而是多植于茔冢之间。由于这个缘故，北京的四合院很少有这种树。说是很少，是因为，还是有一些新进人士，比如周氏兄弟，不愿意接受这样的束缚而任性自为。我不知道鲁迅对白杨是何种态度，周作人则似乎颇多喜爱。忘记了他在哪篇散文中说过，在西教中，白杨是有罪恶的，因为基督临死之前背负的十字架是白杨做的。青杨呢？他，包括鲁迅似乎没有述及，但是虽然不见于纸上的烟霞，却见于鲁迅的后园，而且在不大的园子里栽种三株，可见主人的志趣与喜爱。

如同杨树，西三条栽种的那些花木，也基本不见于北京的四合院，只是反映了鲁迅的个人兴趣而已。见于《鲁迅日记》中的刺梅即黄刺玫，榆梅即榆叶梅。二者在花期的时候都绽放黄色花朵，而且都是重叠的花瓣，只是刺梅有刺，榆梅无刺，叶子细小模拟榆树的叶子而已。丁香就不用说了，盛开的时候香气郁烈，只是味道有些怪异，因此不太被人们所接受。尤其叫人费解的是花椒，有什么观赏价值呢？当然，这样的说法难免偏颇，因为《花镜》里不仅收有花椒，而且把它列在"花木类考"里。《花镜》描述它是"本有尖刺，叶坚而滑"，气味辛香，"蜀人取嫩芽做茶"。北京却没有这样雅，春天的北京人，只是以炸"花椒芽"自飨和飨客罢了。我年轻时的工作单位便种有花椒，栽种在食堂门口，好大一片，从那里经过时，即便是炎夏，也会感到一种辛辣的凉气。奇怪的是，我从来没有见过它们开花，当然不会没有花。花椒，包括我们食堂附近的都会开花，是一种澄黄、纤巧而类于腊梅那样形状的花。

一九四七年六月二十八日，南京《新民报》记者来到西三条，采访鲁迅的夫人朱安，说到鲁迅，说到院子里的两株植物，一株是洋桃，还有一株是樱花。朱安说，鲁迅喜欢的那株樱花被虫子咬坏了，去年才将它砍倒。而记者看到，"鲁迅亲手植的那株洋桃，高出屋脊，绿叶森森，遮盖住西边的半个院子"。洋桃是南国嘉果，成熟以后泛射蜜蜡色泽，半透明的黄色很是秀丽。洋桃，在《两地书》中，写作"杨桃"。关于杨桃，在许广平与鲁迅的通信中多次述及。先是，一九二六年九月二十八日，许广平在信中诉说广州的天气：时常有雨，空气十分潮湿，"衣物书籍，动辄发霉，讨厌极了"。而"无雨则热甚"，上课的时候汗流浃背。"蚊子大出"，"蚂蚁也不亚于厦门","食物自然更易招致,即使挂起来,也能缘绳而至,须用水绕,始得平安"。这些是牢骚话。当然也有好吃的水果,"现时有杨桃,五瓣,横断如星形,色黄绿",这样的水果,"厦门可有么"?十月四日,鲁迅回信说,在厦门有香蕉、柚子,都很好吃,"至于杨桃,却没见过,又不知道是甚么名字,所以也无从买起"。两周以后,鲁迅在给许广平的信中再次提到杨桃说,"我很想尝尝杨桃",然而要吃杨桃得去广东,但是现在却难以成行,原因是"经济问题"。因为厦门大学已经提前支付了工资,倘若现在就走,鲁迅在十月二十九日的信中说,"玉堂立刻就要被攻击,因此有些彷徨"。玉堂,即林语堂,是鲁迅来厦门大学教书的介绍人。

在鲁迅与许广平合著的《两地书》中,以厦门为背景的通信最多,鲁迅给许广平的信,不仅心迹袒露,而且颇多顽皮之态。比如,十月二十八日:

> 楼下的后面有一片花圃,用有刺的铁丝拦着。我因为要看它有怎样的拦阻力,前几天跳了一回试试。跳出了,但那刺果然有效,给了我两个小伤,一股上,一膝旁,可是并不深,至多不过一分。这是下午的事,晚上就痊愈了,一点没有什么。恐怕这事会招到告诫,但这是因为知道没有什么危险,所以试试的,倘觉可虑,就很谨慎。例如,这里颇多小蛇,常见

被打死的，额部多不膨大，大抵是没有什么毒的，但到天暗，我便不到草地上走，连夜间小解也不下楼去了，就用磁的唾壶装着，看夜半无人时，即从窗口泼下去。这虽然近于无赖，但学校的设备如此不完全，我也只得如此。

跳过有刺的铁蒺藜，刺伤了自己，可是伤口并不深；把尿"滋"在唾壶装着，"看夜半无人时，即从窗口泼下去"，这些近乎无良少年的无赖举动，说明恋爱的力量有多么凌厉！我不知别人见到这样的文字有什么感想，我是不由得产生了一种微微的莫名的兴奋，同时浮想沙翁的喜剧《仲夏夜之梦》。那时的鲁迅，恐怕是中了小精灵帕克（Puck）紫色的魔汁，虽然也间或掠过一丝爱情所固有的烦恼，但即便如此，亦是欢乐、青春、幸福的。

而在此之前，在九月三十日的信中，鲁迅说，听课的学生渐渐多起来了，大概"有许多是别科的"，有男生也有女生，"女生共五人"。对这些女生的态度，鲁迅的态度是："我决定目不邪视，而且将来永远如此，直到离开了厦门。"对鲁迅这样的剖白，许广平在十月十四日的信中认为"邪视"有什么要紧，"许是冷不防的一瞪罢"！对恋人的戏谑,鲁迅回答："邪视尚不敢,而况'瞪'乎？"什么是瞪？瞪，是正视——正面看。"瞪"既可以是冷不防，也可以是长时间看。这时的鲁迅，对讲台之下的女生，既不可以邪视，又不可以正视,在这样的情形下,有什么办法呢?要么,闭目不看;要么,像高老夫子那样仰头看天花板,借以表达对恋人的忠贞吧。然而,女学生固然可以不看,但杨桃还是要吃。过了几天,孙伏园,也就是散播"二许之争"的那位,从广州带来了杨桃,从而满足了鲁迅想吃杨桃的渴望。然而,吃过以后,鲁迅的态度却是:"我以为味道并不十分好吃,而汁多可取,最好是那香气,出于各种水果之上。"

杨桃我是吃过的,的确如鲁迅所云没有任何味道,只是液体多,吃一只可顶一瓶矿泉水。香气似乎有些夸张,并没有"出于各种水果之上"的感觉。

四

如同一切家庭,鲁迅与许广平的婚后生活也是琐碎、物质的,因为琐碎故而真实,因为真实而所以物质。萧红在一篇回忆鲁迅的文章中说,吃饭的时候,鲁迅不和家人在一起,而是在楼上单开一桌。许广平总是亲手把放着小菜的木盘端上去。小菜盛在碟子里,碟子直径不过两寸,有时是一碗豌豆苗,有时是菠菜或者苋菜,如果是鸡或者鱼,则必定选择其中最好的部位。许广平用了比祈祷更虔诚的目光,才小心翼翼地端着盘子走上楼梯。

面对妻子——比鲁迅小十七岁,这个男人的内心会是怎样?当会充满幸福与感激吧。使我们感动的是,临终之时,他说过的那些话,忘掉我,管自己的生活。儿子倘若无能,千万不要做空头文学家。这是对许广平,对上海的家人。那么,对北京,对北京的家人,他的母亲与朱安,他想到了什么呢?在他去世以后,西三条的家里也设立了灵堂,接待前来吊唁的亲友。在正房对面的南房,北京人素常所说的倒座的东墙上,悬挂着陶元庆所绘的鲁迅肖像,下面是一张方桌。朱安一身素服坐在方桌左侧,在袅袅的烟篆里,祭奠远逝的丈夫。据南京《新民报》报导,当时的情景是,记者写道,"鲁迅夫人的身材很矮","脸色很清癯,眼睛里永是流露着极感伤的神态,上身着的是咖啡色带白花的短夹袄,青裤,白鞋白袜扎腿,头上挽着个小髻,也用白的头绳束着"。朱安让记者坐下以后,有一个女仆执一水烟袋相进,她一边吸着,一边接受采访:

> 关于后事,她这里还没什么打算,完全由他三弟周建人在上海就近办理,她不预备到上海去,因为她母亲(作者按:鲁老太太)在这里,今年已八十岁,处处都需人照顾,不能离开,同时去上海也没有多大的用处。记者因为谈话已有半点钟的时间,乃起而辞别,她最后很客气地说:"谢谢你,他死了你

们还要给他传名!"

鲁迅去世以后,朱安给周建人发的电报中有这样两句,一句是,"一生辛苦如是作终";再一句,"缅怀旧事痛不欲生"。前句是对鲁迅的盖棺之论,当然是朱安对鲁迅的理解,后句是朱安自己内心的表达。朱安的电报,虽是请人代笔,却真实反映了那一时代旧式妇女在丈夫死后的情感与心境。

鲁迅去世以后,朱安还给周建人写过一封信,希望许广平"择期整装,早入归来"。若果"动身有日",请"先行示知","嫂当扫径相迓,决不能使稍受委曲"。住在哪里呢?朱安已经料想得十分周详,"拟添租东院(傅承浚之房),或西院(合森表伯所租之房)",如果这些地方都不合适,也可以住在朱安自己的房间,"或住嫂之房,余再腾他处","一切什物自必代备","许妹与余同一宗旨同一境遇,同甘共苦扶持堂上,教养遗孤,以慰在天之灵"。朱安说这些都是出于"肝膈"的话,"特竭诚相告也"。朱安是旧式妇女,对许广平以姐妹相称,以鲁迅正室自居——她的确是正室,是可以理解的,而作为现代女性的许广平,自然不会接受这样的邀请而把自己嵌于旧家庭的屋檐之下。

十年前,在闻听鲁迅与许广平在上海同居以后,朱安与俞芳有过这样的对话。俞芳问朱安今后打算怎么办?朱安痛苦地说,"大先生和我不好","我想好好地服侍他,一切顺着他,将来总会好的"。但是现在朱安绝望了,"我好比是一只蜗牛",她说,"从墙底一点一点往上爬,爬得虽慢,总一天会爬到墙顶的。可是现在我没有办法了,我没有力气爬了,我待他再好,也是无用"。听了这些话,俞芳很是惊异,她比朱安小三十岁,面对一个比自己小三十岁的邻家女孩揾泪倾诉,可以想见朱安的内心有多么痛楚与压抑。

一九四七年六月二十八日,南京《新民报》记者采访朱安,其时距朱安辞世仅仅一天。在那一天,朱安对记者说身体不好,全身浮肿,关节发炎,由于经济匮乏,又不愿意变卖"先生的遗物","只好隔几天打一针"。她说:"周先生对我并不算坏,彼此之间并没有争吵,各有各的人生,我应该原谅他。"关于她与鲁迅的关系,朱安曾说,老太太抱怨我没有孩子,大先生从来不和我说话,怎么会有孩子呢?她曾经向鲁迅表示过继朱家的一个侄子,但是鲁迅没有表态。说到许广平,朱安的态度也很友善,她说:"许先生待我极好,她懂得我的想法,她肯维持我,不断寄钱来,物价飞涨,自然是不够的,我只有更苦一点自己,她的确是个好人。"

一年以后,北平版的《新民报》刊登了一篇介绍朱安生平的文章和一帧照片。文章的题目是《鲁迅夫人》,对朱安的生平进行了简短回顾:

夫人朱氏，绍兴世家子，生于胜清光绪五年七月。父讳某，精刑名之学，颇有声名于郡国间。夫人生而颖慧，工女红，守礼法，父母爱之不啻若掌上珠，因而择婿颇苛，年二十八始归同郡周君豫才（即鲁迅）。

　　文中描述朱安是"柔色淑声，晨昏定省"，"事其太夫人鲁氏数十年如一日"。抗战胜利以后，生存日艰，"蒙蒋主席赐予法币十万金，始延残喘"。文末感慨，"呜呼！夫人生依无价之文人，而文人且不能依"，"依"而不能"依"，朱安的悲剧就在这里。一九四三年，鲁老太太病殁，埋葬在京西板井村，终年八十五岁。四年以后，朱安辞世，终年六十九岁。一九六八年，许广平离世，终年七十岁，二人辞世的时间相距二十年。一九八六年，许羡苏去世，相距许广平离世十八年，终年八十三岁。说来吊诡的是，西三条故居里悬挂着一张鲁老太太的遗照，受到参观者的景仰，因为她的长子是鲁迅。同样是这位老人，红卫兵去八道湾抄家时，首先砸的就是她的牌位，因为她的次子是周作人。

　　据说，临终之前，朱安嘱托两件事：第一件，葬在大先生的坟茔一侧；另一件，每七需供水饭，五七时请僧人念一卷经。第一件自然做不到，友人提议把她的灵柩也安葬到板井村，从而陪伴鲁老太太，但不知为什么没有实现，而是埋葬到了保福寺，而这一地区，恰是今天中关村的核心区域，早已鹤归辽海，人事皆非。每次我经过这里，尤其是夜间乘车从保福寺桥下通过，总免不了产生一种惴惴的不安。现在还有多少人知道这个旧时代的女人？肯定会有的，夜色中的蜗牛也会吐出幽寂的光芒吧！

五

二〇一二年三月五日，我接到一个《新京报》记者的手机采访。他说，鲁迅住过的砖塔胡同84号即将拆除，对此我有什么感想？我说，在84号，鲁迅创作了著名的短篇小说《祝福》，完成了《中国小说史略》的下半卷，是研究鲁迅生活变化与创作心境的重要场所。次日，我致信给西城区负责人。不久，西城区政府在官方微博中回应，84号暂不拆除。

近日，我路过砖塔胡同发现，84号以东一带的房屋都被拆掉，只留下了围墙与院门。每一处院子的围墙上，都画有一个巨大的白圈，里面写着一个吓人的"拆"字。84号，还在，只是原本画在墙上的"拆"字被抹掉了。我和妻子进去，见到一位中年妇女，她说是外地人，在这里租房子住的。几年前我来过这里，当时的房主都是北京人。小院更加湫隘、肮脏、衰败。对院门的地方有一株树木，看看并不十分粗糙的树皮，我猜度应是小叶梣。在俞芳的回忆中，84号，当时是61号，有三间北房与东西厢房，北房西侧是院门。在北京，胡同南部的院子，院门一般设于西北角，因为按照九宫格的原则，西北属于"西北六白"吉地。61号是三合院，与北房相对的南边没有筑屋，只有一座花坛。花坛上栽种了什么花卉，是北京人喜欢的玉簪——黄昏以后递送幽细的清芬？我不记得俞芳有过什么记载。也许有，忘记了。法国人莫迪亚诺在他的小说《暗店街》的结尾处，写有这样一段话，说是在俄罗斯南方的海滨疗养地，一个小姑娘突然放声大哭起来，她不过是想在海滩上再玩一会儿。但是，她母亲坚决不同意而把她拉回家。她们走远了，穿过街道，拐过路口，再也听不到她的哭声。我们的生命不是和这种孩子的悲伤一样，也会迅速地消逝在冥冥的夜色里吗？而现实是，在原本是花坛的地方加盖了简陋的小屋子，不像今天的八道湾11号，补种了不少植物与花朵。

关于八道湾11号，我曾经向有关部门建议，作为周氏兄弟的文化遗产保护起来。不久，八道湾拆掉了，11号被规划进北京35中校园，被保护起来。房屋修葺一新，也补栽了不少植物，却不知为什么，最多的是花椒树，至少有四到五株，仿佛出操的士兵排成一列，站在正房的背面。正房的堂屋背后是一间平顶的小房子——北京人叫灰棚，使人想起西三条的老虎尾巴。其实这也是老虎尾巴，是一条更早的老虎尾巴，鲁迅在这里工作、休息。先后两条老虎尾巴提供的历史信息是一致的。正房北侧是九间后罩房，西首三间周作人一家住，中间三间周建人一家住，东首三间招待客人——盲诗人爱罗先珂曾经在这里居住。西首三间的窗下有一株碧桃，东向则间隔均匀地栽种木槿一类植物。因为是二月，北京的气候尚冷，这些植物没有一丝春天的消息。对于碧桃，我向来不喜欢，原因很简单，它的花形繁缛、呆板，仿佛是绯色的表彰纪念章挂满树枝。

记得八十年代读过一篇文章，作者是一位与周作人有工作关系的编辑。一天，周作人送他出门时指着院内的丁香说，"这是家兄种的树"，语气中流露出怀念之情。从兄弟怡怡到形若参商，关键人物自然是他的妻子羽太信子，是围绕羽太信子而掀起的"窥浴"风波。关于兄弟反目，鲁迅后来在《〈俟堂专文杂集〉题记》中写过这样一段话：

> 曩尝欲著《越中专录》，颇锐意蒐集乡邦专甓及拓本，而资力薄劣，俱不易致……迁徙以后，忽遭寇劫，孑身绾遁，止携大同十一年者一枚出，余悉委盗窟中……甲子八月廿三日，宴之敖者手记。

俟堂，是鲁迅早年别号。《俟堂专文杂集》是鲁迅所藏古砖拓本的辑本，但在鲁迅生前没有印行，一九六〇年三月由文物出版社出版。"迁徙以后，忽遭寇劫"，当是指周作人侵占鲁迅书物。宴之敖者的署名，据许广平在《欣慰的纪念》中说，鲁迅曾经向她解释：宴从宀、从日、从女，意为"家里的日本女人"，也就是羽太信子。敖从出、从放、意为"驱逐"，宴之敖者就是"被家里的日本女人驱逐出来的人"。如果没有这个女人，鲁迅与周作人大概不会分手，中国的现代文学史或者会出现另一番景象，这既是一个对周作人，也是一个对鲁迅发生过重要影响的女人。关于这个女人的灰色评论甚多而不必再说，这里只说她的三件事。其一，鲁迅的母亲有肾炎，需要吃西瓜，为了让她在冬天也能吃到西瓜，羽太信子就想出了煎熬西瓜膏，以便在冬天也可以食用的办法；其二，羽太信子每餐必先在牌位（鲁老太太、周作人的女儿若子、周建人儿子丰三）前面供上饭食，然后全家人才用膳；其三，羽太信子弥留之际说的胡话，居然是绍兴话而不是日语，这使周作人大为感动。羽太信子病故于一九六二年，周作人猝死于一九六七年，而前一年的八月，东风骤起，杜鹃啼恶，自此周作人饱经批斗、殴打、凌辱，羽太信子真是幸运得很！

　　与这些，相对这些远逝的女人——幸福与不幸福的，故园的花朵，也同样复杂得很。有的今天依旧繁华灼灼，有的早已梅子心酸而褪尽残红，有的被补种，却也真是莫名其妙。一九四九年，补树书屋檐前的槐树被雷电殛死，补种了一株枣树。八道湾补种了大量多刺的花椒，却没有补植那种香气悠长、其香气可以令人骚动的丁香与笑靥灿烂的黄色刺梅。而在西三条，蜜蜡一样的洋桃与流霞一样的樱花呢？忘记了，而我也忘记了是谁说过这样的话，女人的陨落对应着花朵的绽放，是这样吗？也未必都是这样。至少，故园的女人与花朵未必如此！

2015.4.4

2015.4.8 校定

第二章　兄　弟

而这座院子，曾经植有不少丁香，里院、外院、后院都有，花开之际，芳菲如云，那是一群丁香的精灵，活泼而烂漫，化影缠绕月影，月影朗澈，花影馥郁，温润了周氏兄弟的身影。云破月来花弄影,怎能"只约花影不约人"呢！

桃源乡梦

去湖南常德的桃花源,最好是在莺飞草长的季节。道理很简单,桃花吐红,配和着陶渊明的文章,可以增添些许情调。

不过,也不是只有这个时候,桃花源是无论什么时候都欢迎人们前来探望的。以我为例,我是在十一月,而且是在雨天,据说,这时候,橘黄橙绿,是湖南最好的季节。

因为是去桃花源,有意无意地免不了要注意桃花。季节不对,花是自然看不到的,树倒还是看到了几株,稀疏地种植在常(德)沅(陵)公路的隔离带上,枝丫有修剪过的痕迹,大概是碧桃之类。之后是桃源佳致碑,再后是桃花源石坊、桃花溪,一条明净的溪涧,可以通到沅江(捕鱼的武陵人,常德旧称武陵,应是从沅江上溯桃花溪的）、穷林桥、水源亭，最后是秦人古洞。穿过洞，便是桃花源。可惜我们没有遇到避秦的古人，只看到几块梯田，一块石碑上书"千丘田"，其上为"千丘池"。不大的水塘，水波有些发暗，翻跳着银色的雨迹。再上有一个很大的亭子，叫"高举亭"，取陶诗"高举寻我契"之意。记不得亭内有什么神像之类，只有一个卖茶的老妪，卖一种叫擂茶的饮料。擂茶我是知道的，读南宋临安地方志一类的史籍，说其时的杭州人一天吃三十丈木头，谓其消磨擂杵之多。做擂茶有两个工具，一个是钵，一个是杵，把茶放在钵里用杵研磨捣碎，便叫作擂。我不知道南宋的擂茶如何，这里的咸而微辣，并没有多少茶的味道，只是把秋雨的凉寒逼远了三尺。

从高举亭折下来，向东是桃花观，向西是陶渊明祠。陶渊明祠我们没有去，桃花观倒是看了看。桃花观西有秦人宅，据说是桃花源内的秦人旧居，竹林里新近建了一座"秦人宅"宾馆。桃花观小巧可爱，有山门、前厅、正厅。山门是那种用砖砌筑的牌楼式的，正厅之前有两座小亭子，一曰蹑风，一曰玩月。陶诗"愿言蹑轻风"，蹑是轻步走，"蹑轻风"是说像风一样轻地走路吗？文雅一点，是要像轻风一样地标举，故而，在这个亭子的对面，要设一个"玩月"的小亭子。毋庸说，这些厅与亭均是古人设立的，故而也就一定要表现出他们的审美追求与文化内涵。如果是我，或者说现在的人重新构制，会不会有些不同于以往的审美趋向呢？

也可能有，也可能没有罢。但，对于陶诗的理解，却不会完全依据传统，至少还是有些新奇之见的。比如，陶渊明最著名的"采菊东篱下，悠然见南山"，照常解，是写一种不经意的、飘淡的隐逸的感觉。沈从文结合考古，认为不是这样。他说，南山应是"商山"之误。汉初，高祖刘邦欲废太子，即后来的惠帝。吕后不甘心，向张良问计。张良于是请来"商山四皓"——隐于商山的四位长者。一天，吕后设宴，请来刘邦。刘邦看到太子身后有四位白胡子老头儿，问是何人，答是商山四皓，于是熄掉了废弃太子的念头。按照沈从文的解读，"悠然见南山"，见的乃是商山四皓，还是心存魏阙，要为朝廷出力的，将陶的冲淡的情绪诠解为政治情结。沈从文的考证有没有道理我不知道，但这种新解，实在是倒人胃口。假如，今后无论是谁读这句诗，浮现在眼前的不是南山的岚气，而是四位白发苍苍的老者，该有多么讨厌。还有，近读《陶渊明集》附录中，逯钦立的一篇长文《关于陶渊明》，考证"不为五斗米折腰"，其中的"五斗"并非我们过去理解的低微的官俸，而是指五斗米教。五斗米教是当时的一种道教。他的上级王凝之，也就是王羲之的次子，我在《六诏》中谈过此公，信奉五斗米教，陶不信奉五斗米，故而挂官去了。五斗米教我知之不多，只知道是东汉末年，张鲁创立的一个道派，曾被鼓吹为农民式的空想社会主义。这样的诠释，同沈的诠释一样，令人无话可说，同时也就消减了对陶这个人与陶诗的美感，多么令人扫兴啊！庄老夫子说，混沌凿七窍而死，还是混沌着罢。

怀着这样的情绪，下山吃饭。一家临公路的小饭馆。内容是青菜、粉丝、豆腐。形式是涮。一只双耳的铝锅，端坐在低而小的火炉之上。黑晶似的木炭，缭绕出红蓝的火焰。我无意中注意到，锅下面的火炉很有点情调，是用白色的泥土制作的，很古朴，也很小巧，仿佛是一个放大的小孩子们的玩具。我从来没有见过这样的火炉，很想买回来，作为一种工艺品。同时想到"红泥小火炉"那样的诗。在白居易是"红泥"，这里是"白泥"，不知陶渊明使用过没有这样的火炉，哪怕是红泥的呢。可惜我没有考证的本领。但浮想一下陶这样的人，围坐于这样的炉侧，饮酒吟诗，本身就是诗了。虽然我们不是诗人，也不是陶渊明，但领略或者追想其人其时的情境，是不是也是一种美意的享受呢？这也是一种幸福。

在中国古代的诗人中，我最喜爱的一是老杜，一是陶。喜爱他的风骨，喜爱他的隐逸，有人说是"肥遁"，也喜爱他笔下的村居生活。"方宅十余亩，草屋八九间。榆柳荫后檐，桃李罗堂前"，这是陶的居住环境。放大的环境是"暧暧远人村，依依墟里烟。狗吠深巷中，鸡鸣桑树巅"，纯是白描，村中景象，历历如在目前。对于中国古代的诗歌，我喜爱而没有研究。不知别人怎样，我非常喜欢这种白描而颇有韵致的诗，并且由陶诗而延及其他。清初的张山来，《虞初新志》的辑录者写过一句"枯叶带虫飞"，恨自己没能力吟成全诗。因"哭庙"而传说被腰斩的金圣叹，写过这样四句："众响渐已寂，虫于佛面飞。半窗关夜雨，四面挂僧衣。"以第二句为好，原因如上。当然，陶诗的风格不仅仅局限于白描，"种豆南山下，草盛豆苗稀；晨兴理荒秽，带月荷锄归"，写一种清淡的田园意境，可以嗅闻到晨曦里豆蔓的香气。

　　中国古代传统的读书人，他们的生活态度，在达与不达之间徘徊。达则兼济天下；不达，穷则独善其身，归隐山林。达可以做官，可以做高官，衣暖轻肥，还要大言炎炎，标举什么大隐隐朝市，小隐隐山林，赏鉴一种守穷的"穷味"。其实做隐士，多少要有一点产业，饱暖无虞，方才可以无忧虑地吟风啸月。真要是像袁安那样被积雪堵住房门，无衣无食，还有什么资格做隐士？只能去做叫花子罢了。残酷的是，对于大多数为衣食而奔逐的普通百姓，做隐士只能是一个梦，一个难以实现的梦。比如我辈至多不过是到这桃花源看看，做半日桃源的乡梦，看老妪把生米、生姜、生茶、茱萸丢进钵里捣成碎末，冲上开水，喝碗擂茶而已。据说，桃花源的擂杵是用山苍子，一种落叶的小乔木做的，它的根与叶可以入药。当然，对于这种茶，陶，即使是那时有，也未必感兴趣，他感兴趣的还是酒，当然是黄酒，只是酒也未必常有，难免不高兴，希望得到友人馈送。但真正能够送酒的友人也并不多。他的

《读山海经十三首》其一有这样两句:"穷巷隔深辙,颇回故人车。"旧时没有今天这样的公路,马或牛拉的车子在乡间的土路上行驶,车辙是难免不刻印下来的。车辙越深,车子越重,说明车子的等级越高。住在穷陋荒寒的小巷,已达的友人不再来了。陆游《入蜀记》叙说从绍兴入川,先去其时的首都临安,旧友们总要见见,但有的却见不到了,理由是"贵不复往来",古今一样。但陶这个人毕竟冲淡,能够把不高兴的事情转化,不说是人家不来,而是叹息自己住的地方穷寒,人家不能来。这也是一种生活态度,何必让自己不愉快呢。

岳阳三士

岳阳楼之下，有两个小亭子。

左边的是仙梅亭，右边的是三醉亭，都是精美的传统建筑。仙梅亭更是小巧，屋顶的线条极为流畅，陡峻地倾泻下来，又陡峻地飞举。南方的古建与北方不同，就屋顶而言，大都没有北方的舒缓，而且檐角翘得高高的，用杜牧之的话说，叫作"檐牙高啄"。与仙梅亭相比较，三醉亭的檐牙则没有这样的"高啄"，是一种两层的阁式建筑，供奉着吕洞宾的画像与塑像。塑像是旧物，原来摆在岳阳楼里。一九八四年，岳阳楼落架大修，将此公挪到这里。舆论说，这就好，他是不适宜占据岳阳楼主位的，那里的位置应该留给范仲淹、屈子平那样，有去国怀乡，进亦忧，退亦忧那样的人士。

在中国传统的读书人的心目中，岳阳楼是与某种政治道德相联系的。也确是如此。这肯定要归功于我们的中学教育，有哪一位读过九年书的人，不记得"先天下"与"后天下"那样两句令人感佩的话？可惜，这样的话，在相当一段的历史时期，不被当时的政治家欣赏，而吟哦什么"大公无私"。人本身是个体，个便是私，让私消灭私，从哲学的逻辑上，是说不通的。作为一种道德标准，高则高矣，却难以实践，至多只能是一种提倡。做不到又要标榜，于是便出现了一批假道学式的人物，口中所说与实际所做，是从来没有统一过的。这当然是牢骚，还是看岳阳楼，看洞庭湖罢。

我对洞庭湖的印象一直不错，可以说是心向往之。当然，首先得力于范仲淹的文字。按照他的笔法，在天气阴霾的时候，洞庭湖是一个样子，浊浪排空，山岳潜形。天气晴和是另一个样子，岸芷汀兰，浮光跃金。然而，今天来到这里，却失望得很。在去君山的码头上，用白粉的灰浆，在红砖的墙壁上，写着这样一行大字：不要下水游泳，水里面有钉螺。我年少的时候，看过一部叫《枯木逢春》的影片，叙述血吸虫对人的危害，得了这个病，三十几岁便可以死掉。血吸虫的载体是钉螺。洞庭湖里有血吸虫？无论如何，难以同范仲淹的洞庭湖联系在一起。锦鳞游泳，静影沉碧，那是范仲淹的洞庭湖。而这里的洞庭，却是黄褐色的浊浪，慵懒地拥挤着，在浪与浪之间制造出一些小小的骚动。失望中，同时庆幸，因为有一种说法认为，范仲淹并没有来过洞庭湖，这倒是一件好事，他是完全可以凭借想象来描写洞庭湖的，我们又何必击碎这美丽的梦境呢。

相形之下，岳阳楼在我的印象里却是十分理想，有一种理想的美丽。有一种说法是，访景不如听景，来到这里，岳阳楼则恰恰相反。中国的古建筑，对屋顶的造型十分注重，岳阳楼尤为突出，是一种盔顶的形状，接近檐部又向天空反挑。盔顶与檐部衔接的地方，有一道明显的突然凹下的曲线，不像我们常见的古建屋顶的曲线那样流畅，而是露出笨拙。这笨拙，则显出了岳阳楼的个性。这样的楼，临湖而立，与浩淼的水波是相侔的。登在这样的楼上，不同的人物会有不同的想法。俗人有俗人的想法，神仙有神仙的想法，比如吕洞宾，被道教的纯阳派奉为教主的，便写过这样的诗：

朝游南粤暮苍梧，袖有青蛇胆气粗。

三醉岳阳人不识，朗吟飞过洞庭湖。

我至今不理解，吕洞宾的袖子里面藏一条青蛇做什么？"青"有的俗本作"毒"，就更不可解。也许这是神仙的怪癖，非我辈俗人可以体悟。但无论怎样，就神仙而言，吕洞宾最近俗人，而且能诗，故而为文人所喜，且多有仿其诗者。元代的时候，诗人虞集来到

大都,在蓟门酒楼饮酒,大醉之后,索笔题诗于壁:

> 耳目聪明一丈夫,飞行八极临寰区。
> 剑吹白雪妖邪灭,袖拂春风槁朽苏。
> 气似酒酣双国士,情如花拥万天姝。
> 如今一去无消息,只有中天日影孤。

那么一股睥睨天下,遨游云外的气概。次日,大都哄传,吕洞宾在蓟门酒楼饮酒题诗。同样是在元代,平章政事白云喜道,在大都西山设坛求仙。翰林学士滕斌去拜谒他,吃了闭门羹。滕斌于是假设吕洞宾的口气写了一首诗:"西风短褐飞黄埃,何不从我游蓬莱?狂歌醉舞下山去,后夜月明骑鹤来。"白云回来见诗大为懊恼,以为错过了与吕洞宾相见的机会。

依据传说的说法,吕洞宾是唐懿宗、僖宗朝代的人。在唐人小说中,沈既济写过一篇《枕中记》,也就是为人们所熟知的"黄粱梦"的故事。故事里的老道叫吕翁,有人说,这个吕翁便是吕洞宾。北宋仁宗之时有个叫李教的术士,每至一处妓院,便在墙上题写"吕洞宾、李教同游",从而用以抬高自己,让人家以为他也是神仙。《宋史》中陈抟,也谈及与吕洞宾同游,其手法与李教同类,都是用吕洞宾映衬自己。贝州的王则起义,闻听李教的名声,倡言李教是自己的军师。朝廷听说,又在妓院见到李教的题字,便告示天下追捕李教与吕洞宾。后来王则兵败,才知并未请李教做军师,但仍命人搜捕吕洞宾。很久之后才明白,并没有吕洞宾这个人物,这才罢手。我有时奇怪,同时暗自为李教叹息,你以吕洞宾抬高自己,别人又以你抬高自己,最后成为被搜捕的对象,这又何必?而对于吕洞宾,却是大大的好事,正可宣扬自己,而且,他生怕人家不认识自己。《全唐诗》中收有他一首《闲题》绝句:"独自行来独自做,无限世人不识我。唯有城南老树精,分明知道神仙过。"叹喟不被人们所识的寂寞。在《全唐诗》中还收有他的另一首诗:"鲸饮鳌吞数百杯,玉山谁起复谁颓。醒时两袂天风冷,一朵红云海上来。"书写一种醉后与天地同游的感觉。相传他在湖州东林沈山的石榴皮上写过一首诗,其中"白酒酿来缘好客,黄金散尽为收书"最为万口传颂。在"三言"小说中,有一篇《吕洞宾飞剑斩黄龙》,说是吕洞宾与黄龙禅师斗法,以失败而终,并不是"高大全"式的常胜人物。这样的人物也就可爱,何况他还有一截能够点铁成金的手指,不知道在多少贪夫鄙汉的梦中出现。相对杜甫那样的穷酸之人,挥洒倜傥,真是不可以同日语。当然,他们的诗也不可以放在一个戥子里称。即以吟哦洞庭湖的诗为例,最好的,相比肩的,也不过是杜甫与孟浩然的两首五律。"气蒸云梦泽,波撼岳阳城""吴楚东南坼,乾坤日夜浮"。前一联,我疑心在浪花丛里得之，写一种动感，浪涌之中的浩博，"洞庭波涌连天雪"中的宏阔与汪渺。后一种是静态的，给读诗人的感觉更像是玄思。如果对这两首诗一定要强分高下，我只能说我更喜爱孟浩然的诗。但在岳阳楼却寻觅不到他的遗踪，不像是杜甫，有怀甫亭可以供游人凭吊。

怀甫亭在岳阳楼之下，临湖的地方，建于一九六二年杜甫诞生一千二百五十周年之时。这一年，杜甫被列为世界四大文化名人之一。匾是朱德委员长题写的，十年动乱之中被劈为两半。中国的事情很怪，人们喜爱的人物往往饱受磨难，朱德是这样，杜甫也是这样。在封建时代，杜甫被尊为诗圣，在今天被尊为"人民诗人"。原因是，他的诗不仅在于诗艺，而且在于诗艺之外，吟哦了民生的疾苦，而诗人的漂泊更是艰辛。大历三年（768年），杜甫自白帝城放舟，原拟回家乡洛阳，却因种种原因，穷困与战争，未能如愿，两年之内依违于湖南与湖北之间，最后竟客死舟上而殁不可葬。四十二年之后，他的孙子才把他迁葬到河南偃师的首阳山下。有一种说法，说是耒阳的县令听说杜甫五天没有吃饭，派人送去白酒牛肉。杜甫饥中得食，腹胀而死。生而至此，能不痛哉！我有时候愤懑，像杜甫这样的诗人，还有类似他的诗人，比如黄仲则，在中国的古代是颇有不少的，诗是那样的好，命却是那样的不幸，"京城九月客衣单，全家都在秋风里"，这样的窘境，为什么一定要降落在诗人和他的家庭身上，真的是"魑魅喜人过，文章憎命达"？一时也不可以索解，只是倏地顿悟了"亲朋无一字""凭轩涕泗流"那样的境界。是的，站在这样的地方，年老的诗人，那样的艰窘，面对浩大的洞庭，诗人的心应该是如热汤沸煮的，这该是一种怎样的痛苦与凄恻！这当然是只有诗人自己知道，所谓如鱼饮水，冷暖自知。而我们，千百年而下的读者只有通过他的诗感印他的伤痛、他的内心，但终究隔了一层。说来惭愧的是，我这隔了一层的体验，还是在怀甫亭，登临岳阳楼时所得，距我吟诵杜甫的这首千古名诗，间隔了三十余年。同时也就欣慰，来岳阳楼收获颇多。因为这岳阳楼不仅仅是范仲淹的、吕洞宾的，或者杜甫的，而是牵挽着——一座楼牵挽着这么多的风流人物，也就重矣而不朽。

我笑青山

之后，去数那黄金的门钉。看浮沤一样的乳钉，缀满了朱色的庙门。细看，门钉的数目并不一致，居中者每扇八十一枚，两侧的每扇却只有六十三个。但是，由于这些门在规模与体制上并没有什么两样，因此给人的感觉，每扇门钉的数量似乎并没有什么区别。尽管徐昨晚已然告诉我了，我还是抑制不住地要再数一数，同时莫名地涌出一种感喟：这就是岳庙大门，据说还是清代旧样，只不过重新油饰了一遍，不仅仅是辉煌的，而且是平易的给人一种秀丽的印象。

与其相比，新塑的岳飞坐像却不十分理想——紫袍、金甲，洋溢着堂堂正气。都说雕塑得好，然而我却觉得缺少了些什么，至少是，缺乏一些儒者风度，或者说是书卷气。岳飞是我国历史上著名的儒将，史载"尤好左氏春秋，孙吴兵法"，且有诗文遗世。虽然近年有人撰文指斥他的《满江红》是伪作，却也依然驳不倒他的儒雅风仪。且不说《平墅帖》收有他的书札，文字是清俊净洁的。他为紫岩张先生北伐送行之诗写得也不错：

号令风霆迅，天声动北陬。
长驱动河洛，直捣向燕幽。
马蹀阏氏血，旗枭可汗头。
归来报明主，恢复旧神州。

我曾见过他的几张拓像，软巾袍带，呈祖传统流韵，而这尊塑像的风格则离那个时代略远。沈从文曾经告诫他的弟子，写小说要贴到人物上写，对于岳当然还要贴近历史背景，而今人却往往忘记了这一点，这就令人不解。还有，令人不解的是那些充塞在商店里各式各样的货物：手串、项链、香烟、扇子——檀香木与黑漆的，花花绿绿的商标与招贴，一包一包的零碎小吃堆成山，还有印满塑料细条的唐人诗签，什么月落乌啼霜满天，故人西辞黄鹤楼，我本楚狂人，凤歌笑孔丘，七绝居多。当然，也不能没有岳庙，河南汤阴岳庙诗词选一类的读物。

仿佛一个集市，沸腾着兴奋、热闹，而肃穆的气氛却少了许多。历史忘掉了岳的悲剧么？

很多年以前，我也来过这里。那时正值动乱，墓丘早已被小将们用金属器皿铲挖得干干净净。黄色花岗岩的墓穴里淤塞着苍灰的泥土，望柱、石碑被捶成碎段，墓阙背后的围墙被掏了一个大洞，小将们是颇懂一些堪舆风水的。那四个坏种的铸铁跪像也换了天日，仰面躺进岳庙后面一环明净的溪水里，乌黑的鼻尖被各色鞋底踩得亮晶晶的，泛射出一种黝黯的贼光。但是，也有人并不可惜自己的脚，而在残毁的岳墓上踅来踅去。

种种破坏，今天除了在文字的说明里，已然难以寻觅一丝一缕的迹印了。然而，我和徐，还是在岳庙之外寻到了一些残痕：一具断首的翁仲，一只残缺的狮子同一匹只余肚腹的马，半遮半掩地仰卧在仲春的青葱的树林里。当时我以为那是一丛旧冢，及至见到墓阙的羊与马、文臣与武将，都是新斫的石像方才明白。说不准那四个坏种也掩埋在附近什么颜色的土层里。我相信历史与人心最终是不可能欺瞒到底的，你可以欺骗一个人一生，却难以诳骗整整一代人的眼睛。不是在那个是非混淆的年月，南京人也没有把秦桧引为同乡么？

秦是南京人。秦的凶残与无耻，为任何一个时代正直的人们所难容而不耻。韩世忠与秦曾同居中枢，然对他是除一揖以外，并不交一言,可见对他的鄙薄与痛恶。而秦的险恶与毒狠也在一切奸相之上。有个叫李光的朝官曾与他辩论,言语很冲,颇多讥刺,秦却装聋作哑,并不发一言。待李奏事完毕,方徐徐说道,"李光无人臣之礼",高宗于是大怒。绍兴五年九月,首辅张浚求去,高宗问何人可以继位,张不答。又问,"秦桧如何?"张浚始说,"与之共事,始知其暗",于是拜赵鼎为相。秦由此"憾浚",到赵那里挑拨,"上欲召公而张相迟留"。本来二人并不融洽,"鼎素恶桧",而在他居首辅之位后,秦却百依百顺,"由是反信之,卒为所倾"。后来赵鼎被流放到福建,遇到张浚,也遭流放,"言及此,始知皆为桧所卖"。其时对秦的为人,还是有不少人疑惑的,怀疑他是金国的奸细。终因有人庇护,力荐其忠,不知"忠"在哪里?遂拜为相。未拜相之前,秦四处招摇:"我有二策,可以耸动天下。"或问:"何以不言?"答曰:"今无相,不可行也。"及拜相,所陈二策,一时令高宗也腆然难以接受。他曾经恼怒地质问:"以河北人还金国,以中原人还刘豫。朕将安归?"你叫他坐到哪里去呢?但终因私心而接受了秦的理论,做偏安一隅"温柔乡"的儿皇帝去了。西湖的风景也的确不差,画舫歌榭,风流不已,夜夜笙歌琉璃滑,骨髓都被沉醉的熏风吹酥了。

在封建时代,中原汉人与边地胡人,当然现在都是中华民族大家庭的组成部分,而在当时,是相互对立的。岳飞作为抵抗异族侵略的民族英雄，准确表述是汉民族的英雄，这就如同因为热爱自己的祖国而自沉于汨罗江的屈老夫子一样，是热爱楚国的爱国人士。对于他们，应从历史唯物主义的角度审视，而不应该简单地从现在的角度降低他们的爱国精神，更不应该由于各民族的融合而减低其爱国质地。他们——岳与屈，以及与他们相似而为国捐躯的人物，都是中华民族的骄傲，是不惜用生命捍卫祖国独立、尊严的英烈与楷模。

前些年，有人撰文呼吁，让高宗也跪下来！我想，这个建议是对的。我有时候又想，作为宋徽宗赵佶的后人，赵构偏居江南时会有怎样的想法？同样，作为赵构的父亲与兄长，赵佶与钦宗赵桓在北方的苦寒之地，又会做如何之思呢？在幽州，赵佶被囚拘在延寿寺里。这座寺庙今天还在，其所在的地方称延寿街。明正统年间，"开渠得断碑"，镌有"大金延寿寺"字样。赵桓被幽禁在悯忠寺里，也就是今天的法源寺。这两个俘虏曾经被金人安排在昊天寺相见。在金国，赵佶父子受尽凌辱，困苦不堪。这里举《南渡记》中的一个例子。一天，大雪数尺，室中极冷，赵佶父子被冻得"声颤不能言"。监押人将一张破旧的毡子蒙在他们的头上才勉强入睡。这天的食物仅是一只大雁，在火上烤熟"共食之"。在云州的时候，赵佶生了一场大病，头发都落尽了，"如僧尼状，与番奴剃头者相似"。天会十四年（1136年），赵佶病故于五国城——

今黑龙江省依兰县，一间破烂房屋的土炕上。二十多年以后，赵桓与同样被拘系的辽国皇帝耶律延禧，被当时金国的皇帝完颜亮派人押回中都。正隆六年（1161年），完颜亮在讲武殿大阅兵马，举行马球比赛，敕令这两个宝贝各带一队人马"击鞠"，让这两个曾经的仇敌再次厮杀。在此之前,完颜亮逼迫赵桓学习"骑马击鞠"。赵桓哪儿有这样的本事，在马背上手足颤抖而被"督责习之"，其结果是可以想见的。先是，在比赛之前，金人把赵桓的好马牵走，换来一匹羸马。结果赵桓从奔跑的马背上跌撞下来，这时走来一个紫衣人将他射杀，尸体被践踏在狂乱的奔腾的马蹄之下。

知道了赵桓这样的结局，赵构的内心会波动怎样的微澜呢？在金人的羁縻中，赵佶父子遇到了赵构的母亲韦氏。这个女人原是赵佶的妃子，而此时是金人盖天大王的妃子。"良久，屏后呼一夫人出，帝视之，乃韦妃也。太上俯首，妃亦俯首，不敢视"。盖天大王告诉赵佶，他是四太子兀术的伯父，"看这个妇面"，赏了他们一顿酒饭。后来，听说兀术追逐赵构南渡而不知踪影，赵佶父子彻底失望了，哀叹道："若九哥事不成吾父子俱无望矣！"赵桓是八哥，九哥即他的弟弟赵构。他们还在企盼赵构，却哪里洞悉他的心肝呢？而这个人的幽曲，早已被世人窥破，不是有这样的诗句"桧书夜报四太子，臣构再拜从此始"？赵佶父子逝去，赵构可以安心做儿皇帝了。而在众多讴歌岳武穆的诗篇里，我最喜欢的是杨焯的那四句小诗：

> 隗家留得岳家坟，寒食年年哭墓云。
> 看取玉环丛九曲，橘花如雪洒将军。

这里面有一段掌故，《西湖游览志》注："狱卒隗顺，负飞尸逾城，至九曲丛祠，潜瘗之，以玉环殉，树双橘志焉。"为什么种植橘树？没有解释。在江南，这类树常见。当然，如果附会屈老夫子《九章》中的《橘颂》，以为君子之喻也可以说得通。但是，一个狱卒，大概不会识得几字，也不会想得许多，却如此忠肝义胆，令多少读书人愧煞，这就是义士罢！在中国历史人物的长廊里，做义士的往往与读书人无缘，平日却反被读书人所鄙。一旦天翻地覆，有人鼠窜，有人泥首，当然也有义士出现，且多收忠臣之魂。南宋文信国被戮，乃有江南十义士"舁公藁葬在小南门外五里道旁"。他的继子来京寻尸归葬，有刘牢子"引到葬处"。刘牢子，何许人也？或许是隗顺流亚人物？卒不知其生平。读圣贤书反不若贩夫、走卒、牢头、狱警耶？

有一段历史需要记载在这里。当岳武穆在朱仙镇大捷之时，金国的统帅兀术欲去开封而遁，有书生叩马曰："太子毋走，岳少保且退矣。"兀术不解，书生解释道："自古未有权臣在内，而大将能立功于外者。岳少保且不免,况欲城乎?"兀术悟,遂留下了。这位开封的书生,应该是大宋之人了。生为宋人却甘心为敌国运策以坚其心,真不知这样书生的肚腹里藏了何等心肝?

南宋亡国以后,有个叫林景熙的人写过一首诗,题目是《山窗新糊,有故朝封事稿,阅之有感》。在封建时代,臣下奏报机密时要用皂囊密封呈进,因此称"封事"。诗是这样写的:"偶伴孤云宿岭东,四山欲雪地炉红。何人一纸防秋疏,却与山窗障北风。"秋风草长,马匹肥壮,古代的游牧民族往往在这个时候南下,因此每到秋季,中原王朝就要加紧边疆的防范,而称"防秋"。山中欲雪,地炉赪红,故国沦丧,曾经的机密如今一文不值,唯一的用途是糊在窗格上抵御北风吹袭,这是何等的沉痛与哀感!林景熙在宋代遗民中以诗著称,有《霁山先生集》存世。我在选编《中华文学经典》诗歌卷时,将这首七绝录入,以表示我对他的敬意。

当然,更多敬意还是对岳武穆以及相关文字。在岳庙,这样的文字也真多,静静地伫立品读,半天的时光缓缓流淌过去,落日斑驳,归鸟啁啾,落日编织鸟声栖落在白皙的石阶上。我最喜欢张爱萍的集句,"三十功名尘与土,八千里路云和月",用岳的词句,浓缩了他的一生。沙孟海在前人基础上修改的一副也不错:"不爱钱,不惜命,乃太平根基,名将名言,贪婪长跽跪;取束刍,取缕麻,定斩殉军律,保民保国,正气壮湖山。"不爱钱不惜命是大白话，是任何时代为官的底线，而今天已被大大突破而令人深忧。至于岳墓望柱上的"正邪自古同冰炭，毁誉于今判伪真"，当然早已脍炙人口。"青山有幸埋忠骨，白铁无辜铸佞臣""人从宋后少名桧，我到坟前愧姓秦""坟畔休留桧，行人欲斧之"，更说尽了人们的心声。

  岳墓上的望柱，我记得不止一对，至少我见过冯玉祥书丹的一对，当时被断为数截，横卧在深灰色的泥土里。铭文忘掉了，但填红的姓名还历历在目。冯氏作古数十年矣，他在岳墓上的遗泽，如今一点也不存在了，这恐怕是他未偿料及的罢。

  岳庙多古樟、翠柏，可惜没有见到橘树。能不能补植几株？"我见青山多妩媚，料青山，见我应如是"，青山如笑，润泽葱茏，碧玉一样美丽的山峦啊，天地有知，补种几株金黄的橘树，总是应该，应该的吧！

1984
2015.7.3 改定

旧句什刹海

对于久居日下的北京人，什刹海是熟谙而又熟谙的了。而对于日下之外的外地人，说到什刹海则未免有些茫然。什刹海算是什么意思呢？所谓什刹海，不过是一片水域，在北京旧城的西北，德胜门西大街以南，新街口北大街以东，鼓楼西，地安门西大街以北，那么一潭清水。其西，其北，旧时还有若许波痕，称太平湖，是老舍化作波臣的地方。后来填湖造田，把那里改造成维修地铁车辆的一个场所，难以吊问。

在这片水域的南面，还有三处湖泊。一曰北海，一曰中海，一曰南海，在帝制的时代，被圈入皇城之内，依旧例称太液。太者，大也，如同太湖之太与洞庭湖旧时称巨浸之巨。以那里，楚或吴越国人的目光,这里的水不过是小小的池塘罢了,不过是"池塘生春草"那样的水塘,有何资格称大、称太?然而,这里是北京,是皇城,皇家的事有谁说得清?况且,况且在元时,这里的烟波较今天要浩渺许多。其时称海,依北京人的习惯叫海子,是大运河的终点。南来运米的漕船在这里锚泊,自有一种锦帆蔽日的盛况。其南便是皇城。我至今疑心,北海公园的围墙,是元时的旧迹。由此向东是皇城的北门,在今天的地安门路口偏南的位置,大内的孔径之一。这就免不了要闭目冥思,在朱红的宫阙下面,金甲如云,锦衣鲜明的朝臣里,有没有我们熟悉的身影?

有的。这个人物便是赵孟頫。为什么要拣出他?因为这里是什刹海。这里有他吟哦的几首诗,依据生活是创作源泉的说法,在他的笔下,是会留下大都的几丝波影的。

赵孟頫,字松雪,以诗书著称,是宋初秦王的支派,属于龙子龙孙。宋亡后辞官归隐,后来被元世祖征诏,辟为集贤殿学士承旨。从江南来到北国,不单是赵孟頫,类于他的文人,对于什刹海这样的水泽之地,都免不了有家国之思。《松雪斋集》中便有这样的一首诗,题曰《大都红门外海子上即事》。诗曰:

白水青山引兴多,红裙翠袖奈愁何?
只从暮醉兼朝醉,聊复长歌更短歌。

轻燕受风迎落絮，游鱼吹浪动新荷。

余杭溪上扁舟好，何日归休理钓蓑。

　　写得雅致、婉转。前两句写饮酒，"暮醉兼朝醉"，从清晨饮到黄昏。酒席之上歌声接续，长短相连。侍姬们的衣著很鲜丽，茜色的长裙与翠绿的上衣。却不知为什么要愁，所谓"奈愁何"。有什么惆怅之事呢？然而，毕竟是诗人，既然题为海子即事，总不能不说海子，说说海子的风光。"轻燕受风迎落絮"，正是暮春时节，"游鱼吹浪动新荷"，荷花刚刚冒出水面，故曰新荷。什刹海有种荷传统，有时候是"接天莲叶"，有时候又统统芟夷。近几年均在前海的北部种植，从烤肉季以下，至后门桥，那么一段水域。元时的海子不知如何，是一以贯之，还是时断时续？景物如斯，赵孟頫想家了，打算回家披蓑钓鱼，也就是"理钓蓑"。在中国的传统社会里，仕与隐，儒道互补，对于赵孟頫自然也难免。但在"理钓蓑"的深处，是否还有更深的幽曲不好表达？并不是简简单单的出仕与归隐问题。

　　作为旧朝的宗室而出仕新朝，赵孟頫的内心难免不感到矛盾，同时也难免不为新朝的皇帝所忌。有一天，世祖召赵孟頫上殿，请他对留梦炎与叶李二人的品行做出判断。赵孟頫言语支吾，世祖笑道，留梦炎是你朝的状元，但依阿取容。叶李不过是一介布衣，上书请斩贾似道以谢天下。赵孟頫无话。世祖命他作诗，赵孟頫踌躇数步，吟咏道：

状元曾受宋家恩，国困臣强不尽言。
往事已非那可说？且将忠直报皇元。

末句很得体，世祖没有责怪他。但是，揆情而论，赵孟頫不会不感到羞赧与尴尬。因为他是宋的宗室，不去抗元，反而仕元，难免不为世人诟病而自责，乃至牵涉到他的儿子。他的儿子赵仲穆擅长画兰，有个叫张雨的道士，在他的墨兰上题诗：

滋兰九畹空多种，何以墨池两三花。
近日国香零落尽，王孙芳草遍天涯。

讥嘲赵氏父子作为宋的苗裔而不能坚守节概，以至于赵仲穆抬不起头，终生不再画兰。在这样的氛围下，虽然富贵太平，就内心而言，赵孟頫难免矛盾惭忸，而多所辩白。他写过一首《罪出》的诗，剖白仕于新朝的原因，其中有句"向非亲友赠，蔬食常不饱。病妻抱弱子，远去万里道"，解释自己的出仕是源于穷困。好像是这样，也好像不是这样。"蔬食不饱""病妻弱子"，是穷而且困，但并不是赵孟頫仕新的根本原因。真正归隐三径，富贵于我如浮云者，在元代也并非没有。天台吕徽之，学问该博，问学无所不知，隐居于万山丛里。有富贵者前去拜问，坐下不久，听到米桶里窸窣有声，打开一看，原来是吕徽之的妻子，因为天寒无衣躲在里面取暖。这叫真穷。有一天，人们听说吕徽之在溪上捕鱼，前去看望。徽之卖鱼买酒，与众人尽欢而散。第二天，众人再去看他，已然搬走了。用《滕王阁序》里的话，这叫"穷且益坚，不坠青云之志"。赵孟頫自然没有穷至于此，算不得履新的理由。但反过来想想，对穷与困的承受，人与人不同，没有必要强求一律。赵孟頫本是金枝玉叶，公子哥儿，玉馔金食，突然失掉了，自然难耐，那就要想办法。有个叫杨载的人，在赵孟頫故后，为他写行状，说是在他没有出仕元朝的时候，他的母亲丘夫人劝导他用功读书，理由是"圣朝必收江南才能之士而用之，汝非多读书，何以异于常人"？于是赵孟頫倾心攻读，终为程钜夫荐举入朝，高高兴兴做官去了。其实呢，为吃饱饭去做官也没什么，三百六十行，官也是个行当。既是为人，也是为己，在任何一个社会里都是不错的谋生手段。在旧时，它是被称之为百姓父母的，现在的人说这是封建意识，我倒觉得这样的称呼，更能说明百姓对官的期望，希望做官的人能像父母一样对待自己。天下哪有父母对儿女不好的？较之称为公仆，或者更能折射某种心曲。但，这是要在正常的社会，如果发生了大的变化，比如说元代了宋，那就复杂了。依照中国的传统，宋的臣子要为宋尽忠才是，至少不要出仕新朝。对于赵孟頫而言，那道理更是清楚，宋的江山是赵孟頫的祖先打下来的，宋对于他不仅是国，而且是家。国破家亡，赵孟頫应该奋死抵抗，至少对元采取不合作态度，做孤臣孽子才好。而他却恰恰相反，不仅不若非宗室的臣子，甚而不如被士大夫们所鄙薄的雷海青之流，这就使人奇怪。宋，至少南宋是个道学家极多极盛的时代，这自然是皇帝的提倡，何以上之所以教化于下的东西，他们却不遵循？而这似乎也是个规律，教化教化，历来是只对下，不对上的。上则明白得很，比如赵孟頫的母亲。而下面的人似乎并没有完全看透，有时候难免发憨直。比如谢翱这类人物，坚决不与新朝的统治者合作，后来被强拉到大都，绝食而亡。但，谢翱是谢翱，赵孟頫是赵孟頫，各行其是。谢翱的绝食，止不住赵孟頫的诗酒意趣。他的家大概离海子不远，故而有句曰，"家近荷花似镜湖"。镜湖即鉴湖，把海子比为鉴湖，是说海子里种满了荷花好像绍兴的鉴湖一样。南宋初，宋高宗驻跸会稽，改国号曰绍兴，后来成为地名。赵孟頫以鉴湖为喻，或者还有更深的含义？也没有必要深文周纳罢。这首诗的题目是《海子上即事与李子构同赋》。李子构，陕西西安人，有《子构集》传世。除这首诗外，还有一首，题目是《重用韵》，用上诗的韵脚又写了一首：

更从何处访蓬壶，花满平堤水满湖。

韩嫣金丸落飞鸟，王乔仙履下双凫。

姬姜自爱千金貌，游侠轻量一斛珠。

我老不知少年事，水边行散似春雩。

把海子喻为方外的蓬壶。海子的风光也确实动人，海水充盈，美丽的荷花与驳岸相齐。少年们打飞鸟，"韩嫣金丸落飞鸟"啊。典出《西京杂记》："韩嫣好弹，常以金为丸，所失者日有十余。"美丽的少女们顾影自怜，所谓"自爱千金貌"。诗人却老了，不再理会少年们的嬉戏，只能如行散一样地在海边散步。"行散"这里用晋人的典故，晋人好食五色散，吃后发热，要外出行走解热，故曰行散。难道赵孟頫也吃五石散不成？当然不会。用行散这个典，不知赵孟頫想到阮籍、嵇康这样的人没有？想到他们，他的内心或者会感到愧疚？阮籍与嵇康的做人原则是至死不与司马氏合作，因为他们是曹魏人物。或者会是这样，对于赵孟頫，即使是在海子，今天的什刹海岸边行散，也未必能够在闲适之中寻到绝对的安宁，而且，至死，这种感觉都纠缠着他。在晚年，他写过一首《自警》的诗：

> 齿豁头童六十三,一生行事总堪怜。
>
> 惟余笔砚情犹在,留与人间作笑谈。

否定了自己的一生。为什么"一生行事总堪怜"?这依旧是新与旧,忠于旧与仕于新的矛盾在心中交战的折射。三百余年后,赵孟頫的这种心理,在清初江右的三大家,钱牧斋、吴梅村、龚芝麓三位身仕两朝,龚芝麓是三朝,的人物身上又寻到了共鸣。吴梅村临终嘱咐,死后以僧服装敛,墓碑只写诗人吴梅村,切不可写官衔。写哪一朝的呢?明或清?自己也觉得不好意思。吃了明朝的俸米,却又为明朝的敌人做事,总觉得是一种耻辱,相对于阮大铖、马士英一流人物,总还算是良心未泯。这就如同赵孟頫一样,在鄙薄中,多多少少总还能引起后人的同情,至少他的字与诗,是不能仅如他所言,"留与人间作笑谈"。而且,我们上面引述有关什刹海的几首诗不仅是可以吟咏,且反映了其时海子的某些风貌,也还是值得玩味的。

八通碑

我所以要拜谒图海墓有两个目的。一是与国家体育中心有关，一是关乎他的孙子马尔赛。图海墓在兆惠墓的西北，直线距离不超过一千米，我却两次没有找到。第一次是在今年的初春，问当地的老百姓说是在工地里，我却怎么也进不去工地的围墙，只有作罢。第二次是今年的十月中旬，还没有走到兆惠墓，烈风便驾驭黄沙而来，再次作罢。这回是第三次了。因为有了前两次的经验，做准备的时候也就更丰富些，附加九江口与龙王堂，在万一见不到图海墓的时候，还有九江口与龙王堂可见，也算是不虚此行了。

我在一篇文章中记述兆惠墓时，介绍它的位置是在关西庄。关西庄是一个大村，被今天的北五环路分为两片，北部是望衡而居的人家，南部迷离着稚柳的翠色。兆惠墓就在这片柳林里，它的东部是龙王堂村，再东是洼边村。龙王堂的北部则是九江口村了。龙王堂与洼边村的南部是一条乡间公路，西段称白庙路，与八达岭高速公路相通，东段称科荟东路，与安立路相交。白庙路的北侧是白新庄，原叫白庙村。据说，村内原有庙，供奉白衣大士，俗称白庙。白庙村的南部便是北沙滩了。有一种说法，那里是传说中杨家将与辽兵鏖战的金沙滩，令宋人与辽人刻骨难忘之处。这当然只是一种说法，原来是黄沙漠漠，现在一粒沙子也见不到了，不足为训的。

还是说龙王堂，当地的农民叫龙王庙，位于村西路口拐角之处，只有一门一殿，小门楼，庑殿顶，都残破了，但都在，是朝阳区的文保单位。农民说，庙门之前原来有一个大坑，还有两座石碑。坑，早几年，大队用来沤粪，我怀疑是过去的放生池。碑呢？不知去向，但还有碑在，在东面。有一座碑在红砖墙的后面，那种通红颜色的机砖，走过去可以看到硕大的螭首，残留着黄色的泥迹。碑身被围墙挡住，见不到了。忽然想到，进龙王堂村的时候，在白庙路的北侧，见到一座浅青色的石头华表，与这碑有什么关系呢？很可能是一组建筑。再向东，折向北，又望到石碑，不是一座，是四通，或者说是一组，是海望家族的碑，皆南向，自东向西排列。东首是海望上三代碑，立于乾隆十一年（1746年）。其次是海望曾祖父母碑，立于康熙三十二年（1693年）。再次是海望父母碑，也立于乾隆十一年。西首是海望碑，立于乾隆二十年（1755年）。碑后面的坟垅，早已被褐色的犁铧犁平。碑的前与后，都是绿色菜畦。突然想起一句话，停住辘轳菜畦干。清廷覆亡以后，八旗的贵族们停了俸禄，穷得无法，甚至卖掉坟产者大有人在。我不知海望的后人是否穷至于此？即使没有卖掉，在天翻地覆，唢呐吹出大红大绿的年代，也无力顾及了罢。这是我一瞬间的想法，而眼中所见，赑屃的头上，缠满了天牛与苍耳，缀有带刺的暗绿果实的野生植物。倘若起海望于泉壤之下，不知他会做如何的感想，我则不那么舒服。海望，乌雅氏，满洲正黄旗人，雍正与乾隆两朝的重臣，雍正时做过户部尚书，入理军机。雍正病重，被任命为顾命大臣。在他的一生之中做过最久的官是崇文门监督，这是一个掌管北京税收的官，是个肥缺，延至民国初年，大总统的俸银，都由这个衙门关支。在这个位置做久了，难免有议论，乾隆的做法是"信其必无"，"旋调礼部尚书"。有两件事情我对他感兴趣，一是雍正九年（1731年）任户部侍郎，两年以后，与直隶总督李卫勘察浙江海塘，建议在海宁尖、塔两山之间筑石坝，使海潮外趋。同时，在仁和、海宁两县改建大石塘，以图永固。一是雍正十三年（1735年）赴西北，处理振武将军傅尔丹虐病婪索士兵之事。这个傅尔丹是个很有意思的人物，年轻时颇有膂力，康熙四十三年（1704

年），康熙西巡的时候，有一个骑兵的马惊了，冲到康熙身边，傅尔丹挺身而出，扯住惊马，受到康熙的赏识。但是，傅尔丹有膂力而无脑力，征讨准噶尔时，可以轻易上当。雍正九年（1731年），他得到一个情报，准噶尔内讧，傅尔丹大喜，立即发兵前往。前锋四千人挺进到和通泊尔时，伏兵四出。傅尔丹率主力驰援，也陷入重围，只有少数人逃出。傅尔丹上疏请罪，雍正赦免了他，从靖边大将军降为振武将军。四年以后，发生了婪索士兵的事情，起因是伊都立侵润军饷，辞连到他。这一次雍正没有宥恕，并追论前罪，依律拟斩，于是有了海望之使。但傅尔丹的运气不错，"命未下，世宗崩，高宗即位，命改斩监候。乾隆四年，与岳钟琪并释出狱。十三年，师讨大金川未下，授内大臣、护军统领，赴军，寻命署川陕总督，与钟琪治军事"。《清史稿》说，"傅尔丹颀然岳立，面微赪，美须髯……钟琪尝过其帐，见壁上刀槊森然，问：'安用此？'傅尔丹曰：'此吾所素习者，悬以励众。'钟琪出曰：'为大将，不恃谋而恃勇，败矣！'"不恃谋而恃勇，这样的将领，失败是必然的。但是，军事上的失败，雍正可以从轻处理，婪索士兵，却不答应了。雍正心中是有一个界限的，对准噶尔的战争，胜自然可奖，败，也是为了维护清王朝的统一，可以从轻。军队是国之干城，它的基本单位是士兵，损害了士兵的利益，也就是损害了根本利益。从今天的角度看，与准噶尔的战争，实质是维护祖国统一的问题，傅尔丹的胜或者败，海望奉王命而出使，都与此相关，理应受到我们的尊重。可惜，我们失之太多的偏颇。这么一想，难免愧仄。不过，相对于图海，海望的墓地还算是好的，虽然改为菜地，也还可观，图海墓则过于难堪了。当然，这也是一种笼统的说法，因为，图海的墓与碑早已不存，剩下的不过是他家族的三通石碑罢了。

这三通碑位于北京师范大学工地的西北角，那是一片十分辽阔的工地，第一次寻找图海墓，便是被它阻断的，这次依然进不去。下定决心在围墙的外面转，终于转到西北方向，在一片黄土的高阜上发现了石碑，确实在围墙后面。但是，围墙被挖出几个豁口，可以进出。三通石碑坐东向西，从北向南是图海上三代碑、图海父母碑、图海的儿子诺敏碑。红色的围墙便是在这三座石碑前面砌筑的。碑的正面是满语，阴面是汉语，都有些模糊了。满人的坟位与汉人不同，前者多是三穴或者五穴连珠，后者多是平排式的。海望与图海家族的坟位，采取了汉人的习俗。在方位上，海望也是，坐北朝南。图海则否，而是坐东向西。满是金的后裔，金的习俗是崇拜东方，图海的坟位恰恰相反，不知这里面有什么原因。图海，满洲正黄旗人，"世居绥芬"，是中俄边境中方的一个小城。图海在追击李自成余部，平定三藩之乱时都立有赫赫战功，但是在他的战争生涯中，给我印象最深的却是康熙十四年（1675年）：

察哈尔布尔尼劫其父阿布奈以叛,命信郡王鄂扎为抚远大将军,图海副之,以讨布尔尼。时禁旅多调发,图海请籍八旗家奴健者率以行,在路骚掠,一不问。至,下令曰:"察哈尔,元裔,多珍宝,破之富且倍!"于是士卒奋勇,无不以一当百。

以一种强盗和流氓的策略鼓励士气。写小说,常常用一个细节或一句话刻画人物性格,认识一个人,或者说认识一个历史人物也是这样。康熙知道以后,又采取什么态度?《清史稿》:"师还,圣祖御南苑大红门,行郊劳礼。叙功,进一等阿思哈尼哈番。"康熙二十年(1681年),图海故去,谥文襄,增少保兼太子太傅。雍正初,追赠一等忠达公。他的儿子诺敏继承了他的爵位。诺敏逝后,又由他的孙子马尔赛承袭。而我之所以拜谒图海墓,一个重要的原因便是由他而起。为什么这样?非常简单的理由是,马尔赛的事情接在傅尔丹的后面。而且,他们的传记置为一卷,读傅自然读到马。傅尔丹失败的那一年,马尔赛被授予抚远大将军,率师驻图拉,听说准噶尔将犯科布多,奏请暂驻第十五台。不久,听说准噶尔屯兵科布多附近,又奏请进驻察罕埋。后来,又听说准噶尔兵至奎素,复奏请调蒙、汉兵五千人赴推河。雍正很不高兴,指责他展转不定,命他到第十四台等待命令。"上解傅尔丹靖边大将军印授顺承郡王锡保，谕马尔赛，蒙古诸扎萨克俱遵靖边大将军调遣，不得以抚远大将军印有所征发"，对马尔赛不放心了，很快把他降级，改为抚远将军，少了一个"大"字，兵权也大大缩水。第二年的秋天，准噶尔侵掠喀尔喀诸部，喀尔喀亲王策棱大破准噶尔的部队，准噶尔的残部向推河方向逃跑，锡保命令马尔赛截击，喀尔喀的另一个亲王丹津多尔济也督促他迅速出兵。马尔赛的部下诺尔珲说："我等当速发兵迎截，迟且将不及。"众将皆和之，只有都统李杕不同意，认为应该以守城为重，马尔赛采纳了他的建议。但是，其他将军仍力请出战。有一个叫傅鼐的将军这样对马尔赛说：

  贼败亡之余，可唾手取也！请发轻骑数千，俾率以战，事成，功归大将军，事败，愿独受其罪。

马尔赛一句话也不说，再三问，也不说，不知他在想什么。傅鼐向他下跪，而且是"长跪以请"，还是不答应。士兵们登上城墙，透过埤堄，看到敌兵从城下跑过，傅鼐气愤极了，率领自己的士兵出城截击。但是，战机已然失去，只得到一些辎重和牛羊。雍正知道以后，下旨将马尔赛斩首，罪名是贻误军机当斩。李杕也被斩首，罪名是"一言偾事"。我有时候诧异，马尔赛为什么不出城击敌，是他的士兵少吗？他那时有三万人，对方是一支斫丧了士气的残兵，战而胜之，完全有能力。综合他在上一年辗转不定的表现，懦弱与胆怯是肯定的，与他的祖父相比，少了几分强盗或者说霸道作风。对马尔赛，从抚远大将军降为抚远将军，他的内心是不是会有不满情绪呢？也未必没有罢。只是我对李杕实在不解，为什么要给马尔赛出这样的主意，为了讨好？还是，也有不满？这个李杕也是个怪人，名字就怪，既可以读"地"，也可以读"舵"，读前音，是指树木孤立的样子，读后音，则指船尾。汉军镶蓝旗，原来是广州将军，他手下的士兵不知什么原因到巡抚衙门闹事，"逮京师论斩"，又不知什么原因，原谅了他，"复授都统，仍令袭爵"。都统是从一品的高官了，还有什么不满？也许对他的捉与放，另有隐情？无论怎样，相对于傅鼐，是应该感到惭愧的。

  这个傅鼐后来也升为都统，乾隆即位以后，做过兵部和刑部尚书，但是时间很短，就在那一年的秋天，因为"勒借商银，回奏不实"被罢官。两年以后，又因为"违例发俸"，被发到军台效力，不久便物故了。相对于马、李，也是不得其终。这就免不了使人叹息，傅，何以也如此下场呢？一时想不通，那就不想，回到现实。遗矢雷布，原本庇护檐头的绿树，现在成了未亡人，耐心地谛听打桩机欢快的歌唱，歌声中三座碑慢慢荒寂。大大小小的坑。第二通碑的右侧，挖了一个很大的坑，坑的东面蜿蜒一条长沟，树根抛在坑边上。民工说，是一株榆树。为什么要把它挖掉？我注意到，沟的后面又是一堵红砖围墙，后面是工地，这道墙把碑与工地分割开。也许这个范围便是这三座碑的保护地？但愿是这样。据我所知，它们，以及它们东侧海望家族的碑，都是朝阳区的文保单位。就这样保护么？倏地想到，图海、他的孙子马尔赛、海望，以及兆惠，基本是一个时代，康、雍、乾三朝人物。在西北的战争中，扮演了不同的角色，或者勇猛，或者懦弱，或者气吞万里如虎，或者有流氓气。但是他们有一个共同之处，都投身于维护祖国统一的伟大的洪流之中去了。而他们的身后，却不尽相同，有的碑还在，有的已然丢失，但大体还在，而且相距不远。在这些碑的南方，也应该是不远之处，便是国家体育中心，二〇〇八年举办奥林匹克体育运动会的地方。历史与现实，在距离上并不遥远，能否把它们对接起来？应该是可行的罢？

对了，在龙王堂，我见到的另一通碑，与雍正皇帝外祖卫武有关，仿佛是卫武的外祖母塞和里氏，也就是皇姥姥的姥姥了。没有细看，也就没有发言权。

Azad、梭罗或豆田哲思

　　由于中间耽搁,从银川到沙湖已是暮云低沉。坐上船——也就是快艇一类的小舟,而这时,天色更暗,深灰的天穹开始眨眼睛了。沙湖里芦苇曼衍,为了船只通行,割出一条一条"小巷",也就是航道吧。水是黑黢黢的,船首冲击的浪花也是黑黢黢的,芦苇的颜色尤其深郁,我甚至有些不安。不安中,很快抵达一座小岛。岛上修建了许多白色的蛋壳式样的小房子,因此被游人随口称为"蛋岛"。见到这样的房子,年轻人欢呼起来,老先生却不欣赏,于是我们又返回岸上酒店。

　　酒店前面是沙湖,水波苍茫闪动,星星藏在水波的折缝里潋滟耀眼的白光泽,夜空中的蓝星星却流萤似的飘忽暗淡了。酒店后面是松林，是那种带有尖顶的松树，北京人俗称塔松。好像是美国的梭罗也喜欢这样的松树，把它们比为座座庙宇，"又似全帆装备的海上舰队"，"树枝摇曳起伏，卷起滚滚波涛"，多么柔软，多么青翠。可惜当下是夜间，看不到那样青翠的色泽。梭罗说，就是德鲁伊特人见到这样的松树也会欣喜，而放弃他们膜拜的橡树。梭罗之所以这样说，是因为德鲁伊特人认为，橡树是联系人与上苍的圣树。那么，可以代替橡树的松树，是不是也可以列入圣树行列呢？别处如何，我不得而知，在我的印象中，昔日除夕的时候，北京人往往砍伐一根茁壮的松枝，插进一个古雅的大瓶子里，点缀几枚古钱、元宝与娇艳的石榴花——当然是出自温室。如果是今天，没有石榴，就插进一束结满赤色浆果的冬青，闪闪发光犹如欢乐的精灵的眼睛，以取喜庆、祥瑞的意思。再早，那一晚，还要把松枝、柏枝与干柴一道，放进一只铁盆里，在院内燃烧，俗称"烧松盆"。因为是慢慢燃烧，故称"熰"，又因为是在年底做这事，便习称"熰岁"。这个习俗在农村还有遗存，而在藏地，清晨早起即将松柏枝焚烧，让芬芳青蓝的烟雾毛茸茸地"蓬"起来，以使雪山诸神歆享。这当然是在边地，在烦嚣拥挤的闹市小区，还有谁记得这个旧俗呢？

长安万户夜生烟，子夜便称是岁前。

> 喜起拜稽占凤阙，文明垂象在龙田。
>
> 梅花陟放疑催腊，柏酒停斟欲待年。
>
> 报说庭燎光烛斗，趋跄恐后不成眠。

"庭燎"就是"熰"松柏枝。我把这首诗抄录于此，算是对畴昔旧梦的依稀怀念吧！

次日清晨，我们围绕沙湖散步，走了很远一段路。湖中茂密的芦苇已经开始枯萎，在青色与黄色之间浮动。岸上野草丛生，晨露洁白清冷，滚动濡湿微细的光芒。如果是梭罗，他来到这里，谛视这浩渺波动的湖水，会有什么想法？他会于此筑屋而体验一种异域的新生活吗？一八四五年，梭罗的老师爱默生，把瓦尔登湖滨一小块土地赠予他，梭罗便自己动手在那里建造了一座小房子。梭罗心急，居住的第一天，墙壁没有粉刷，烟囱还没有砌好，缝隙很大，住在里面冷飕飕的。但是砍削好的立柱白白直直的，而使他不禁产生幻想：到了阳光直射的中午，一些浓郁的树胶就会从那些白柱子渗出来，把清新的甜蜜装进房屋，而此时的房屋就像一只蜂蜜罐子，"正好适合四处游玩的神仙逗留"，而女神也可在此拖曳长裙。风吹过屋脊也吹过山岭，断断续续传来美妙的旋律，然而"这只是人间音乐的天上片段。晨风永远在吹，创世纪的诗篇连续不断，可惜听者稀然"。我也属于这个行列，没有去过瓦尔登湖，也就没有这样的体验。

梭罗推崇"极"简的生活方式，尽可能少地不用现代文明干扰自然而生存，是十九世纪美国的自然主义者，是一种风格现代的隐者。相对于此，中国古代的隐者则似乎多了道德色彩。《史记》"伯夷列传"记载了伯夷与叔齐两位隐者的故事。他们是孤竹国的王子，父亲准备把王位传给叔齐。"及父卒"，叔齐认为伯夷德行高尚，欲将王位让给伯夷，伯夷不肯，说这是父亲的意思，我不能嗣位，于是离开了孤竹国。叔齐也不肯继位，也离开了孤竹国。二人闻听周文王"善养老"，便去投靠他。赶到黄河边，看见武王讨伐纣王的大军，便拉住武王的马缰劝说："父死不葬，爰及干戈，可谓孝乎？以臣弑君，可谓仁乎？"反对武王讨伐纣王，认为是以暴易暴。武王取得胜利后，伯夷、叔齐躲进首阳山，不肯做周朝的百姓。储藏的旧粟吃完后，便不再吃新收获的粟（此时的粟已是周朝种植的了），也就是"义不食周粟"，最后吃一种叫"薇"的豆子，通俗的称呼是"野豌豆"。吃光了豆子，"遂饿死于首阳山"。

《伯夷列传》通篇不足千字，而叙述伯夷、叔齐的事迹不足三百字，余者皆是太史公的激愤议论。他说，常言"天道无亲，常与善人"，如果是这样，那么若伯夷、叔齐"可谓善人者非邪"？他们却"积仁洁行如此而饿死"！颜渊是孔夫子最好的学生，却贫穷早夭。上苍就是如此对待"善人"吗？而类似的事情不可胜数，"余甚惑焉,倘所谓天道,是邪非邪"?然而"举世混浊,清士乃见","求仁得仁,又何怨乎"?还是走自己选择的道路吧!

梭罗则没有这样的道德重负,可以安心地播撒他的豆子,养护他的豆田。他说,他种植的豆秧连起来有七英里长,最新的豆子还没有下地,前面的豆子已经茂盛地生长出来了,"我珍惜它们,给它们锄草松土"。一大早,他赤着双脚,雕刻家似的拨弄满是露水的碎沙,让这块土地用宽阔的豆叶与美丽的豆花表达对夏日的情思。他的身影被刚刚跃出地平线的阳光巨人似的绿沉沉放大,天蓝、云白、风轻,遥远的夏蝉在云巅上鸣唱,豆田释放出只属于自己的略带腥味的芳香。这个"活"一定要在后半晌干完,否则烈日当空,脚要晒出泡了。为什么不穿鞋?他说是为了和豆子更加亲近。那么,为什么非得种豆子?他说只有上帝知道。

记得东晋的陶渊明也种豆子,他在《归园田居》中有这样两句诗,一句是"种豆南山下,草盛豆苗稀",南山就是庐山,在庐山下种豆子。下一句是"晨兴理荒秽,带月荷锄归",从清晨到月出在豆田劳作,虫声涌动,夕露摇落,道狭草木长,虫声陷入摇落的夕露的重叠之中。陶也会赤脚吗?诗中没有说明。《晋书》隐逸卷内有一则陶渊明小传,说他回到家乡以后拒绝与官员往来。有一位叫王弘的地方长官仰慕他的名声,经常派人窥伺他的行踪。一天,陶渊明准备去庐山,王弘在半路恭候,约请他喝酒。陶渊明很高兴,二人喝了整整一天。喝酒时，王弘看他没有穿鞋，便询问他脚的尺寸，准备给他做鞋。陶渊明便在座位上伸出两只脚，"令度焉"，让王弘的随从量尺寸。中国的诗人大都困厄，诗圣杜先生不用说了，清代的名诗人黄先生也是如此，以致到了冬季，全家人的棉衣还没着落呢！陶先生呢，盛夏时卧于北窗之下，吹来一痕微飔，便感到无限畅快而自命为羲皇上人。我旧时读这段文字不甚明了，当时的想法是：不过是些许凉风罢了，何至于如此夸张？现在明白了，对整日被肆虐骄阳烧烤的劳作者，这样的凉风意味什么。"赤日炎炎似火烧，野田禾稻半枯焦。农夫心内如汤煮，公子王孙把扇摇"，焦灼的不仅是农夫，还应该包括陶渊明这样无鞋可穿的隐者吧！中国历代的农民运动，往往掺杂知识分子的妃色踪影，其原因便根基于此。千余年来，陶是我们景仰的诗宗，而这样的人物竟然穷到无鞋可穿而赤脚行走，则无论如何难以置信而令人悲怆万分。

如同梭罗一样，为什么种豆子，陶渊明也没有交代。也许对他而言，那是果腹的必需之物，没有什么可说也没有必要说明的。劳作的工具是什么？陶也没有交代，不像梭罗，还列出了收支明细：

支出：一把锄头（0.54美元）。耕、耙、犁（7.50美元）。大豆种（3.125美元）。土豆种（1.33美元）。豌豆种（0.40美元）。萝卜种（0.06美元）。篱笆白线（0.02美元）。耕马及三小时雇工（1.00

美元)。收获用马及车(0.75美元)。合计"14.725美元"。梭罗作为种子购买的豌豆,在山谷里自然生长的便是野豌豆,曾经作为伯夷兄弟的果腹之物,也就是太史公笔下的"薇"。

收入:售出的9蒲式耳12夸特的豆子(16.94美元)。5蒲式耳大豆(2.50美元)。9蒲式耳小土豆(2.25美元)。草(1.00美元)。茎(0.75美元)。收获了776.36公斤的豆子,合计21.69美元。加上卖出的草和茎1.75美元,合计23.44美元。减去支出盈余"8.715美元"。

陶渊明种了多少豆子,他没有说明,只是说虽然辛苦,但只要我心里高兴就好,所谓"衣沾不足惜,但使愿无违"。人世间的黑暗与违心,都不如挥锄扬铲,锄草翻土。而泥土,梭罗引用伊芙琳的话是,尤其是新鲜的泥土,似乎有一种磁性,吸引着盐、力量和美德。田地里的豆子又会给劳作者以什么呢?梭罗自问,"我从豆子那儿学到了什么?豆子又从我这儿学到了什么"?"阔大的叶子看上去真好看","我的助手",梭罗说,"就是露水和雨水,它们浇灌着这片贫瘠而干枯的泥土,否则土壤的肥力又从何而来"。又说,"真正的农夫会天天耕作,放弃一切农产品要求,在他的心灵里,他不仅要献出第一批果实,而且要献出最后一批果实"。即使我的豆子成了鸟儿的粮食,那又算什么,难道我不应为此感到高兴吗?这是梭罗种豆子时哲人式的思索,也可以说是梭罗的豆田哲思吧。

陶渊明呢？他在心底会翻涌怎样的微澜？"误入尘网中，一去三十年。羁鸟恋旧林，池鱼思故渊""久在樊笼里，复得返自然"。用艰辛的劳动换取心灵自由,这样的自由难道不值得珍视吗？我的一位朋友写过一首小诗，大意是看见一只黑色羽毛的小鸟，在明净的小溪边清洗自己的羽毛，而使他联想到许由。听到尧要把君位传给他，认为这是莫大耻辱，弄脏了自己的耳朵，于是急忙跑到河边清洗。另一个隐者巢父恰好在下游饮驴，看到这个情景，指责许由是精致的利己主义者："你如果一直居于深谷高岸之中，不与世人交游，有谁认识你，又有谁会来打扰？现在你这样做，不过是故作清高沽名钓誉罢了！"斥责许由在上游清洗耳朵，以致自己的驴，喝了被污染的水，便把驴牵到许由的上游去了。那么，被污染的溪水该怎么办呢？真的是"云自无心水自闲""石间洗耳水空流"吗？许由和巢父均为高蹈人物，是中国隐者的精神支柱，但是在社会的现实中，做来其实很难而难于上青天，不若陶与梭罗踏踏实实在田地里流大汗，种豆子，用笨重的锄头收获自由。

波斯的诗人萨迪在《蔷薇园》中写道,有人曾经询问一位智者，在至尊之神种植的树木里，有没有一种被称为 Azad，即自由的树？智者说有的，那就是柏树，但是柏树却不结果实。那么，这里有什么奥秘呢？智者答道，每一种树木都有自己的习性，适合时令就茂郁开花，不当时令便干枯萎谢，而柏树不属于这些树木因此永远苍翠，这就是 Azad。当然啦，如果您家中富有，就要像椰枣树那样挥洒慷慨，然而您如果没有可给予的呢？那就做柏树一样的 Azad，自由之人吧！梭罗对这话极为欣赏，故而引入他的名作《瓦尔登湖》经济篇的结尾处。对这样的话，陶先生认可吗？应该会吧。那么，沙湖认可吗？我想也当会认可，并这样朗声说道：欢迎您来沙湖，旅游、度假、定居，种花、种树、种草、种松树、种柏树，当然啦，种豆子也可以。舟遥遥以轻飏，风飘飘而吹衣，实迷途其未远，觉今是而昨非。

田园将芜，胡不归来乎！

2020.1.14

兄弟

脊令在原，兄弟急难。

——《诗经·棠棣》

人生不相见，动如参与商。

——杜甫：《赠卫八处士》

一九一九年十一月二十一日，鲁迅与周作人一家迁入八道湾11号。

在这一天的日记里，鲁迅写道："上午与二弟眷属俱移入八道湾宅。"周作人记曰："上午移居八道湾十一号。"

这一天，周五，农历九月二十九日，天气晴朗，是个适宜搬家的好日子，次日便是寒衣节了。寒衣节，也就是俗说的鬼节，要给亡故的亲人烧寒衣。按照传统的说法，这一天除了破坏房屋、凿穿院墙，其他的事情都不可以做，也就是"诸事不宜"，周氏兄弟自然不会选择这个日子。虽然，这是旧黄历，作为新近人物，他们当不会相信这些"昏"话，但是寻找一个吉利的日子搬家，总是可以理解的人之常情吧！

再过一天是二十三日，这一天小雪，而再早，八日立冬，已经进入冬季。虽然气温已经开始下降，鲁迅还是在十二月一日离开北京，匆匆南下接母亲、妻子与周建人一家。再晚走，北京的天气将会更加寒冷。

二十九日，鲁迅携家人回到北京，两天之后，便是公历新年了。

一

至此，鲁迅一家在八道湾团圆了：母亲鲁瑞、大哥鲁迅、大嫂朱安、二弟周作人、二嫂羽太信子、三弟周建人与妻子羽太芳子。信子和芳子是姊妹，作人与建人是兄弟，姊妹嫁给兄弟做妯娌，兄弟迎娶姊妹，用北京话说是成了担挑，真的是亲上加亲。这是第二代情况。第三代，鲁迅其时没有孩子，周作人有三个孩子：男孩周丰一、次女静子、小女若子，周建人有两个孩子，女儿马理、儿子周丰二。三代十二人。

转眼到了春节。这一天是二月二十日，前一天是除夕——鲁迅在日记写道："晴。休假。旧历除夕也，晚祭祖先。夜添菜饮酒，放花爆。徐吉轩送广柑、苹果各一包。"周作人的日记则曰："雪，午霁。旧除夕，晚祭祖。丰微热。"这一天雪停了，儿子丰一有些发烧。从十七日起，北京开始降雪，十八日转为小雪，十九日中午慢慢停了。因此周作人日记说是"午霁"，鲁迅则简单地说是"晴"。晚上鲁迅与家人祭祖、饮酒、放花爆，热闹、幸福而温馨，曾经颓败的周氏台门在北京焕发了新生机。

按照绍兴习俗，旧历除夕称为"三十年夜"，祭祖之前要请出祖宗像。祖宗像画的是上辈人，当然也可以把更上辈的人画上去，最多九代，称"九代荣"。祖宗像"挂在堂屋后壁正中"，从除夕挂起，到正月十八日取下来，称"落像"。祭过祖宗以后，要在祖宗像前的"画桌"上点燃香烛，供放年糕、粽子和水果。徐吉轩在这一天给鲁迅送来广柑、苹果，应是为此，而此时派上用场了吧！

祭祖的时间是在下午，祭过祖，天色不再明亮，夜影慢慢袭进院落，此时要在堂屋、卧室、灶间点亮蜡烛，预示来年光明，而那时的八道湾尚未通电，也应该延续这个习俗吧！之后是吃年夜饭,家人们围坐在八仙桌的四边,如果人口繁昌,便在八仙桌上放一张圆台面,"团团圆圆吃年夜饭"。除夕的八道湾也应该放一张圆台面,此时的菜品丰盛而吉利,用"目鱼干、肉片、韭芽、豆腐干、芋艿等烧成的菜"曰"明富";用"藕块、荸荠、红枣烧成的甜点"曰"有富";用"咸菜、黄豆芽、豆干丝烧成的菜"曰"八宝菜"。唱主角的自然是热气腾腾的什锦火锅,装满了鱼圆、肉圆、蛋饺、鱼块、肚片、油豆腐塞肉。还要放一盘年糕与一盘粽子,取"年年高""宗宗有"之意。当然,还要有酒,无酒不欢,无酒不成席,在绍兴则是无黄酒不成宴。但是,此时的酒不能喝完,而要留一些,名曰"存",以示明年还有酒可喝。吃过年夜饭,绍兴称"分岁",男人们带着小朋友燃放鞭炮,八道湾则是放"放花爆",这就比鞭炮复杂而上档次。"花"是礼花,暗蓝的星云上浮现出五颜六色的焰火,是那种小型的盒子花吗?而妇女们此时忙着在门上、窗上、床架上、柜子上、米缸上张贴大红颜色的剪纸。最后,趁大家不注意的时候,主妇"悄悄地在筷笼的背后贴上用红纸剪成的一双眼睛,预示明年全家心明眼亮"。这是沈富熙在《水乡绍兴》中的回忆,在八道湾,会是哪一位主妇呢?

这自然是我的推想,犹如幸福的家庭都是一样的,不幸的家庭却各有不同。一九二三年七月十八日,周作人交给鲁迅一封信,信中写道:

鲁迅先生：

　　我昨日才知道——但过去的事情不必再说了。我不是基督徒，却幸而尚能担受得起，也不想责谁——大家都是可怜的人间，我以前的蔷薇的梦原来都是虚幻，现在所见的或者才是真的人生。我想订正我的思想，重新入新的生活。以后请不要再到后边院子里来。没有别的话。愿你安心，自重。7月18日，作人。

　　鲁迅派人请周作人解释，但是周作人却拒绝见面。鲁迅的反应是，他在这一天的日记中记载："是夜始改在自室吃饭，自具一肴，"并曰："此可记也。"后院与在自己的房子里吃饭有什么关系吗？这就有必要对八道湾11号的建筑布局与居住情况做简单说明。

　　北京的四合院一般占地四十平方丈，约零点六亩。院子坐北朝南，宅门位于东南隅。典型的四合院分三进：倒座房到卡子墙是第一进，称前院。卡子墙到正屋（也就是北屋）是第二进，称正院。正屋到后罩房是第三进，称后院。八道湾11号是大四合院，占地四亩多，在第一进的南边还有一个院子，称外院，用许寿裳的话是可以开运动会。这当然有些夸张，但却形象地说明院子之大。按照当时传统建筑格局，正房一般是三或五间，最多是七间。八道湾是三间，中间是堂屋，东边是东次间，西边是西次间。堂屋也叫明间，是供奉祖宗牌位与家人聚会的地方。根据左为上的原则，主人住东次间，长子住西次间，八道湾11号就是如此。然而，鲁迅与朱安琴瑟不和，即便在同一片屋顶之下，也不在同一个房间里居住，因此在堂屋的背后接出一间灰棚，设有一具木炕，称"老虎尾巴"。正房后面是后罩房，周作人、周建人及其家属在那里——也就是后院居住。周作人警告鲁迅"以后请不要再到后边的院子里来"便是这个意思。

正房西侧，所谓西厢房是书房。西厢房三间，鲁迅出走以后，被周作人独据而称"苦雨斋"。对面是东厢房，两厢房各在北山墙上加辟一门，面向后院，以便出入。东厢房也是三间，南间住女佣，中间做堆房，北间做饭所（饭厅）。饭所北边加盖了三间小房子，应该是灰棚，南边两间做厨房，北头一间做浴室。正房与两厢房之间各筑有一道曲尺形状的短墙，从而与前院分割开来。短墙的北面，即周作人所说的后院。鲁迅吃饭必然要通过短墙，进入后院，才能通过东厢房山墙上的门进入饭所。为了不进后院，鲁迅只能"改在自室吃饭，自具一肴"了。从热闹闹、喜洋洋的除夕团圆饭，到凄冷冷的"自具一肴"，鲁迅的心底该会翻腾怎样苦涩的漪澜呢？

八月二日，鲁迅带朱安离开八道湾，暂居砖塔胡同。第二年，一九二四年的六月十一日，鲁迅回到八道湾，与周作人发生了冲突。在那一天的日记里，鲁迅这样记述："下午往八道湾宅取书及什器，比进西厢，启孟及其妻突出骂詈殴打，又以电话招重九及张凤举、徐耀辰来，其妻向之述我罪状，多秽语，凡捏造未圆处，则启孟救正之，然终取书、器而出。"启孟即周作人。在同一天的日记中，周作人的记载是："下午L来闹，张、徐二君来。"L即鲁迅。据既是鲁迅也是周作人的弟子川岛回忆，兄弟二人吵到激烈处，"屋内西北角的三脚架上，原放着一个尺把高的狮形铜香炉，周作人正拿起来要砸去，我把他抢下了，劝周作人回到后院的住房去"。许广平在回忆鲁迅的文章《所谓兄弟》中写道，争吵时，"鲁迅向周作人说，你们说我有许多不是，在日本的时候，我因为你们每月只靠留学的一点费用不够开支，便回国做事来帮助你们，及以后的生活，这总算不错了吧"？但是周作人把手一挥说——鲁迅学着手势，"以前的事不算"！

二

兄弟失和，对鲁迅的打击巨大，无论是精神还是身体。从一九二三年十月到一九二四年三月，鲁迅连续生病。他在一九二三年十月与十一月的日记中写道：

十月

一日　昙，大风。夜李小峰、孙伏园来。大发热，以阿司匹林取汗，又写（即泻，作者注）四次。

二日　晴。往山本医院诊。

三日　晴。泻痢加剧，午后仍往山本医院诊，浣肠，夜半稍差。

六日　晴。午后寄三弟信。往山本医院诊。

八日　晴，风。下午往山本医院诊。

十一日　晴。午后往山本医院诊。

十五日　晴。下午往山本医院诊。

十一月

八日　晴。夜饮汾酒，始废粥进饭，距始病时三十九日矣。

鲁迅在给母亲的信中说，他犯过两次肺病，一次是离开八道湾，一次是与章士钊诉讼。这两件都是鲁迅人生中的大事，故而诱使肺病复发，可见对鲁迅的刺激之深。

鲁迅出版过三本小说集：《呐喊》《彷徨》与《故事新编》。《故事新编》取材历史人物，《呐喊》与《彷徨》取材于鲁迅本人的时代。相对于《呐喊》，《彷徨》多凄恻婉转之风，鲁迅在《题〈彷徨》》一诗中写有这样两句："两间余一卒，荷戟独彷徨。"鲁迅的研究者认为，这是"五四"新文化阵营分化以后鲁迅的心态，不能说错。但是，兄弟的离散，对鲁迅的创作心态，也不能说丝毫没有影响吧！原来兄弟二人并肩奋战，哪里想得到竟然中途分手，心境自然是凄惶的，收在《彷徨》中的《在酒楼上》《孤独者》《伤逝》与《兄弟》，哪一篇不闪灼鲁迅或明或暗的身影？而他创作的《祝福》与《幸福的家庭》，则从不同侧面反映了兄弟反目对鲁迅创作的影响。前一篇传达一种凄凉悲惨的氛围，很难说不是鲁迅心境的折射。后一篇，讲述一个生活窘迫只有一间住房的年轻人，在写作中屡屡被琐事纠缠而难得宁静。在这篇小说中，房子是一个始终让人物纠结的问题。在他看来，"幸福的家庭"必定住房宽裕，有卧房，还要有"堆积房"，而且必定有书房，而书房的门永远关着，"有事要商量先敲门"。在八道湾，鲁迅有卧房、会客室、厨房、堆房，还有三间宽敞明亮的书房，而砖塔胡同的蜗居则十分狭窄，小说所表现的或者是鲁迅本人居住环境巨大反差的隐喻流露吧。

当然，在鲁迅的作品中，不仅是这几篇小说，而且反映在他的其他作品中，例如《野草》中《颓败线的颤动》。同样，一九二三年，周作人翻译日人武者小路实笃的小说《某夫妇》的译后记，与一九二五年《抱犊谷通信》也很难不使人产生联想的指向。

兄弟之间究竟发生了什么？有说是经济问题，又说是"窥浴"

风波而莫衷一是,鲁迅的母亲也不得其详。她有一次对同乡说,兄弟二人昨天还把书抱进抱出的商量文章,今天突然闹起来了,而且闹得不可开交。母亲不明白,三弟周建人也一头雾水,旁人更是说不清楚。兄弟成仇,在鲁迅日记中只一句"改在自室,自具一肴"。周作人在一九二三年七月十七日的日记中,原有十个字左右的记述,后来用剪刀剪去了。原因是,周,当时经济紧张,将一九三四年以前的日记以一千八百元的价格出售给鲁迅博物馆,而剪去的文字应该是兄弟成仇的原因。为什么会是这样,周作人后来在《知堂回想录》不辩解说(下)中写有这样的话:"关于那个事件,我一向没有公开的说过,过去如此,将来也如此。"而鲁迅也是如此,"生前没有一个字发表"。"鲁迅平素是主张以直报怨的,并且还更进一步,不但是以眼还眼,以牙还牙,还说过这样的话(原文失记,有错当改),人有怒目而视者,报之以骂,骂者报之以打,打者报之以杀。其主张的严峻有如此,而态度的伟大又如此,我们可不能学他的百分之一,以不辩解报答他的伟大乎"?鲁迅与周作人都曾经对基督的教义有过研究,周作人在一首白话诗《歧路》中写道,"我爱耶稣,但我也爱摩西"。耶稣说,有人打你的右脸,你把左边的脸颊也转过去,让他打。但是摩西说,以眼还眼,以牙还牙。这些他们都做不到。孔老夫子说:"朋友切切、偲偲,兄弟怡怡。"朋友之间应该恳切地批评嘉勉,兄弟之间应该和睦相处。

做不了朋友，也做不了兄弟，君子绝交不出恶言，给自己也给对方保存一些颜面总还可以吧！

三

一九二〇年十二月二十二日，周作人去北京大学参加歌谣研究会，五时散会回到八道湾，晚间感觉疲惫。二十四日开始发烧。二十五日烧到三十八度三，并开始咳嗽。二十九日去山本医院，诊断为肋膜炎，于是开始在家养病。直到次年三月初，病情逐渐好转，但后来又突然恶化，不得不住院治疗。这一天是三月二十九日。五月三十一日出院，总计六十三天。六月二日，周作人去香山碧云寺般若堂静养，九月二十一日回家，从三月算起，前后淹滞了近五个月。

肋膜炎属于胸部疾病，与肺病多少有些关系，因此这个病的症状是下午发热，晚间处于昏沉状态。但不知为什么，周作人说却"似乎于做诗颇相适宜"。在病房里，他创作了一首《过去的生命》，诗中这样写道：

这过去的我的三个月的生命，哪里去了？

没有了,永远的走过去了!
我亲自听见他沉沉的缓缓的一步一步的,
在我床头走过去了。
我坐起来,拿了一支笔,在纸上乱点,
想将他按在纸上,留下一些痕迹,——
但是一行也不能写,
一行也不能写。
我仍是睡在床上,
亲自听见他沉沉的缓缓的,一步一步的,
在我床头走过去了。

"这首诗并没有什么好处",周作人后来回忆,但总算是把"真情实感,写了下来,所以似乎还说得过去"。鲁迅到病房看望他时,周把这首新作给鲁迅看,鲁迅"便低声的慢慢地读,仿佛真觉得东西在走过去了的样子,这情形仿佛还是宛然如在目前"。这是周作人四十年以后的追忆,这说明了什么呢?关于新诗,鲁与周都努力地尝试过,在新诗的发轫阶段也各有特色而受到好评,赞扬他们摆脱了古旧传统的约束,完全用语体散文来写,是一种新表现。鲁迅的后期弟子胡风激赏鲁迅的新诗,但是鲁迅的诗还是以旧体为好,新诗总有点刺虐味道,不如其弟温柔敦厚。

一九一七年，经鲁迅向蔡元培举荐，周作人到北京大学国史编纂处任编辑，半年以后出任北京大学文科教授，讲授古希腊、罗马文学史与欧洲文学史。按照课程规定，周作人担任的这两门课，每周各三个单元，计六小时，因此要预先准备六小时的讲义。但是，在周的时代，这样的课程属于草创，需要自己动手拓荒。周作人白天勉力把讲义编好，晚上等鲁迅从教育部下班回来修正字句，次日誊清，交到学校油印。经过一年打磨，周作人完成了《欧洲文学史》的编纂，列为北京大学丛书之三，由商务印书馆出版。这是周作人到北京以后出版的第一部著作，后来多次再版。按照当时的出版规定，作者在稿酬之外，还应抽取一定版税，为了防止出版社盗印欺瞒作者，故而要在版权页贴上作者自制的印花。但是，这期间周作人在碧云寺静养，鲁迅只有代劳。他在一九二一年七月七日的日记中写道，"寄大学编辑部印花一千枚，代二弟发"，请北京大学编辑部代转商务印书馆。知道了这枚印花背后的故事，难免不使人生出一痕感喟的波纹。

同样是在北大，一九二〇年，国文系要开设中国小说史，主任马幼鱼延请周作人任课，周作人婉拒而推荐了鲁迅，于是有了鲁迅的《中国小说史略》，先是由北京大学印成讲义，后来补充内容由新潮出版社出版。这也是一件开创性的工作，鲁迅做起来格外用功。由于工作繁忙，鲁迅有时请三弟建人协助抄写资料。当然，更多的还是兄长提携弟弟而共同发声。兄弟三人翻译出版了《现代小说译丛》，原来设想在出版第一集之后，续出第二，第三，第N集，但终因家庭风波，第一集也是最后一集。

在周作人的一生中，患有两次大病。第一次是在一九一七年五月，鲁迅在五月十三日的日记中这样记载："二弟延 Dr. Geimm 诊，云是瘄子，齐寿山译。"齐寿山是鲁迅的教育部同事，精通德语，高阳人，是戏曲理论家齐如山的弟弟。同一天，周作人的日记是："下午请德国医院医生格林来诊，云是疹子，齐寿山君来为翻译。"过了三天，十六日上午："请德国医生狄博尔来诊，仍齐君译。"还是德国医院的医生，只是换了狄博尔。十天以后，也就是二十六日，天空晴朗，但是有风，周作人的小便下午被送到医院化验，结果出来了："云无病，仍服狄博尔药。"六月三日病愈，总计二十二天，将近一个月。其时，周作人并无家眷在旁，他与鲁迅住在绍兴会馆，两个单身汉，照顾他的只有鲁迅。对这个病，周作人说，自己并不那么紧张，而鲁迅却是"急坏了"。他后来创作的小说《弟兄》，虽然是"诗"与"事"的结合，但仍然可以寻觅到生活蓝本，鲁迅腕底的"张沛君"等待"普悌思"医生的焦灼心态，应是当时的写真。在将近结尾时，张沛君做了这样一个梦：

——他命令康儿和两个弟妹进学校去了；却还有两个孩

子哭嚷着要跟去。他已经被哭嚷的声音缠得发烦，但同时也觉得自己有了最高的威权和极大的力。他看见自己的手掌比平常大了三四倍，铁铸似的，向荷生的脸上一掌批过去……

周作人在日本留学时，绰号"鹤生"。汉语中，"鹤生"与"荷生"谐音，而周建人的儿子名"沛"，又名丰二，外号土步，在日本指一种黑色的鲈鱼。后来，周作人在《知堂回想录》复辟前后之一中忆述："鲁迅有一天说起，长到那么大了，却还没有出过疹子，觉得很是可笑；随后又说，可是那时真把我急坏了，心里起了一种恶念，想到这回须要收养你的家小了。后来在小说《弟兄》末尾说做了一个噩梦，虐待孤儿，也是同一意思，前后相差八年了，却还是没有忘却。这个理由，我始终不理解，或者须求助于弗洛伊德的学说吧。"

四

一九二一年三月二十九日，周作人住进山本医院，次日鲁迅便去探视。山本医院为日人山本贤孝开办，院址坐北朝南，位于旧刑部街北侧。一九五七年将旧刑部街与南侧的报子胡同拆除，拓建复兴门内大街。山本医院其时为复兴门内大街路北65号,此时已改为居民院,但大门上"山本医院"四字还依稀保留着岁月的残光。上世纪九十年代,山本医院被拆除盖楼。一九二六年三月十八日,北京女子师范大学学生刘和珍与杨德群在段祺瑞执政府门前广场遇害,即著名的"三一八惨案",鲁迅称民国以来最黑暗的一天。一周以后,鲁迅参加了她们的追悼会,悲愤地写下"死了倒也罢了,活着又怎么做"的挽联,因此受到段祺瑞政府的通缉。三月二十九日,鲁迅以"病人身份"住进山本医院,在那里撰写了《记念刘和珍君》。

对周作人的病,鲁迅十分关心,频繁地去山本医院看视。在他的一九二一年的日记中,留有这样记载:

三月

三十日　晴。午后往山本医院。

四月

二日　昙。午后往山本医院视二弟,取回《佛本行经》二本。

五日　晴。午后往山本医院视二弟。

六日　昙,大风。下午往山本医院。夜不适。

九日　晴。下午往山本病院。

十二日　昙。午后往山本医院视二弟,带回《出曜经》一部六本。

二十二日　晴。午后往山本医院视二弟。

二十七日　晴。下午往山本医院视二弟,持回《起世经》二本,《四阿含暮抄解》一本。

三十日　微雨,上午霁。午后往山本医院视二弟,持回《楼碳经》一部。

五月

七日　昙。下午往山本医院视二弟。

十日　晴。午后往山本医院视二弟,持回《当来变经》等一册。

十四日　昙。下午往山本医院视二弟。

十八日　晴。午后往山本医院视二弟。

二十六日　晴。午后往山本医院视二弟。

二十八日　昙。下午至山本医院视二弟。

五月三十一日,周作人出院。从三月二十九日开始住院,六十三天中,鲁迅看望周作人十五次,几乎每四天一次。无论是晴天、阴天、雨天,还是自己身体"不适",可见鲁迅对周作人的殷殷之情。五月三十一日,周作人离开山本医院回到八道湾11号,只住了一天，六月二日便去西山碧云寺静养。而在此之前，鲁迅已经租好那里的房屋，带领工人为周作人"整理所租屋"。那一天是五月二十七日，天气晴好，午后"经海甸停饮，大醉"。海甸，即海淀镇，是今之中关村的核心区域，是去西山与颐和园的必经之地。为什么要在那里喝酒，而且喝得酩酊大醉，鲁迅在日记中没有说明，研究鲁迅的专家认为，这与其时他的心境有关。因为自阖家从绍兴迁徙北京以后，大概由于水土关系，家人多有生病。先是母亲病，再是周建人的儿子病，现在又是周作人生病，而且是长时间的大病。而这时教育部开始欠薪，不久周作人所在的北京大学也开始欠薪。为了筹措周作人的住院费用，鲁迅不得不向同事借钱。四月一日，向许寿裳借一百元，四月五日向齐寿山借五十元，十二日托齐寿山向义兴局借二百元，利息半分。这样，依旧不够，鲁迅不得已，将《六十种曲》卖掉，得价四十元，"午后往新华银行取之"。经济压力与对弟兄身体的担忧，难免不使鲁迅产生烦躁与悲苦的情绪，而"大醉"或者是一种解脱方式吧！

当然，还有读佛经，也是一种解脱途径。根据鲁迅日记，在周作人住院期间，鲁迅从他那里取回了《佛本行经》《出曜经》《起世经》《四阿含暮抄解》《楼碳经》《当来变经》等。而周作人在碧云寺疗养期间，鲁迅看视之时，也往往给他携带佛经。然而，这时距离远了，不比在山本医院，因此，鲁迅只能在星期日探望。

为了找到周作人想读的佛经,他时常前些天去卧佛寺,当然有时也购买自己喜欢的佛经,探视的时候再给周作人携去。

六月二日下午,鲁迅送周作人去碧云寺。十天以后,星期天上午,鲁迅再去,"碧云寺视二弟,晚归"。两天以后,"十四日 晴。下午往卧佛寺购佛书三种,二弟所要"。又过了四天,"十八日 晴。下午至卧佛寺为二弟购佛经三种,又自购楞伽经论等四种共八册"。次日,星期日,"晨往西山碧云寺视二弟",带去周作人所需要的佛经。到了二十二日那天,上午鲁迅"往山本医院为潘企莘译。往卧佛寺为二弟购《梵网经疏》《立世阿毗昙论》各一部"。四天以后,又是星期天,鲁迅"晨往香山碧云寺"。这次来探视,当然要把在卧佛寺购来的佛经带给周作人了。我曾经做过一个统计,在西山期间,鲁迅为周作人带去的佛经有:《梵网经疏》《立世阿毗昙论》《大乘起信论海东疏》《新胜宗十句义论》《金七十论》《净土十要》以及未提及名称的佛经六种,计十二种。而在《周作人日记》中,同一时期关于佛经的记载也颇为详细,在他的日记中,出现了这些佛经:《梵网经合注》《梵网经直解》《梵网经古迹记》《诸经要集》《弥陀疏钞》《禅林宝训笔说》《观佛三昧》《海经》与《大庄严经论》等九种。周作人收到的佛经有的是友人持来的,有的是乔风,即周建人带来的,有的是家中仆人送来的,更多是鲁迅携来的,还有从流通处寄来的。与周作人一样,鲁迅对佛经也多有兴味。许寿裳在《亡友鲁迅印象记》中忆述，有一天，鲁迅对他说："释迦牟尼真是大哲。我平常对人生有许多难以解决的问题，而他居然大部分早已明白启示了。"

周作人不仅诵读佛经，而且认为自己很有佛缘，在家族中传说他是和尚转世，因此自称是在家的和尚。其自寿诗"前世出家今在家"便出于此，而他尤其看中佛教中的"缘"，一九三六年周作人写了一篇《结缘豆》的文章，说大约从佛教进入中土，中国人便很看重缘，有时还说得有点神秘，"人是喜群的，但他往往在人群中感到不可堪的寂寞，有如在庙会时挤在潮水般的人丛里，特别像是一片树叶，与一切绝缘而孤立着"。这当然是飘零的秋叶，如果依旧丛生在枝干上而润泽葱茏，彼此簇拥且喧闹着，怎么会产生这样的感觉？当然，孤寂的感觉"念佛号的老公公老婆婆也不会不感到，或者比平常人还要深切吧，想用什么仪式来实行袯除"，因此要送几粒煮熟的豆粒，而与陌生人结缘。仿佛"圣餐的面包蒲陶酒似的一种象征，很寄存着深重的情意呢"。

然而，佛教讲缘，也讲业。讲缘，三笑中的唐伯虎不必于冥冥之中"找红绳缚脚"。俄国人库普林《晚间的来客》中的人物，偶然在路上看见一双黑眼睛便梦想颠倒。人海茫茫，邂逅的不相识的人可以结缘，围坐在一张桌子上吃饭的兄弟，却为什么势同水火呢？讲业，日本无名氏有句云：

虫呵虫呵,难道你叫着,业便会尽了么?

这自然使人感到冰冷且沉重。"我平常笑禅宗和尚那么超脱,却还挂念腊月二十八,觉得死生事大也不必那么操心",周作人写道,"可是听见知了在树上喳喳地叫,不禁心里发沉,真感得这件事恐怕非是涅槃是没有救的了。"

五

一九三四年,周作人五十岁了,回顾既往不免心生感喟,写了两首七律,题曰《二十三年一月十三日偶做牛山体》,即所谓的自寿诗而用以自况。关于牛山体,周作人解释说那是仿照"志明和尚的《牛山四十屁》,因为他做的是七言绝句,与寒山的五古不同,所以这样说了。这是七言律诗,实在又与牛山原作不一样,姑且当作打油诗的别名"。

其一曰:

前世出家今在家,不将袍子换袈裟。

街头终日听谈鬼，窗下通年学画蛇。

老去无端玩古董，闲来随分种胡麻。

旁人若问其中意，请到寒斋吃苦茶。

其二曰：

半是儒家半释家，光头更不着袈裟。

中年意趣窗前草，外道生涯洞里蛇。

徒羡低头咬大蒜，未妨拍桌拾芝麻。

谈狐说鬼寻常事，只欠工夫吃讲茶。

林语堂在上海办《人间世》半月刊，周作人便寄给他，林语堂加了一个《知堂五十自寿诗》的题目刊登出来。发表以后收到许多和诗，也引起了广泛的社会批评。上海的左翼作家认为，周的自寿诗实在是滑稽颓废而大肆讨伐，斥责周及其捧场的朋友，是"无聊的作家""拍马吹牛屁""非驴更非马""龟兔笑蟹蛇""冒充儒释丑态"。《申报》自由谈上刊登了一篇署名埜荣的文章，模仿周作人笔法也和诗一首，"先生何事爱僧家？把笔题诗韵押裟。不敢热场孤似鹤，自甘凉血懒如蛇。选将笑话供人笑，怕惹麻烦爱肉麻。误尽苍生欲谁责，清谈娓娓一杯茶"，指斥周作人是"误尽苍生"，调门无限上纲而措辞尖刻。鲁迅很是反感，他在致曹聚仁信中谓："周作人自寿诗，诚有讽世之意，然此种微辞，已为今之青年所不憭，群公相和，则多近于肉麻，于是火上添油，遽成众矢之的，而不作此等攻击文字，此外近日亦无可言。此亦'古已有之'，文人美女，必负亡国之责，近似亦有人觉国之将亡，已在卸责于清流或舆论矣。"周作人不是秉持国柄的人物，有何"误尽苍生"可言？许多年以后，周作人看到鲁迅给曹聚仁信，于《知堂回想录》在病院中写道："对于我那不成东西的两首歪诗，他却能公平的予以独自的判断，特别是在我们'失和'十年之后，批评态度还是一贯……"而颇为感动。

周，或鲁，上面的那些文字，仍然潜流着兄弟之情，而使人难免不联想鲁迅的诗《别诸弟三首》。那是两组旧体诗，第一组写于庚子二月，第二组写于辛丑二月，二者相距一年。后者第三首这样写道：

春风容易送韶年，一棹烟波夜驶船。
何事鹡鸰偏傲我，时随帆影过长天。

鹡鸰，是一种雀形目鹡鸰科的鸟类。这种鸟，在北方为候鸟，在南方为留鸟，三五成群聚集一道。作为一种生存在水边的小鸟，在困于高原的时候，往往鸣叫求助，因此被喻为兄弟相助的象征。

鲁迅小说《弟兄》中，月生夸奖沛君兄弟是"鹡鸰在原"，便是这个意思。鲁迅曾说，他们兄弟四人，伯仲叔季，他是老大，四弟早夭，因此写文章涉及兄弟时，只以老大与四弟为例，避免发生误解。

　　上面引述的诗后缀有一跋，其中有这样的文字："嗟乎！登楼陨涕，英雄未必忘家；执手消魂，兄弟竟居异地！"这一年是我国农历辛丑，公元一九〇一年，其时尚在清季，为光绪二十七年。那一年，鲁迅二十岁，周作人十六岁，正是风华正茂的年轻人。兄弟分手是在一九二三年，其时已进入民国，鲁迅四十二岁，周作人三十八岁，都已经是人生的成熟期，却哪里想到早年的那些话竟成为他们日后的谶语！

　　鲁迅逝世以后，周作人没有去上海参加追悼会，而在北大法学院礼堂参加了纪念会。有人回忆，第二天，周作人没有请假而继续上课，内容是六朝散文。上课铃声响后，他挟着一本《颜氏家训》缓缓走进教室。那堂课，周作人自始至终讲解《颜氏家训》中的《兄弟》篇，直至铃声再次响起，周作人挟起书对学生们说："对不起，下一堂课我不讲了，我要到鲁迅的老太太那里去。"听了这话，大家抬头看他，发现他的脸色十分难看。

　　《颜氏家训》是六朝颜之推的著作，阐述齐家之法，是我国第一部家训。《兄弟》篇是其中的第三篇，其中论述：

兄弟者，分形连气之人也。方其幼也，父母左提右挈，前襟后裾，食则同案，衣则传服，学则连业，游则共方，虽有悖乱之人，不能不相爱也。及其壮也，各妻其妻，各子其子，虽有笃厚之人，不能不少衰也。娣姒之比兄弟，则疏薄矣；今使疏薄之人，而节量亲厚之恩，犹方底而圆盖，必不合矣。惟友悌深至，不为旁人之所移者，免夫！

兄弟根脉相通，虽有荒谬悖逆之人，也不会出现大偏差。但在成人以后，娶妻生子，各有妻室，即便是诚实厚道者，在情感上也难免不发生变化。而妯娌，没有血缘关系，自然疏远。如果受她们的蛊惑，兄弟之间必然发生龃龉乃至裂隙，这就犹如在方形底座上硬加一个圆盖子，无论如何是合不拢的。鲁迅与周作人，从亲密无间到翻脸决裂，恰恰印证了颜之推的话。"浪传乌鹊喜，深负鹡鸰诗"，杜甫的这两句诗，似乎是为周氏兄弟而作。

鹡鸰，鹡鸰，鹡鸰啊！

六

一九三六年，鲁迅在上海谢世，周作人撰写了两篇文章，而后拒接约稿，声明以他的身份，不便于再写此类文章。但是随着岁月的流逝，白云苍狗般的世事变化，周作人却不得不推翻以往声明。一九四八年八月三十一日，他在《子曰》丛刊第三辑上刊载了一篇解读《呐喊》的文章，由此开始了对鲁迅其人其作的系列写作。周作人曾说自己有两家写作小店，一家是文学研究小店，一家是日本研究小店。套用这句话，围绕鲁迅的文章可以说是他的第三家文学小店。他这方面的文章，后来纂为《鲁迅的故家》《鲁迅小说里的人物》《鲁迅的青年时代》以及一些未结集的作品，统计五十余万言。

在这些公开的文章中，对于笔下的鲁迅，周作人的态度是客观尊重的。但是，对于把鲁迅提升为尊神而颂歌如潮的年代，在私底下，周作人则保持了清醒态度。他在致曹聚仁信中说，鲁迅被人利用了，他在上海虹口公园的塑像，"实在可以算是最大的侮弄，高坐在椅上的人岂非即是头戴纸冠之形象乎"？这样的话与鲁迅《野草》中《复仇（其二）》给基督戴上荆冠的叙述，难免不使人产生异曲同工的联想。

然而，无论怎样，在困窘拮据的岁月，周作人掌握的鲁迅资料好比钞票，兄弟参商后，以鲁迅挣稿费，难免被人视为笑柄，他又该如何解释？在《知堂回想录》不辩解说（下）中，周写有这样一段话："我很自信能够不俗，对于鲁迅研究供给了两种资料，也可以说是对得起他的了。"对他的这段话，有研究者认为是"还人情"——你曾经对我好，我现在把你对我的好，以另一种形式还回去。孔老夫子说，"太上贵德，其次务施报""礼尚往来，往而不来，非礼也；来而不往，亦非礼也"。孔夫子的话，周作人还是牢记在心，髫龄记住的教导，磨也磨不掉。但是，在周作人的心底似乎并不这样地简单。还是在这篇回忆录中，周作人说到鲁迅的两篇小说，一篇是《伤逝》，另一篇是《弟兄》。前一篇写于一九二五年十月二十一日，后一篇写于十一月三日，二者相距不过两周时间。《弟兄》最初发布在一九二六年二月十日《莽原》半月刊第三期，《伤逝》则没有在报刊公开发表，只是在刊行《彷徨》时收录进来才公布于世间。这里有什么幽隐呢？周作人说，《弟兄》是写实，是对他一九一七年生疹子的追忆，《伤逝》则是鲁迅小说中最难解读的：

> 但如果把这和《弟兄》合起来看时，后者有十分之九以上是"真实"，而《伤逝》乃是全个是"诗"。诗的成分是空灵的，鲁迅照例喜欢用《离骚》的手法来写诗，这里又用的不是温李的词藻，而是安特来也夫一派的句子，所以结果更似乎很是晦涩了。《伤逝》不是普通恋爱小说，乃是假借了男女的死亡来哀悼兄弟恩情的断绝的，我这样说，或者世人都要以我

为妄吧，但是我有我的感受，相信这是不大会错的。

《伤逝》叹惋的为什么不是追求婚姻自主的落花似的悲剧而是叹息兄弟之情秋叶般的消泯？周作人说："因为我以不知为不知，声明自己不懂文学，不敢插嘴来批评，但对于鲁迅写这些小说的动机却是能够懂的。"

一九二五年，鲁迅创作《伤逝》与《弟兄》时四十五岁，正当人生壮年。周作人写出上面的话是在一九六〇年以后，其时已是七十五岁以上而进入垂暮之年，前后相距了三十五年之久。假如泉下有知，看到这些话，鲁迅该做如何感想？他或者不会再说什么，因为他在假托的小说中已然剖白，或者会叹息时间这把刀真是残酷，委实是可改造人的。

一九三四年，刘半农病故，葬于北京碧云寺东侧玉皇顶的南岗。鲁迅写了一则《忆刘半农君》，周作人为其撰写墓志，还写了《挽刘半农诗》，其中有这样四句："漫云一笑恩仇泯，海上微闻有笑声。空向刀山长作揖，阿旁牛首太狰狞。""海上"是"上海"的雅称，其时，鲁迅在上海。刘半农病故于七月，鲁迅的《忆刘半农君》作于八月，周作人的《挽刘半农诗》写于九月，从时间的踪迹上或者可以推导出某种指向。有人为此求证于他，周不做正面回答，只是说，刘半农逝世，写文章的人很多，不止鲁迅一人。

这当然是二十余年前的旧账,如果是在写《知堂回想录》的时候,他的态度自然会不一样。而且现实是,周,此时只是悔恨与无奈,在《不辩解说(下)》中,不是有这样的话:"我也痛惜这种断绝,可是有什么办法呢?"

在追忆周作人的文章中,有一位叫孙旭升的回忆,说每次接到周作人寄来的书,"总发现他包扎得整整齐齐,棱棱角角,从来没有胡乱一捆就付邮的"。这不禁使他想起了川岛关于鲁迅的回忆:"鲁迅先生每次给我们书时,总是用报纸或别的包书纸包得整整齐齐,棱棱角角的,包外面再用绳子扎好。所用包书的纸,往往是人家给他寄书来时用过的纸,绳子也是人家用过的。"这是生活中的细节,一枝一叶总关情,二人竟是如此相似,毕竟是有手足关系而血脉牵系的呀!上世纪六十年代,一位编辑去八道湾11号约稿,周作人送他出门时指着院内的丁香说:"这是家兄种的树。"说这句话的时候,他心底的幽曲是否会如残夏的流萤一样断续浮动呢?或者,在这尘俗的世界里,有另一种声音在生命深处悠邈传来。而这座院子,曾经植有不少丁香,里院、外院、后院都有,花开之际,芳菲如云,那是一群丁香的精灵,活泼而烂漫,花影缠绕月影,月影朗澈,花影馥郁,温润了周氏兄弟的身影,云破月来花弄影,怎能"只约花影不约人"呢!

我曾经看到一帧广泛使用的照片,步步锦的窗子被一株蓊郁的丁香遮蔽大半，知情者说，鲁迅在那里创作了著名的《阿Q正传》。周作人所指的是这一株丁香吗？而这样的丁香在西三条鲁迅的故居早已高于屋檐，这里的丁香却被赤色的风暴吹折，堕入暗夜的魅影，一株也见不到了。木犹如此，情何以堪？春风沉醉，而秋声的叹息在冰冷的阳光里缓缓低回。行笔至此，突然浮涌出《伤逝》中这样真切而痛苦的话："我愿真有所谓鬼魂，真有所谓地狱，那么，即使在孽风怒吼中，我也将寻觅子君，当面说出我的悔恨和悲哀，祈求她的饶恕；否则，地狱的毒焰将围绕我，猛烈地烧尽我的悔恨和悲哀。我将在孽风和毒焰中拥抱子君，乞她宽容，或者使她快意……"为"逝"而"伤"，涓生是这样，鲁迅与周也是如此吗？这当然只是我的一点觇测，不过是沿袭周的解读而导引出来的些许余绪而已，岂有他哉，岂有他哉，这真是一件无奈而困惑的事情。

2017.8.30
11.12 改定

第三章　野　狐　岭

　　无论怎样，无论是什么原因，野狐岭战役标志蒙古人时代的来临。从此，金人融化为遥远而闪光的泪点，蒙古高原的野草则蓬勃地燃烧起来。

袒露在金陵

前些年,我在南京小住了几天。那时,虽然因为天气炎热,后来的几天几乎是赤膊上阵,却玩得蛮高兴。那几天的心是袒露的,看到什么便记下什么,从而整理成今天这样的文字。

记不清是巴西的球星还是教练说过,一场不进球的球赛,犹如一个没有阳光的下午。这样的比喻,用于南京也是适用的。来南京,如果不领略六朝金粉,是不是也会有类似感受?而南京真的是遍地古董,它的历史与风物,值得我们格外珍惜。"晋殿吴宫犹碧草,王亭谢馆尽黄鹂",转瞬之间又是雕栏几处难觅。

由于时光的流逝,我笔下的述录,有些已经不合时宜,但也依然没有改动,算是对个人记忆的一点依恋。

一

燕子矶是个小镇。

矶，就在小镇的边缘。虽然称为公园，却并无多少公园气息，也不收门票，在我看来，不过是郊野中的一页绿地而已。园内有几户住家和一家小吃店，我们进园的时候，仿佛煎炸着鹅黄的馓子。

御碑立于矶顶，一方浅灰色的大理石，呆头笨脑地挤进一只四角微举的小亭子里。碑缘雕镌的云龙蔓草已然漫漶，只有乾隆手书的"燕子矶"依然凝重丰硕，填满了松绿颜色。碑的阴面还刻有他吟哦的一首诗：

当年闻说绕江澜，撼地洪涛足下看。
却喜涨沙成绿野，烟村耕凿久相安。

乾隆之前，大江逼临矶下而惊涛飞雪，而在乾隆"御览"之时，江水退缩，只见到沙的淤积，所谓"却喜涨沙成绿野"。哪里想到，两百多年以后的今天，大江又改回故道了呢！

燕子矶这个地方很怪，临江皆壁，石隙里挤满了凌乱的树木，有的已然绽出米色的花苞了。另一面却平缓柔和，丛猬着大大小小的松树和我因为缺乏知识而认不得的树。听说，"文革"中，不少人从这里跳向天国。十年间究竟有多少人跳向了彼岸，没有人统计，是应该在这里树一通石碑的。燕子矶不仅是"罪人"们跳向彼岸的渡口，也是兵家的必争之地。鸦片战争期间，英国人就是从这里登陆而兵临南京城下。明末史可法奉诏勤王，为马士英所扼，痛哭还师，不遑见母，而有燕子矶口占，"来家不见母，咫尺犹千里。矶头洒清泪，滴滴沉江底"，沉郁苍凉极了。黄裳先生在一则散文中，将北京前门的箭楼比喻为亘古不飞的燕子，我觉得，将这个比喻移置于燕子矶也是适宜的，这下面埋藏多少摧人心肝而又令人血沸的历史啊！

燕子矶这个地方有点味道，触目皆"瓶"也——那种绛紫色的绝缘瓷瓶。小瓶用作花床的护栏；大瓶，像一只水缸，点缀在小镇的中心，仿佛是小镇的吉祥物。我猜想，这些大大小小的"瓶"，大概都是架设横江而过的高压电缆的遗留。

二

作为北京人，来到中华门，免不了，至少在潜意识里，要与北京的城门比较一番。虽然在北京,城门只剩下了为数不多的几座，但也还是留下了可资比对的实物。当然,本质上二者并没有什么不同,只是中华门的拱洞粗矮,一如明孝陵神道的翁仲,与长陵的相比,虽不见高爽巍峨,却古朴而宏壮浑雄。

中华门又称聚宝门,流传着江南财主沈万三的传说。据《南京风物志》所载,沈万三原本是南京的渔户,打鱼时捞到一个聚宝盆,从而成为金陵首富。明初,筑中华门,砌起即塌。有人说城基下有水怪的潜窟,向太祖献计借用沈万三的聚宝盆。朱洪武把沈万三找来,说:"尔家有盆,能聚宝,亦能聚土乎?"遂把聚宝盆埋在中华门下,把城门筑好了。

关于沈万三捐输筑城的故事,北京也有流传。金受申著《北京的传说》云,沈万三是个穷老头子,绰号活财神。挨打的时候,他的手指向哪里,哪里就可以挖到金银。打得越凶,金银越多,但自己的家人哪舍得打他呢。皇帝要修建北京城了,舍不得自己大库里的金银财宝,便把他抓来,叫武士狠狠地打,打得沈万三皮肉都翻了。于是到他手指的方向,今天的什刹海那里,挖出了十窖银子,总共是四百八十万两,修起了北京城。北京城的修建当然与沈万三无关,但或许说明当时筑城的民工有来自南京的力夫,也就把沈万三的故事携带而来,传说的根还是在南方。然而毕竟移植到了北国,江南的渔民也就无鱼可打,演化为衣破且烂的老头子。至于从事什么行当,说故事的人没有交代,大概不外乎引车卖浆，穷且烂且老，只能在冬天的阳光下挤老米。突然想到朱元璋，如果没有红巾军，朱的晚年会是什么样子？相声中，珍珠翡翠白玉汤的故事，其实是老头子们的一种幻想，而沈万三确是真有其人，后来被朱元璋抄家。记得读明人笔记，见过这样一则记载，说是在大内见到自他家掠来的一座酒榨，每次榨酒要用二十石米，一石一百二十斤，总计两千四百斤，可得酒汁百瓮。入清以后，酒榨犹在，存放在宗人府里。宗人府的前身是明光禄寺，民国以后改为孔德中学，建国以后改为北京第二十七中。

酒榨以后怎样了，民国以后再无相关记述，而关于沈万三的传说，是完全可以放到南方与北方的比较文学架框里进行研究的。类似这样的传说，在南京还有田德满的故事。相传，南京皇城的前身是燕雀湖，位于钟山西南，从堪舆上看是所谓的"龙首"之地。然而由于是湖身所在，因此地势低洼，虽然迁三山以塞燕雀，却也依然无法填平。后来，主持工程的官员在燕雀湖边找来一位名叫田德满的老汉，把他呈献给朱元璋。朱很高兴，对他说，你既名"填"得满，只有把你填进湖里，才能把湖填满，于是便把老汉丢进了湖里。这些当然属于街谈巷议，于史未必有据，但却宣泄了人民的某些情绪与抗议。呜呼，一人之心，天下人之心。惟以一人治天下，岂以天下授一人？孟老夫子说，仁者无敌，然而在封建专制社会里，只是一句空话。我时常惊诧，何以中国儒者之学的精粹都被蒸发屏蔽，而糟粕却沉淀为一种集体无意识？

中华门现在只剩下了城垣，敌楼毁于日寇之手，二十七个藏兵洞却都完好无损，最大的据说可以满贮千人。现在有一个辟为展室，陈列着鸦青色的城砖。还有一种来自江西的白瓷砖，这样白色的城砖，我在北京是从来没有见过的。

三

扫叶楼这个地方颇怪，明明是龚半亩的故居，却镶嵌着一块光绪年间的敕建石额。龚半亩是明清之际伯夷、叔齐一流的人物，他的居处怎么会当得"敕建"？这或许与庆善寺有关。所谓敕建，只是对庆善寺而言，因为这二者原本是一体。

扫叶楼如今被辟为龚半亩故居陈列室，虽然还保持着古朴格局，却修饰一新，且新得发亮，新得与龚半亩难以相联而使人生疑。扫叶楼有一幅龚半亩僧服扫叶的肖像画，笔触虽然并不高明，却表现了他的某种心态。还有八十叟林散之的手书，"满山落叶无根柏，胜国遗民白发僧"，这是一副。再一副，"一迳风花扫落叶，六朝山色摊重楼"。前一副为晚清陈延霖先生撰对，后一副则摘自龚半亩自己的诗，恰如其分地点明了他的漂泊身世与精神世界。我以为,"无根柏"犹如郑思肖的无土兰花,家国亡沦了,哪里还有可以依赖的地方?而"白发僧"无非是明末遗民的无奈出路,但对照阮大胡子那样的丑态,"大兵所过,野无青草,诸帅无所得食。大铖出私财,预饬厨传,所至罗列肥鲜,邀诸帅遍饮之。诸帅讶其具也。则应曰:'吾之用兵不测,亦如此矣。'驻帐则执版唱歌以侑酒。日历诸帐,人人交欢以为常",虽非积极也是消极之中的一种反抗罢!

龚半亩,名贤,字半千、岂贤,又字野遗,号柴丈人。隐居南京以后,在清凉山麓置地半亩,因此又号半亩居人,时称龚半亩。他是明清鼎革之际的山水画家,居于金陵八家之冠。他的画风沉苍郁秀,对传统的积墨之法有所发挥,一如他的画论所云,"笔法宜老,墨气宜润,丘壑宜稳,老得而气韵在其中矣"。他的诗风也如画格,多苍郁而少绮秀。他在一首燕子矶怀古的诗中吟哦:

断碣残碑谁勒铭,六朝还见草青青。
天高风急雁归塞,江迥月明人依亭。
慨昔复亡城已没,到今荒僻路难经。
春衣湿尽伤心泪,赢得渔歌一曲听。

另一首:"扁舟当晓发,沙岸杳然空。人语峦烟外,鸡鸣海色中。短衣曾太国,白首尚飘蓬。不读荆轲传,羞为一剑雄。"还有一首五律也是读之令人萦怀不已："登眺伤心处，台城与石城。雄关迷虎踞，破寺入鸡鸣。一夕金笳引，无边秋草生。橐驼尔何物，一入汉家营。"这首诗的颈联既用典又引述了两个古老的地名。在清凉山侧的钵山之前，有乌龙潭，相传晋时有乌龙出现，唐人颜真卿把这里作为放生之处。其东有武侯驻马处，诸葛亮曾在这里与孙权讨论建业形势，有"钟山龙盘，石城虎踞"一语，所谓"石头城上翠屏颜，虎踞龙盘在此间"。毛泽东"虎踞龙盘今胜昔"也出于此典。在清凉山的东南角下，还有两个古老地名："龙蟠里"和"虎踞关"。龙蟠里有一座民国时期的大屋顶建筑，飞檐红柱，是清人袁枚随园的一角——此翁曾厚着脸皮说，曹雪芹的大观园即"余之随园"。鲁迅在江南水师学堂读书时，也曾光顾此地，现在是南京图书馆的古籍书库。至于"破寺入鸡鸣"则引用了梁武帝典，"破寺"即鸡鸣寺，位于玄武湖南岸之鸡笼山。大概，在龚半亩的时代已然相当残破了。

龚半亩的晚境颇为凄凉，他以润笔和课徒为生，曾受到向他索画的豪横的欺凌。他与《桃花扇》的作者孔尚任倾盖如故，后事也终为其所料理。

听说，扫叶楼还悬有一副对联，"老不白头因水好，冬犹赤脚为师高"。对联没有寻到，却看到了一堂簇新的桌椅，那真是堂皇。问服务员是故物翻新还是重新定制，服务员却嫌我多问，很有点讥笑我厚古而薄今。看她那神态，忽地闪过《陈涉世家》庸耕者的一句话："夥颐！涉之为王沈沈者！"龚老先生大概做梦也想不到，他的故宅竟会被改造得如此之阔罢！

四

还阳井在清凉寺里。

关于这口井，有一段掌故，我转述在这里：相传清凉寺的老僧，终生饮用这口井里的水，而须发至老不白，故而在扫叶楼悬有"老不白头因水好"的对联。还阳井开凿于南唐李璟的保大三年（945年），而清凉寺则建于南吴时代，当时称兴教寺，南唐升元初年改为石城清凉大道场，有李煜题额的德庆堂，寺后的山巅还有"翠微"亭，又名"暑风"。后人咏道："清凉山色几芙蓉，旧是南唐避暑宫。留得翠微亭子在，水天闲话夕阳红。"宋太平兴国五年（980年），将幕府山的清凉广惠寺移置于此，明初易为今名。

清凉寺的历史不可谓不久，可惜这里的历史故迹与森森古木，均毁于日寇之手。日本这样的军国主义，对自己的文物，哪怕是百年左右的一座破院也拱若珍璧，而且要保持颓败的样子，屋瓦哪怕即将跌落，也不轻易更换。对邻国却非烧即毁，不知出于什么心态。

清凉寺残留一座清代大殿,但我只看见一排破屋,覆盖贝壳色的泥瓦。还有一方围墙,氤晕着斑驳的胭脂颜色,我疑心这是南京人的血。直觉中凭着这血一样的残痕,我判断这儿就是清凉寺旧迹。林木纤纤,细草柔柔,黄裳考证《儒林外史》中杜少卿手持金杯与夫人游山就在这里:

这日杜少卿大醉了,竟携着娘子的手,出了园门,一手拿着金杯,在清凉山冈子上走了一里多路,背后三四个妇女嘻嘻笑笑跟着,两边看的人目眩神摇,不敢仰视。

真够神采纷扬!不是壶中岁月,杜少卿能有此胆?我疑心他有些佯狂。杜少卿的赤金杯子还在这里么?杜少卿娘子的脂粉、杳泽与环佩、簪钗的珊珊之音,还在这里的林木浮沉萦纡么?

五

《游故崇正书院记》曰:

江宁城西,倚山因其势作石头城,今古城尽变而石头之一面不改也。石头城内，清凉山巅，有翠微亭，南唐暑风亭址也。稍西有僧寺，南唐所谓清凉寺也。寺之左，明户部尚书耿定向为御史，督南畿学时建崇正书院于此。迨于张江陵柄国，毁书院，江陵诸生改为祠以祀定向。至国朝祠亦颇敝矣。今释展西居之，修饬其祠宇具完，因建前后屋以奉佛，居僧而俗犹因故名，呼曰崇正书院。其前有竹轩，窈然幽郁，可以忘暑。后倚山作小室丈许，启窗西向，则万树交翳，树隙大江横带，明灭其间，为登眺之胜。

余来江宁，每徘徊翠微亭畔，四望旷邈，辄回憩其室，展西亦喜客来，具茗饮相对。今年，余与太仓金麓村、钱塘叶心耕至者再矣。展西欲余有记，因书以遗后来游者，俾有存焉。

这是桐城派散文大家姚鼐撰写的游记，为沙曼翁所书，邵家琪于一九八二年刻石。文中提及的"树隙大江横带"，不要说今天，其实在姚翁的笔下，大概也看不到。因为，宋以后，江水即已西缩，石城脚下已然陆积，惊涛拍岸的壮观只能在梦境里萦绕，或者在万重的云树之间做向往之思。

对石城脚下的环境，我曾经做过一番探访，那里是一片民居和厂房。石城对面的地方叫镜子塘，在油印的游览图上，有一池用黑圈表示的水塘，或许是大江的龙蜕？

六

南京的筑城历史远矣！

春秋时的越城，遗址在长干里，为越王勾践的谋士范蠡所建，故称范蠡城。

六朝时有台城，梁武帝为侯景所扼，被迫缩减蔬食而死的地方。到了元代，台城一带变成了刑人之场。据说，每届黄昏，时有鬼魅出来祟人。

唐人韦庄吟哦这里是：

江雨霏霏江草齐，六朝如梦鸟空啼。

无情最是台城柳，依旧烟笼十里堤。

唐诗与宋诗不同，唐人气度开阔，在寻常草木中想到的往往是江山与历史。韦庄的这首诗，在唐诗中不能说是最好，却寄托了如梦的伤感与春烟交织绿柳似的对往事的追思。

在这里，南吴构筑了金陵城，襟带四十里，而明朱元璋改筑的应天府，则是当时世界第一大城。儒士朱升应诏朱元璋的对策是：

高筑城，广积粮，缓称王。渠料六百年后转化为深挖洞，广积粮，不称霸呢？朱元璋所筑的应天府有十三座城门，自东南向西北依次排列有：朝阳门、正阳门、通济门、聚宝门、三山门、石城门、清凉门、定淮门、仪凤门、钟阜门、金川门、神策门、太平门。朝阳门与正阳门后来为北京沿用，方位也大致一样，可见南北两座都城的因袭与沿革。

　　石头城建于东吴孙权时代，位于民国时期增辟的汉中门外。由于城是依山而筑，故而以山为称。石头山原称清凉山，旧传有客自江北行来，沿途所见都是曼衍的土山，来到清凉山，见到这里危岩巉刻，十分兴奋，便有了这个雅号，其实是没有什么深意的。这里的山岩属于白垩纪的浦口组，有一亿到七千年历史。其石质主要是赭红色的砾岩，石头城即利用了这里的天然崖壁，巉岩笔陡而与砖城无异。在清凉门与草场门之间，有一块突出的砾岩，凹凸剥蚀而颇有些森森然鬼气，因此又称鬼脸城。

　　石头城上野草芊绵，林木纤细，暗绿色的精灵徐缓蔓延，荔蔚氤氲渐次染绿了历史烟云。石头城，现在变成了文物，竖有江苏省文物管理局的石碑，上镌"石城，建于汉建安十七年"，也就是孙大帝雄踞南京之时。在这里，山石之间的青色条砖是明人遗留。鬼脸的顶部有一处梯形射口，浅灰色的水泥勾边，想来是北洋或者民国的印痕？六朝金粉，金陵残照，南京遍地文物，不知他处保护得是否也如此精心？我之所以提出这样的疑问，是因为稍远些的环境委实芜秽、湫隘。

因为炎热，回酒店的路上，在汉中门，我们喝了两杯茶。茶摊无人，只有两个外地汉子喝啤酒。问价钱，他们也不知道，只是指指对面的人家。一个小姑娘，爽爽朗朗，飘远又飘近，问她，也不理。问邻家的一位年轻人，依然不回答。我们只有等。脑海里忽地闪过《儒林外史》末一回盖老先生的雅事，却也不知喝还是不喝。喝啤酒的汉子建议，先喝过再说。喝过了就有年轻人走来收钱，一杯二分。我蓦地有些遗憾，倘若早知，何必傻等，把硬币压在杯底不就结了？

七

鸡鸣寺正在修复，那也真残破得可以，远远一望，仿佛装在竹笼里的一堆垃圾。然而，胭脂井却已然修复，一方石碑，一座石台，围绕几茎绿漆的铁栅，黑黢黢的，看不清里面有什么东西。陈后主与那两个宝货是否还躲在这里？他原以为这里是可以逃避韩擒虎的去处，却哪里知道，这井也不是可以避开风暴的铁桶呢？江山都如柳絮一样吹散了，何况一口石井？相传韩的士兵把这三个宝贝吊上之时,脂粉淋漓洒满了井栏,以帛拭之,至今犹有渍痕。然而我却不曾看到,这或许只是不足为凭的口碑,但陈躲在这里,大概不会错,因为在《南史》一类的史籍里言之凿凿,在司马温公的《资治通鉴》中也有一段生动的记述:

陈主惶遽,将避匿,宪正色曰:"北兵之入,必无所犯。大事如此,陛下去欲安之!臣愿陛下正衣冠,御正殿,依梁武帝见侯景故事。"陈主不从,下榻驰去,曰:"锋刃之下,未可交当,吾自有计!"

他有何计?不过是从十余宫人欲投于井:

后阁舍人夏侯公韵以身蔽井,陈主与争,久之,乃得入。既而军人窥井,呼之,不应,欲下石,乃闻叫声。以绳引之,惊其太重,及出,乃与张贵妃、孔贵嫔同束而上。

这文字真可以视同小说,至少是笔记体小说,不过百余字,便将后主惊恐无措的举态,描摹得栩栩如生,千百年之后犹可想见。然而,同是这个人物,在隋军未尝渡江之时,也曾经摆出另一副腔调。他对侍臣说:"王气在此,齐兵三来,周师再来,无不摧败。

彼何为者邪!"何以事到临头却如此怯懦愚暗?同样是落难的皇帝,萧衍则是另一种表现:

> 俄而景遣王伟入文德殿奉谒,上命褰帘开户引伟入,伟拜呈景启,称:"为奸佞所蔽,领众入朝,惊动圣躬,今诣阙待罪。"上问:"景何在?可召来。"景入见于太极东堂,以甲士五百人自卫。景稽颡殿下,典仪引就三公榻。上神色不变,问曰:"卿在军中日久,无乃为劳!"景不敢仰视,汗流被面。

其时,萧衍已为侯景所拘,然而毕竟征伐半生而威仪不倒,以至侯景自叹:"岂非天威难犯!"不敢复见。

读好的史书,读《史记》,读《资治通鉴》,时时给人以浓郁的审美愉悦,包括逼人的文学光彩。太史公的撰述是否采撷过小说,史无明文,司马温公确是注意了。胡三省说他"编阅旧史,旁采小说。抉摘幽隐,荟萃为书",实是洞烛了司马温公的为史之法。虽说这样的做法,被有些史学家所鄙而以为不足取,但谁又说得清史学与小说的关系,至少在边缘上不是相互渗透呢?

关于张丽华与隋炀帝,《资治通鉴》里还有一节精彩的描述:

> 高颖先入建康,颖子德弘为晋王广记室,广使德弘驰诣

颖所,令留张丽华。颖曰:"昔太公蒙面以斩妲己,今岂可留丽华!"乃斩之于青溪。德弘还报,广变色曰:"昔人云,'无德不报',我必有以报高公矣!"由是恨颖。

高颖的心理不外是铲除女人这股祸水而已,他哪料到终为杨广所报呢!可见那个时代的为臣之难与为君之昏。一个没有其他机构监督的封建政权只能是昏聩、淫靡与腐败,岂有它哉!

八

因为雨,中山陵周围的山峦,有几分清柔了。空气明显地厚密,凝聚了晚春的雨露,景物与花与木,也透出些许润泽的迟重。

虽是雨天,中山陵的游人依然不减。雄伟的花岗岩石阶上,飘浮着各色各样的雨伞。无伞的人则蒙着手绢或者纱巾,顶着玄色的公文包,高呼,"走啊,走啊"!在伞的世界里,中国人也依然偏爱七色以外的黑色。因为鼎沸,中山陵平添了一种集市的躁动,拜谒所应有的氛围稀薄到了令人不快的程度。孙先生是伟大的政治家,长眠于斯,如果仅仅把他作为旅游的对象,怕是有些亵渎与不该的罢!

听说，三月的南京人去梅花山观梅，只见人而不见花，这是在中国旅游时常遇到的普遍性问题。我曾和朋友开玩笑，昆明湖畔的游人比昆明湖里的鱼还要多。实际上，昆明湖如果夷为平地，或者也会塞满拥簇的人流。

我注意到，在孙先生的墓室里，妃色的大理石上蠕动着乳白的水迹，初始疑心是雨漏，后来忽地明白，这是础润而雨的现象，与房修工人无关。而独龙阜的宝城却必须吁请房管局的哥们，那真是漏雨。高兀的拱顶上悬垂着奶白色的乳沫，这是石灰与糯米的混合物被雨水冲刷的痕迹。

独龙阜是朱洪武的葬地，虽然是龙穴之地，目下也只余下石头的殿基、石头的巨碑与石头的方城。巨碑是康熙手笔，"治隆唐宋"。重修的享殿早已失掉皇家气派而粉墙灰瓦，一派江南风格的小巧姿态。我对朱元璋这个人在情感上历来复杂，有敬意也有痛恶。固然是治乱世不可以用常法，然观其诛胡惟庸，诛李善长，诛蓝玉党人，株连数万人，手腕之酷烈，任何一代帝王也无出其右者。中山王徐达功高于世，病笃忌食蒸鹅，朱却偏遣内侍赐食。在他故世多年以后，一个曾遭刑斥的官员还口称"皇恩浩荡"，可见余威之烈。在这点，朱棣可以说是继承了乃父的遗风，以至瓜瓞相代，终至亡国于胡底。据说朱在死前，叮嘱不要以金玉陪葬，不要妨害嫔妃婚娶，但是《大明会典》说："孝陵四十妃嫔，惟二妃葬陵之东西，余俱从葬。"也就是说，除两妃在朱死之前正常亡故，其余的都被迫从殉了。这当然不是简单的朱个人的道德问题。

中国儒学的核心是仁，仁者人也，仁就是爱人。中国人是讲求自省的，吾日三省吾身。自省的标准，孔子之时是周公之礼，孔子之后是儒家之学。圣人的光环是瞻焉在前，忽焉在后，仰之弥高，钻之弥坚，被中国人苦苦追寻。那么，君主呢？他们如何自省？孟老夫子对此有过愤懑不平："贼仁者谓之贼，贼义者谓之残，残贼之人谓之一夫。闻诛一夫纣矣，未闻弑君也。"然而，在中国这片古老的黄土地上，君即是"一夫"，二者有什么本质区别？朱不是索性把孟子的牌位从孔庙撤出，取消了享受冷猪肉的资格吗！孙中山的伟大就在于彻底打烂了"一夫"的专制。有人把他的退位，理解为儒者的谦谦之德，其谬也不然，实质是资产阶级民主思想在特定历史风云中的折衍，我之钦佩孙先生就在于此。然而，蓦地想到孙中山早期倡言革命的一句口号：

驱除鞑虏，恢复中华。

创立民国，平均地权。

前两句是朱洪武北伐的旗帜，后两句是孙先生的创新。孙先生的伟大就在于此，我之于朱洪武情感上的复杂也就在这里。这两个大人物都长息于南京的土地上，无疑是南京人民的幸事。还是抄一首诗在这里："泗陵沉没凤陵荒，此地明楼傍夕阳。金粟铭功无石马，醴泉陪葬有明王。"相形之下，明孝陵过于冷落，而中山陵委实热闹得过分了。

1984

2019.12.18 改定

高峡平湖

从秭归县的向家坪上岸,我们去瞻仰屈原祠。

屈原祠有很高的石阶,上面是高峻的牌楼门,六柱五间,中间辟门。柱子是土红色的,墙壁涂垩雪白的颜色。门楣上端的门储匾曰"光争日月"。再上面,天明堂竖匾曰"屈原祠",两侧额枋之上分别镌刻"孤忠""流芳"。进门后又是高峻的石阶,大殿内站立着屈原的青铜雕像,佩剑、俯首、沉思,而面如削瓜,身材是消瘦的,神情是抑郁的。这尊雕像在未修葛洲坝之前位于旧县城附近,那时的江水没有这样高涨,江岸陡峭,要爬很长一段石阶,上岸之后又是很长一段石阶,之后是屈原祠。那时的雕像置放在大殿外,有一座很高的基座。总之,在瞻仰的过程是一路仰视，不像今天，视线基本平视，我总觉得缺少了些什么。

　　灰色的云朵迤逦浮动，细雨沾颊，大坝宛如一座巍峨的山峦横亘在大江之上，把长江截为两节。水面的高处与水面的低处，二者相差近百米，船只穿行要通过特殊的闸门，客船走一道，货船走另一道。江流平缓，近处的山峦是浅灰色的，远山则深灰婉约，与灰白的流云交集。在灰白之间，矗立着不少传输电力的铁塔。突然想到关于大坝的种种流言与传说，想到古人与今人，想到曾经的三峡与现实的三峡。往者已已，而雨雾开始浓郁，大坝变得朦胧起来，甚至看不清泄水的孔道，只感觉像是一条一条粗糙的乌黑的皱褶。那一晚住在三峡大坝工程酒店，无意间透过窗户，看到大江的晚景，山峦黛色横卧，云缕宛若乳白的帛带，把山峦装点得有些斑驳，有些迷离。对岸的人家，灯火玲珑，可以看到一处类似舞台的灯箱上面赫然写着"三斗坪"。三十年以前我曾经路过此处，那时大雾弥天，我们乘坐的船触到了礁石不能动弹，第二天才搭其他船离开，没有想到今天竟然住宿这里！却再也听不到浩荡的江声了。夜色微明，不时传来江轮低鸣，江水苍灰，纤细的驳船慢慢把江面划开，在船尾处制造出凝重的涡流。一座跨江的大桥灯光如链，把大江的夜色勾画出几分妖娆。

　　自从大江截流以后，湍急的峡江风光已然不存。大江变成了平稳的湖面，水流基本是静止的，偶然见到一痕微澜，给人的感觉仿佛是凝固的蜡泪。江水提升了一百多米，原来高耸的山峰变得低矮、平和。辛稼轩词曰，我看青山多妩媚，料青山见我应如是。应该是这样，一种平等的视角而无高下之别。不再是行于江上，高峡江激斗雷霆的感觉，而是"湖光秋月两相和，八月秋风镜未磨"，这诗的语境是秋季，秋风顿起，波澜如发，扰乱了原本平静的水面。如今是夏季，没有秋天的症候，也没有风，但也没有镜未磨的感觉，只有上面所说的将要凝固的蜡泪的感觉。这当然只是我个人感觉，不能代表他人。而且由于夏季，为了防洪，释放了一部分水，因此将原本没于水面的山体裸露出很大一截灰白的颜色。如果是冬季，这些山体则再度沉入水里，又是另一番景色，或许要漂亮些。

　　船近巫山，山体的颜色开始发黑，山之名"巫"的原因就在这里。神女峰一带的崖壁异常光滑平整，仿佛用斧子劈开之后又精细打磨。翠绿的藤蔓在岩壁上交织，犹如一幅美丽的画图。那是一种什么植物呢？由于江水提升，神女峰变得敛首低眉，峰顶上面的望夫石也可以清晰辨认，不再窈窕奥秘。后来听说，当地开辟了山路，可以爬至峰顶。有一位年轻人用了四个小时爬上去，搂抱那块石头。下山后说，哪里有神女，只是一块石头，只感到石头的冰凉。这就使人不解。中国文化传统讲究留白，追求幽渺朦胧之美。巫山神女是一个遥远的美丽传说，纤云弄巧，飞星传恨，我们为什么一定要过度开发而将古老的神话破坏掉呢？

晚唐范摅《云溪友议》有这样一段记载：

> 秭归县繁知一，闻白乐天将过巫山，先于神女祠粉壁，大署之曰："苏州刺史今才子，行到巫山必有诗。为报高唐神女道，速排云雨候清词。"

繁知一不仅预先粉刷了墙壁，而且自己也做了一首诗，对白居易大力张扬一番，恨不得把巫山的神女也请来助阵，"速排云雨候清词"，痴心等待乐天先生莅临朗吟挥墨。但是，白居易却不答应，他望望新涂的明亮的粉壁，怅然久久，对繁知一说："做过夔州刺史的刘禹锡，在这里待了三年，一首诗也没有做。"为什么呢？"怯而不为"，因为害怕而不敢做。离开夔州的时候，他将神女祠墙壁上的一千多首诗涂抹掉，只留下四首诗，而那四首诗是"古今之绝唱也"，我不敢造次为之。在前贤（沈佺期、王无竞、李端、皇甫冉）的诗作面前，白居易掂量难以胜出，而采取了回避做法，如同传说中的李谪仙，从白云缥缈的黄鹤楼下来，一样交了白卷。

由于江水高涨，高度可达一百七十五米，白帝城从半岛变成孤岛，上岛与下岛均需乘船。但是白帝庙址没有变化，因为它原本就在山顶。也是屈原祠那样的牌楼门，只是四柱三间，中间辟门，门楣之上有竖匾，曰"白帝庙"。两侧是拥墙，有一种秀丽的微凹的弧度。牌楼门的颜色是土黄色的，镌刻着宝瓶与莲花一类的折枝花卉，两侧的拥墙则用大面积的紫色图饰缱绻的流云，显示了巴人的审美态度。庙内有人在吟唱刘禹锡的竹枝词,他曾经在这里，当时叫夔州现在叫奉节做过刺史，是一位有权势的官员，不像他的前辈杜老夫子而穷愁无依。杜在这里居住了将近两年，他为什么要长时间流寓于此？原因之一是当时的官员对他多有关照。还有其他原因吗？这是一个应该研究的课题。

  我喜欢杜诗，喜欢他沉郁顿挫的风格，那是诗歌中的神品，但在当时似乎也并没有太高评价。他离开时代过于遥远，不是时代抛弃他，而是他抛弃了时代。粉丝们崇拜的只是与其可以接触的近距离人物，相距太远超出了他们的接收能力而难以接受，这是一个无奈的传播学规律，也是杜诗的不幸。杜甫在夔州创作了四百六十二首诗，约占他全部诗歌的三分之一，而《秋兴》八首则是他的代表作，吟哦了那里的高楼粉堞在暮色苍茫的绵延之中渐次消隐，而月光冰冷如镜，笳声悲凉浸透了密集的秋砧，落叶无边，鱼龙寂寞秋江冷，诗人的心绪是复杂而哀愁的，回想长安曾经的繁华与富庶，彩笔曾经干气象，五陵衣马自轻裘，那是怎样的瑰伟与神奇？

2019.7.22

月令杨家埠

孟春之月，日在营室。

东风解冻，蛰虫始振，鱼上冰，獭祭鱼，鸿雁来。

天子居青阳左个，乘鸾路，驾苍龙，衣青衣，服苍玉，食麦与羊，其器疏与达。

是月也，以立春。先立春三日，大史谒之天子曰："某日立春，盛德在木。"大子乃齐。立春之日，天子亲帅三公、九卿、诸侯、大夫以迎春于东郊。

——《礼记·月令》

中午，参观杨家埠。

导游带我们走进一座小房子说，这儿是杨家埠的旧居状态。房子一分为二，外间大些，里间小些。外间对门的墙上挂着"三代宗亲"，下面是八仙桌，左侧是灶台，上方贴着"灶王爷"，紧挨灶台的墙上有一个长方形的洞。导游说，这个洞有两个作用，一是放油灯，再是婆婆可以通过此洞监视儿媳。我向黑乎乎的里间望去，果然有一张颇大的土炕。婆婆住这儿，儿媳在什么地方住呢？房门右侧的墙壁上，也挖出一个长方形的洞，外侧镶嵌一块石头，凿出许多细密圆孔。导游说，这是放蜂房的处所，蜜蜂通过小孔飞出采蜜，养蜂人到一定时间把蜂房取出割蜜。这真是一个精巧的设计，而灶台上方的那个洞，也不能说不巧妙，节约灯烛是不用说了，很有点"两寺原从一寺分""南山云起北山云"的味道。然而，那是唐诗里的梦境，想到在灶前流汗的黑脸儿媳与墙壁后面偷窥的白脸婆婆，怎么想都纠缠些许阴谋的暗影。这当然只是我刹那的感觉，生活原本如此，并没有想象那样复杂。

还是说年画吧！

如同杨家埠以外的年画，在取材上，这里的年画也并没有什么不同，红脸与黑脸、三英战吕布、吕布戏貂蝉、穿红肚兜的胖娃娃，朱红的鲤鱼用金色画出瓦块形状的鳞甲。牛、马、驴、骡拉车，车上端坐一位老者，双手捧笏，头绕圆光，应该是主管天仓五谷的开阳星君。车上插着两面刀棋，一曰"日进斗金"，一曰

"牛马平安"。车辕左右行走着两个精壮的汉子,挥舞鞭子驱赶牛马,真的是人欢马笑!还有穿粉色长袍的梁山伯与祝英台,系白毛巾的女拖拉机手,面型都是中秋明月那样的饱满而且白皙如雪。中国人喜欢洁白的肤色,美丽的女子总要与白色的皮肤相联。欧洲人是白种人,却追求棕色。我曾经去挪威旅行,看见两个小姑娘坐在教堂的台阶上晒太阳,把鞋脱下来,袜子也脱下来,追踪阳光,阳光跑到哪里,她们小巧的脚心也追到哪里。

相对其他地方,这里的年画或者更为精细,线条与色彩,前者圆润而后者饱满,红绿中投射出一种静穆与安详,热烈而并不那么躁动,这当然是多年修炼所得。在杨家埠,关于年画,雕版、上色、印刷与行销,早已经融入他们的油盐柴米而演化为岁月的节点了。

在旧时,每年的二月初六,杨家埠定为"动木日"。做年画首先要制版,而制版必动木,动木必锯材,锯材与"聚财"谐音,因此"动木日"又称"聚财日"。二月初六,大年已过,一年之计在于春,拾掇农具浸好种,农耕如此,做年画也是这样,要趁早为新的一年做好物质准备吧!

三月十六,"植槐日"。

五月十二,"拜师节"。这一天,杨家埠的孩子,九岁以上的儿童到杨氏宗祠,当然是男孩子,向年画始祖杨伯达三拜九叩,之后行拜师礼。庄户人家的孩子要学习一种谋生的手艺呀!

六月初六,"槐神节"。在槐树下面设供桌,摆供品,请神,祭神,燃放爆竹,焚烧纸钱,族长率领众人行大礼。之后是培土,浇豆饼水,在扎好的戏台上唱一天大戏酬神。唱什么呢?一是《槐荫记》,再是《槐王约》,在槐树老伯的帮助下,董永与七仙女喜结连理,这样的神难道不应酬谢?而如果我是杨家埠人,则一定要供奉至少是三大海碗的"槐叶冷淘",把初生的槐叶榨出汁和在新麦磨成的面粉里,切成条或者丝,投进沸水里煮熟,再用凉水焯一遍,杜夫子云,"碧鲜俱照箸,香饭兼苞芦",吟咏的便是此物,碧绿的冷淘逗人馋涎,"经齿冷于雪,劝人投此珠",在大暑之日,吃到这样的解暑食品,该是如何爽快?然而,"加餐愁欲无",想多吃,恐怕还没有哩!

八月二十,"启行日"。农活利索了,开始忙活年画。这一天,杨家埠要就画样、价格、数量、新号开业、外埠设庄,林林总总一切有关事宜,在这一天商讨。

九月初九,"开庄日"。在外设庄的人到宗祠集合,由族长带领,向老祖宗辞行,祈祷先祖保佑儿孙平安,买卖兴隆,生意发达。

九日二十六,"熬黄日"。这一天,杨家埠开始制色,开锅"熬黄"。在同一天熬黄,是为了统一把关,保障质量,以免砸了杨家埠年画的牌子。

十一月十五，"犒劳案子"。这一天，东家大摆宴席，酬谢伙计，当然也有犒劳自己的意思。

腊月初八，"止案子"。在杨家埠，这一天，所有制作年画的人家都要撤下案子，停止印刷，打扫庭除，置办年货，准备过年了。

腊月初十，"选举子"。对推选上来的年画进行评比，从构图、颜色、立意、影响的角度，包括市场上行销情况进行赏鉴与推优，万中选一，冠以"年画举人"。

腊月十八，"留古画"。这一天，各自"猫"在自己的家里，深思默想，寻出一张绘印俱佳的精品保留下来，以期有一天，这张画"显灵"而成为"活"画。这种事自然不好张扬，更不宜对外宣传而难免有些隐幽，折射出神秘的光晕。

腊月二十，"庄会"。在外设庄的杨家埠人，都要在这一天赶回来参加庄会，再不回家，赶不上年啦！

三天以后，腊月二十三，到了辞灶的日子。这一天，想来糖瓜是少不了的。北京有个地方叫关东店，历史上是糖瓜的集散地，白、酥、甜、脆，断层中有微细空隙。杨家埠呢？也不过是吃糖瓜，放鞭炮，把糖瓜抹在灶王爷嘴上，如此而已。《论语》中有句，"与其媚于奥，宁媚于灶"。奥是房间内部的西南角，在这个地方祭祀掌管全局的大神，而灶不过是派到人间一角的小神，不祭奥而祭灶，虽然难免有机会主义之讥，但更多还是吃饱肚皮的现实主义。

宋人范成大在《祭灶词》中吟哦："古传腊月二十四，灶君朝天欲言事。云车风马小留连，家有杯盘丰典祀。猪头烂熟双鱼鲜，豆沙甘松粉饵圆。男儿酌献女儿避，酹酒烧钱灶君喜。婢子斗争君莫闻，猫犬触秽君莫嗔。送君醉饱登天门，勺长勺短勿复云，乞取利市归来分！"二十四，比二十三晚了一天，鱼鲜肉美，估计还会有蓬勃香气的酒，否则怎么会"醉饱登天门"？其实是不如杨家埠简单，用糖瓜把嘴粘住不就完了，何必啰唆！

2017.10.11

瓦当，或涂满蜜和蜡的蜂房

中央文学研究所成立于一九五〇年，位于鼓楼东大街今263号。由于某些机缘，我先后拜访了三次。一次是二〇〇六年的冬季，为纪念鲁迅文学院函授教育二十周年，一次是二〇一〇年的春天，为纪念鲁迅文学院建院六十周年，一次是二〇一〇年的九月九日。第一次是为了拍摄纪念片，第二次是为了制作纪念册，第三次是为撰写这则短文。之所以频繁地来到这里，是因为，鲁迅文学院的前身是中央文学研究所，来到这里，不仅仅是为了吊问，更多是为了追寻历史，寻找记忆之中曾经的辉煌与沧桑。

263号的主体是四合院，西侧是跨院。四合院三进，第一进东南是金柱大门，大门之后是一个宽博的大院。第二进北部是正房三间，耳房两间，东西厢房各三间。南房，也就是倒座，六间，西侧有一间耳房。第三进的北端也是正房，有正房三间，东西耳房各一间，东西厢房各三间。

四合院的西部是两个东西贯通的跨院。西院北侧有一座两层楼房，每层六间。南侧是三间平房，平房的西侧是两间低矮的房子。与西院相通的东院，北部是一座西式平房，曾经有宽大的走廊，共五间。平房的对面是用木头搭建的棚子。

跨院的西院，植有一株枣树。东院植有两株槐树，一株是国槐，另一株是洋槐，都是胸径很粗的大树了。国槐的北边种有两畦洁白的玉簪。在第一进院子的东北还有一株高大的榆树，在饥馑的日子里，它的果实，浅黄色的——北京人叫榆钱，可以充饥。曾经在南朝做官，后来被迫淹留北朝的庾子山在《燕歌行》中写过这样两句诗："桃花颜色好如马，榆荚新开巧似钱。"桃花的颜色为什么要与马发生联系，难道马是胭脂颜色的吗？如果是在北部的边地，一位曼妙女子骑在一匹胭脂一样颜色的骏马上，该是一种什么样子的情景？据说，榆树开一种淡紫色的花朵，但是我却从未注意过，这就是我的粗疏了。庾子山呢？"代北云气昼昏昏，千里飞蓬无复根。寒雁嗈嗈渡辽水，桑叶纷纷落蓟门"，心境是悲抑、惨恻的。

在第一进的西北部还有三间北房，我怀疑不是原物而是后日的新筑。263号，四合院加跨院，大大小小有五十四间房子。

我之所以斤斤计较房子的间数，是因为在鲁迅文学院的档案室里，保存有筹建中央文学研究所需要购置房子数量的两份文件，一份是"一百五十间至二百间"，一份是"一百间"，而这里的房子只有五十四间，约当前者的三分之一或四分之一，后者的一半。剩下的房子在哪里呢？在263号西部什刹海的银锭桥之南，有一条叫"北官房"的胡同。在那里也有一座四合院，曾经作为学员宿舍。那个地方我也去过，插秧似的挤满了各式各样丑陋的小棚子。当然，这是现状，而在当时自然不会是这样。住在那儿的学员每天至少两次穿过银锭桥，所谓"眼波流转在眉心处"的地方，晤对朝青暮紫的西山岚影，怎么想都是赏心之事。现在呢？而这里，263号则相对疏朗，还保持着畴昔格局，这在北京的四合院已然十分难得了。北京的四合院是按照九宫格修造的，四周的坎、艮、震、巽、离、坤、兑、乾八宫与中央之宫，合称九宫。庭院处于院落正中，即中央之宫，是家人休闲、聚会的公共场所。私自搭建的棚子将公众场所挤占了，公器私用从而破坏了九宫的布局。

建国初期，许多院校在北京城内选择校址，中央音乐学院占用了鲍家街的恭王府（南府），人民大学占用了段祺瑞的执政府，中央戏剧学院占用了靳云鹏的宅子，此公做过北洋政府时期的总理，是当时的煊赫人物，这些校址都是百亩以上大宅。人民大学后来迁徙海淀，将原址改建为宿舍，那两所学院至今没有搬迁，弦歌不辍，而中央文学研究所却是命运多舛，一九五七年十一月，沙砾似的被一场罡风吹散，从此再未回来，在这个地方办学不过是七八年的光阴而已，虽然如此，却为新中国培养了那么多的优秀作家，马烽、陈登科、邓友梅、徐光耀，从一九五○到一九六六年"文革"前夕，仅以电影为例，影响大者，我们的学员便提供了如下剧本：徐光耀：《小兵张嘎》；马烽：《我们村里的年轻人》；董晓华：《董存瑞》；和谷岩：《狼牙山五壮士》；白刃：《兵临城下》；梁信：《红色娘子军》；朱祖贻：《甲午海战》。这些都是建国十七年的经典影片，却在十年动乱中全部被践踏抹黑。

　　近年，关于建国以来培养作家机制的研究颇有流行之态，我读过类似著作，论及中央文学研究所的教学，与学员的创作成就似乎颇有可以推敲之处。

　　曾经在这里任职的有：丁玲、田间、公木、邢野、梁斌、康濯、吴伯箫、蔡其矫等。梁斌在这里创作了长篇小说《红旗谱》，邢野撰写了电影剧本《平原游击队》，公木是《八路军军歌》，也是《中国人民解放军军歌》歌词的作者。他们那一代人，不少人是从抗日战争硝烟中走来的。

　　对我们这一代人，吴伯箫是难以回避的。他的两篇散文《记一辆纺车》与《菜园小记》被收录在当时的中学课本里。《记一辆纺车》的有些片段，至今仍保存在我的记忆深处：

熟练的纺手趁着一线灯光或者朦胧的月色也能摇车，抽线，上线，一切做得从容自如。线绕在锭子上，线穗子一层一层加大，直到大得沉甸甸的，像成熟了的肥桃。从锭子上取下穗子，也像从果树上摘下果实，劳动以后收获的愉快，那是任何物质享受都不能比拟的。这个时候，就连起初生过纺车的气的人也对纺车发生了感情。那种感情，是凯旋的骑士对战马的感情，是"仰手接飞猱，俯身散马蹄"的射手对良弓的感情。

"仰手接飞猱，俯身散马蹄"，革命与生产原来可以和才高八斗的曹子建这样对接。然而，我更喜欢的是《菜园小记》，那些对新芽的描述，"条播的行列整齐，撒播的万头攒动，点播的傲然不群"，带着笑，发着光，充满了无限生机。"那年蔬菜丰收。韭菜割了三茬，最后吃了薹下韭（跟莲下藕一样，那是以老来嫩有名的），掐了韭花。春白菜以后种了秋白菜，细水萝卜以后种了白萝卜。园里连江西腊、波斯菊都要开败的时候，我们还收了最后一批西红柿。天凉了，西红柿吃起来甘脆爽口，有些秋梨的味道。我们还把通红通红的辣椒穿成串晒干了，挂在窑洞的窗户旁边，一直挂到过新年"。在物质匮乏的年代,读这样的文字会给人何种感受?只是我当时尚幼,没有那么多想法。现实是,我至今没有机会品尝薹下韭和有秋梨一样味道的西红柿。"夜雨剪春韭,新炊间黄粱",吴先生在文中只取前半,结论是老圃种菜,应该比诗歌还要清新。

那时候,最优秀的学者与作家经常莅临授课,郭沫若、茅盾、老舍、曹禺、艾青、叶圣陶,使得知晓这段历史的人,于此踟蹰时的心境是复杂的。我也浸淫在这种幽寂的心境里,因此观察起来格外认真。在二进院东南,有一座小巧的角门,我注意到那里的屋顶,在北京,非大式建筑采用板瓦,而院内的小型建筑,垂花门、抄手游廊一类的顶部却采取筒瓦——小型的筒瓦,以及与其配套的瓦当与滴水。

瓦当位于瓦垄末梢,当大面积的筒瓦从屋脊奔赴而下,在接近屋檐的位置戛然而止的时候,其原因就在于瓦当,将瓦挡住,因此,瓦当是应该倒读,读"当(挡)瓦"的。滴水位于瓦沟末端,从屋顶倾泻的雨水通过滴水流到地平,保护屋檐以下的构件不致遭受雨雪侵扰。无论是瓦当还是滴水都有一个外立面,细心的匠人往往在上面雕琢精致的团寿图案,这里的瓦当也是如此。滴水呢?这里是荷花、水波与莲蓬,既有花瓣的精微也有蓓蕾的夭妙,翠绿、饱满的莲蓬的折枝呀,缭绕着轻纱一样微皱的水波。站在这样的滴水下面，即使在盛夏炎炎也会感到习习凉意吧。

　　这当然只是我的一点春梦似的感受，现实是角门早已苍老，承托瓦当与滴水的飞檐，瓦口与大连檐也错位变形了。时间的风沙毕竟吹袭了六十年，难免不刻印折痕的粗糙，而瓦当与滴水能够保存得如此之好，说明当时工匠的缜密、认真而使人难以释怀，当然难以释怀的还有曾经以其为驻地的中央文学研究所。想到她的辉煌、苦难与挫折；想到中央文学研究所的第一任所长丁玲；想到漂亮、骄恣的莎菲女士，充溢体温的《不算情书》，纷纷扬扬，妃色的桃花落满了身前身后透明而沉重的影子，而绯红的落日早已变凉，渐渐穿透秋天的风；想到霞村美丽的天主教堂；想到浑阔、湍急的桑干河，在桑葚熟透的季节，川流会是深郁的紫色吗？想到"纤笔一枝谁与似，三千毛瑟精兵"那样的褒扬，当然也想到她的厄运与那样沉痛的话。一九八四年七月二十六日，当在医院治病的丁玲听说中共中央书记处批准了关于为其恢复名誉的通知以后，脱口而出，说出了这样一句话："这下我可以死了！四十年的沉冤，这次大白了！"随即她打开录音机，录下了"我死之后，不再会有什么东西留在那里，压在我的身上，压在我的儿女身上，压在我的亲人身上，压在我的熟人、我的朋友身上，所以，我可以死了"。读这样的话，是足可以使人堕泪的。

　　近日，在微信里读了一篇王蒙先生的文章，大意是张（爱玲）

粉无数，丁（玲）粉寥寥，叹息在丁的周围，晚年缺乏一位高明顾问。时代的列车已然疾驰到另一个轨道，她却还在旧轨道上加速前行。张与丁，包括萧红，均是一时瑜亮，但民族立场却云泥立判。孔老夫子说"行己有耻"，孟老夫子云"知人论世"，这些话似乎都被淡忘，时下的读者应该是这样的吗？然而，时下的读者就是如此。有研究者认为，丁玲是现代文学中最早的女性主义者，她的人与她手写的文字是带着血液的温度流进读者心灵深处的。然而，这只是早期的丁玲。一九三六年，丁玲奔赴陕北，而那时中国的革命文化已经开始进行以农民为中心的转移，与左翼文人的追求错过了半个街口而渐行渐远，丁玲后半生的蹉跎就在于此。这当然是丁玲与时代的纠结，是丁玲以及曾经的左翼文人的悲剧所在吧！

今年"五一"期间，我与家人去涿鹿县温泉屯拜访丁玲纪念馆。根据百度导航，驰下公路后，我们接连穿过几处村庄，道路狭窄、曲折、坎坷。驰出一个村子的时候，突然看见一条清澄的大河，我们下意识地感觉这就是桑干河。下车看到一块深蓝色的木牌，读上面的文字果然就是。河流平缓、曼衍、洁净、丰盛，无拘无束地流淌，这是自然状态的桑干河吧！河堤很矮，河流只要略微上涨便可以爬过去。堤上是葡萄田，两三个妇女与一个上年纪的老汉在那里绑葡萄藤。涿鹿县是我国葡萄种植基地，深褐色的田地里树立着一行一行齐腰高的白色水泥桩，水泥桩之间拉着铁丝。入冬之前，把葡萄埋起来，开春再刨出来扎在铁丝上。现在已是五月，葡萄大都苏醒而伸直腰板了。我也看到很粗的葡萄藤，固定在高高的水泥桩上，上面搭着塑料棚，避免葡萄熟时而出现的鸟雀之害。

纪念馆大门内是丁玲塑像，塑像下面是一座高高的基座，再下面是一个环形水塘，以塑像为中心设有四座桥梁。水塘与桥都很小，丁玲穿高筒靴、军大衣（未系扣，圆形扣子很大），戴军帽，一副戎装打扮，通体做赤铜色，面带微笑凝视前方。我奇怪，为什么要把她放在水中央的位置呢？塑像后面是一座仿古建筑，里面有很长的书柜与很长的会议桌，墙上挂着电视，播放丁玲与温泉屯的故事。一九四八年，丁玲来到温泉屯参加土改，在这里住了十八天。后来以此为原型创作了长篇小说《太阳照在桑干河上》。译为俄文后，一九五一年获得"斯大林文学奖"。丁玲把一部分稿费送给温泉屯，修建文化馆，又赠送了许多图书。我们问管理员丁玲住过的地方，他说，建设新农村改造旧房时拆掉了，原来的文化站也拆掉了。现在的村子很整齐，都是坐北朝南的排房，也都很洁净。纪念馆东面过去是关庙，现在改为丁玲在这里居住时用过物品的陈列室，都是关庙的房间，都很小，有一间模仿她曾经住过的地方，搭有土炕，炕上是桌子。灰暗的桌面上放着一盏马灯，马灯的玻璃有些污浊，金属的框架爬上了斑驳的土色锈迹。纪念馆前面是一片斜长的广场，广场的后面是一堵墙，上面写着"太阳照在桑干河上"八个乌黑大字,每个字的下面是一组说明文字。广场的东侧有一株大树,槐树与榆树并生在一起称"槐抱榆",周围散布着黄色的健身器材。广场与纪念馆之间是一条小马路,东端是一片倾斜的黄色土坡。土坡上面便是农田,似乎栽种的也是葡萄。站在这里不免有些恍惚。丁玲的一生有幸也有不幸,幸与不幸夹杂。给她带来不幸的,恰恰是她在文学界的同行,而给她带来幸福的恰恰是与文学无关的人物。记不得谁说过这样一句话,文学使人智慧而充满幻想,当然有痛苦也有欢乐。对丁玲而言,痛苦与欢乐,何者为多呢?

有一年,我与一位中央文学研究所的前辈闲聊,他那时即将退休,曾经在那里读书,后来留下工作,再后贬到边地,是一位我十分敬爱的长者。我那时觉得他的年纪已经很大了,而现在我已经超越了这个年龄。说话的时候,他突然眯上眼睛说了这样一句话:

> 我是一只灰色的鸽子,
> 只有在飞翔的时候,
> 偶然露出红色的羽毛。

我觉得这应该是一首短诗,或者是一首诗的片段,只是他没有采取读诗的声调而已,因此至今没有忘记。为什么在飞翔的时候才露出红色的羽毛?如果是一只红色的鸽子,在哪里都放射炫目的赤色光线,又会怎样?

一七〇四年,英国作家斯威夫特出版的《书籍之争》,讲述了这样一个故事,说是有一只蜜蜂和一只蜘蛛辩论谁对人类的贡献大。蜘蛛呢,说了一堆理由,很是得意,但是在听完蜜蜂所说之后不再作声了。辩论的结果是蜜蜂赢了。蜜蜂说:"我们用蜜和蜡布满我们的蜂房,这就给人类提供了两样最高贵的东西:甜蜜(sweetness)和光明(light)。"在这个故事中,斯威夫特把作家比喻为蜜蜂,辛苦酿蜜为人类提供甜蜜与营养;以蜡制烛,为人类提供光明和知识。作家是这样,培养作家的人,丁玲以及她的同事——当年,与日后的,以及培养作家的场所,中央文学研究所、中国作家协会文学讲习所,与追踵其后的鲁迅文学院,当然也是这样,犹如一个涂满蜜和蜡的蜂房,为祖国恢宏而美好的星空提供甜蜜与光明。

2010
2019.5.22 改定

野狐岭

金兵号四十万,阵野狐岭北。木华黎曰:
"彼众我寡,弗致死力战,未易破也。"
率敢死士,策马横戈,大呼陷阵,
帝麾诸军并进,大败金兵,
追至浍河,僵尸百里。

——《元史·木华黎传》

一

进入居庸关后,山便开始包围我们。

群山如削如簇,如江涛怒立,山谷之间相距甚近。

离开八达岭以后,山势逐渐平缓,但是山的皱褶却异常深刻。山体呈现深咖、浅黄与暗白色而错综交织,一如儿童的蜡笔涂抹。远山则泛溢一派丰盈的蔚蓝光泽。

我注意到,山的皱褶生长着灌木一类植物,因此皱褶的颜色深而山体的颜色浅。山的颜色又是不同色块,交错地从飞驰的车窗外面逼压进来。

有一座大山,说是山却没有山脉,只是孤零零的一座山峰,黄色与黑色交织,以黄色为主,是那种秋姜似的黄颜色,苍莽而厚重,我把它称为大黄山,围绕公路转圜,转来转去都是这座山,一瞬间遮住了驾驶舱的挡风玻璃,把挡风玻璃涂成了耀眼的黄色。那真是兀立天际的一座大山呀!

绕过大黄山,山的群体距离我们稍远了一些,皱褶也不再那么粗犷,变得纤细尖刻琐碎了,一条一条均匀地从山巅倾泻到山麓,颜色也从苍黑转变为深栗色泽。只是在接近公路的地方,山体被破坏了不少,许多大山的皱褶也有不少残损了。如果没有公路,这些皱褶是应该继续优美延伸的。在接近张家口的时候,山势愈加轻柔,很少见到突出的山峰,山脊基本保持在一条水平线上,犹如大河两侧的防波堤。山与山之间是苍莽雄浑的山谷,云岚如水,阳光弥漫,美丽的树木绽放翠绿光芒,既轻盈又浩荡,端的是大好河山!

那座大黄山，后来知道了叫鸡鸣山，山下的古城叫鸡鸣驿。当地人说，李世民到过那里，然而只闻鸡鸣不见鸡。是这样吗，鸡飞到哪儿去了？

二

我们从桦树岭驰入号称"天路"的 66 号公路。

66 号公路双向车道，大概是新近铺设的沥青，故而颜色乌黑。分道线雪白，给人以洁净之感。公路两侧是落叶松，树龄在三十年左右，大概因为是一个年龄段，故而身高也保持在一条水平线上。树的通体是翠绿的色泽，但是树梢与树枝的末端则是娇嫩的黄色。时间正是十月初旬，还未到落叶的季节，再晚些时间，便只能欣赏柔美的褐色树木了。

公路上基本无车。道路右前方停着一辆白色的小客车，一对年轻的夫妇带着一个两三岁的小朋友，在车的内侧玩耍。一辆黑色的小客车疾驰过去，一瞬间我想起了新西兰的库克山。我对徐说，那里也是公路，也是松林，公路尽头是晶莹的巍峨雪山，而这里道路纤细，林木幽静，又是另一种味道，给人一种恬静宜人的感觉。我们也停下车，拍照后继续前行。来到一片开阔地，这里一边是坡地，一边是可以观景的平台。坡地上有一方石碑，上面写着"海拔1628米"。北京平原的海拔不过五十米，相差一千五百七十余米，可见二者的巨大悬殊。

　　再向前行，树林逐渐疏薄，群山无涯连绵，虽然是山，却并无凸起的山峰，山脊平坦，犹如一条水平的直线，仿佛辉煌的歌剧突然采取了静音状态。我蓦地意识到这就是"原"！不是陕北的原，而是塞北的原。我们就站在原上，所见到的山，不过是另外的一座原而已。两原之间是谷，又分布着大大小小的原，这些原被锋利的农具开垦出错落的梯田，梯田又被掘出细密的垄沟，而与原的弧度大体保持一致，但是也有反向为之的垄沟而与原的弧度扭结交错。突然在胸中生起一种赞叹，这不就是大地的画图吗？这么一想，猛地醒悟了梵高之为梵高的道理。梵高是用笔，而农夫呢？不过是用䦆头，并没有什么区别。现在庄稼基本收割，裸露出各种土地的颜色，黑色、酱色、褐色与浅褐色，享受着一种卸去重负以后的宁静与安详。郑敏在《金黄的稻束》中歌咏收割后的稻田，使她"想起无数个疲倦的母亲"，"看见那皱了的美丽的脸"。这样的灵感也应该是从类似的环境之中翻涌出来的吧！但是，也有没有收割的，麦子似的飘忽着一种浅浅的青色，问一位卖东西的妇女说是莜麦，此地寒冷而莜麦耐寒。据说这里的土豆也很好吃，口感非常之"沙"。

　　又行驶了一段，公路两侧的树木开始粗壮、高耸，给人的感觉又不一样了。再向前行，接近野狐岭出口的时候，林木逐渐稀疏。突然看到光秃的原上矗立着一座银色的风车，三叉形的叶片蓦地缓缓转动起来，而远处的风车依然一动不动，几只、十几只、几十只耸立在大山的脊梁上，都是那种统一的银白色，浅灰的天空也被渲染出几分亮色。我曾在一篇散文中倡议把油田的采油机，俗称磕头机的，涂饰各种奇幻色彩。我现在把这个倡议移于此处。倘若把这里的风车也涂上绚丽的颜色，在广袤、浩渺的大地与天空中，又会制造何等梦幻奇景呢？小平说对，但得征求业主同意。我说是，至少得征询唐·吉诃德的意见。

三

我们寻找野狐岭，在高速路入口问一位坐在巡逻车里的警察，说不知道，再问警务处的一位年轻辅警，也不知道。他旁边一个穿便衣的中年人说知道，你们走207国道，一直走就是。

在我读过的史料里记载，野狐岭海拔一千六百多米，草丰林密，野狐成群，是坝上与坝下的分界点，把蒙古高原与华北平原分割开来。用历史学家的说法，野狐岭是北中国的农业文明与游牧文明的分界线。元人周伯琦在一首题曰《野狐岭》的五古中吟哦这里是"高岭出云表,白昼生虚寒。冰霜四时凛,星斗咫尺攀"。其所处的地理位置是"其阴控朔部,其阳接燕关"。再早,《战国策》第十九卷中《王破原阳》记载,"昔者先君襄主与代交地,城境封之,名曰'无穷之门',所以昭后而期远矣"。代,是春秋时期的诸侯国,在今之河北蔚县与山西大同一带,当然包括野狐岭在内,故城址在河北蔚县东南的代王城镇。公元前五百年,赵襄王袭杀了代王,吞并了代国。在赵襄王,在当时的认知中,无穷之门的外面是荒莽而难以觇知的。

赵襄子的父亲是赵简子,赵简子故后,赵襄子继位。服丧期间,赵襄子约请代王,也就是他的姐夫——赵襄子的姐姐是代王的夫人。在招待的宴席上,"使厨人操铜枓,行斟",枓是斟酒的器物,方形有柄,也就是有长柄的方勺子。用枓给代王斟酒,"阴令宰人各以枓击杀代王及从官",斟酒的时候,暗中让一位叫"各"的厨师,用枓击杀了代王及其随从的官员。

击杀代王以后,赵襄了派人把他的姐姐接回赵国。姐姐伤心地说:"以弟慢夫,是不仁也;以夫怨弟,非义也。"因为自己的弟弟而欺骗丈夫是不仁,因为自己的丈夫而怨恨弟弟是不义,"泣而呼天,摩笄自杀"。笄,就是别头发的簪子,一头大,一头尖,把簪子的尖头磨得锋利而把自己刺死。他的姐姐自尽以后,迎接她的使者也全部自杀而亡,"代人怜之,所死之地名之为摩笄山"。

摩笄山在什么地方呢？唐人张守节在《史记》正义中转引《括地志》曰："摩笄山一名磨笄山，亦名为"鸡鸣"山，在蔚州飞狐县东北百五十里。"飞狐县即今涞源县，而摩笄山便是在高速路上围绕我们，转来转去很长时间的那座大黄山。后人附会，赵襄王的姐姐自杀后，代人为其立祠，每到夜晚便有野鸡飞来祠上哀鸣不已。李世民到过那里，只闻鸡鸣不见鸡，也应该是民间的一种传闻吧。是的，哪里有鸡，"笄"者"鸡"也，虽然不过是一种谐音，却透漏出人性的凶残与女性的凄恻。后来我在蔚县博物馆也看到这个故事的展览和代王夫人的雕像，塞上胭脂凝夜紫，看来看去心情是悲抑的。然而，在代王城镇，却没有见到任何说明与纪念性的东西。

我们眼下就行驶在这片难以觇知的土地上。拐过一个桥洞后，车窗左侧涌现出绵延的山岗，上面耸立着一个六角形的小亭子。我对小平说，这里很可能是野狐岭。徐与侯说，你发挥想象吧。前面是一个小村子，我们把车开到一户人家问路，一位老者在堂屋里收拾一个血红的猪头，好像是用火筷子燎猪头上的毛。猪头的鼻孔很粗，而眼睛黑洞洞的，似乎充满了哀怨与愤怒。而此时的暮色已经开始凉薄，细密地爬进老者院落。老者告诉我们，你们向前右拐过一个桥洞再向前就是了。

这里正在修路，灰尘狂暴，犹如盛夏的骤雨，深黄色的泥土被车轮翻掘出来,碾压出深刻密集的车辙,高低不平仿佛大河怒涛。远远地看见一个桥洞,拐出桥洞以后,公路又变回沥青路面,车速立即提升起来。我们刚才问路的地方叫油篓沟。行驶了一段路,车的右侧出现了一座土坡,上面有一家饭店。我们把车开上坡顶,停在饭店门前。饭店不大,但是灯烛荧煌,虽然人不多,却也有五六桌食客。门外站着一位矮个的中年男人,将一个烤羊肉串的炉子支起来。我走过去问他,野狐岭在哪里,他说这里就是。听他这么说,我大吃一惊,找来找去的野狐岭就在这里呀!我又问,野狐岭在这里的哪个位置呢?他说前面公路就是,上面的墙上有字,"黄色的字,写着呢"!

四

我们感谢他,告别时,看到几辆小客车从山坡的顶部行驶下来,冲到坡下的国道,再右拐前行。临走的时候,我回顾这家饭店,前面有几株年轻的松树,还有一片不大的广场。饭店侧面辟有车门,门里也是一片可以泊车的小广场。车门上方写着"百顺农家乐"。

我们驶下土坡,将车停在道路右侧,左侧是207国道。这一段道路是下沉式的，道路上面的墙壁上果真镶嵌着"野狐岭金蒙大战遗址"九个金色大字。

就是这个样子吗？野狐岭！

读《元史》《金史》与《续资治通鉴》一类书籍，关于野狐岭战役记载颇多。主体的说法是，金人以四十万大军不敌蒙古十万铁骑。但是也有不同说法，认为金人并没有那么多，而是以少御多，故而失败。然而，无论怎样，无论是什么原因，野狐岭战役标志蒙古人时代的来临。从此，金人融化为遥远而闪光的泪点，蒙古高原的野草则蓬勃地燃烧起来。金人失败的原因很简单，就是作为军队的统帅完颜承裕畏敌如虎。他先是放弃了野狐岭以北的恒州、昌州与抚州三座城市，而退守野狐岭，策划在这里，利用险要的地理环境阻击蒙古人。而事实是，据《金史》记载，"八月，大元兵至野狐岭，承裕丧气"，被蒙古人吓破了胆，"不敢拒战，退至宣平，县中土豪请以土兵为前锋，以行省兵为声援"，但是完颜承裕不敢采用这个策略，只是询问去宣德的小路。对他这个态度，宣平县的土豪耻笑他："溪涧曲折，我辈谙知之。行省不知用地利力战，但谋走耳，今败矣。"不考虑利用"涧谷深叵测，梯磴纡百盘"的地理环境与蒙古人搏杀，只是考虑逃逸，这样的人率领的军队怎么会不失败！

恒州，是今天内蒙古自治区的四郎城；常州，是河北省沽源县，位于闪电河上游；抚州，即张北县。放弃了这三座城市，蒙古人再无后顾之忧而逼近野狐岭,而这三处又是金人的马场,从此金人丢失了提供战马的基地,难以和蒙古人马战了。宣平,是今天的万全县;宣德,是今天的宣化区。万全县在宣化区北侧,其北是张北县,两县的交界之处便是野狐岭。由于地理环境,蒙古人全部下马作战,虽然没有了战马的优势却士气高昂而将金人击溃。我们刚才经过的油篓沟位于张北县内,再向南是沟门口与狼窝沟。沟门口是进入野狐岭的入口,出了狼窝沟就进入万全县了。我们所在之地或者就是沟门口,蒙古人就是从这里狂潮一般涌入野狐岭,冲破居庸关,奔向中都吧!在历史的黑色闪光中,这里曾经伏尸叠垒,刀光狞厉而哀鸣惨烈,清冷的河水被鲜血绵长厚重地浸透了。青狸哭血寒狐死,如漆鬼火点松花,"百岁老鸮成木魅,笑声碧火巢中起",就是这般情景吧!而现实是,暗紫色的暮光苍茫消泯,美妙的夜晚蓝海洋似的波动不已,星群灿烂地俯冲下来,又华贵又美好而令人心醉。207国道右侧土坡的上面是一家酒店,也就是我们刚才逗留的"百顺农家乐"。土坡南侧是 家旅馆,黄褐色的墙面镶嵌白塑钢窗,红色的霓虹灯显示"圣客楼酒店",与其比邻的是"天路第一家"旅馆,再向下是"雪绒花"酒店,这三家都是三层楼房。再向下,依旧是旅店,只是房屋的体量越来越小了。旅店一侧停着大大小小的汽车,更多的车辆主要是巨舰式的载重汽车,川流不息地从"野狐岭金蒙大战遗址"下面呼啸而过,罡风一般吹散了八百年蒙古高原的冰冷飞雪,那时的古战场哪里会想到变成如今这般模样呢!

五

金人与蒙古人在野狐岭大战之际,在金,是完颜永济做皇帝,《金史》称其为卫绍王。这是一个很糊涂的人,不知道出于什么缘故,野狐岭的败将胡沙虎,反而受到他的重用。但胡沙虎却心生叛逆,率领部队,驱走守卫皇宫的禁军,用自己的党羽替代,"尽逐卫士,代以其党",自称监国"都元帅",也就是大元帅,逼迫完颜永济出宫,用素色的车子载他回到过去的住宅,"以武卫军二百人锢守之",把他软禁起来,派人去宫内取宝玺。负责管理宝玺的尚宫左夫人郑氏得知发生宫变,便端坐在存放宝玺的地方等待。不久,来了一位黄门官,郑氏说:"宝玺是天子所用,胡沙虎是臣子,取宝玺做什么?"黄门官说:"如今天下大变,皇帝尚不能自保,何况宝玺!"你现在首先应该考虑自己如何脱身,还管宝玺做什么!听了这话,郑氏厉声痛骂:"你们是宫中近侍,皇上对你们恩遇隆厚,君主有难,你们不思报答,反而帮助逆贼夺取宝玺,我可必死,但是宝玺决不给你们!"说罢闭上眼睛不再说话。

黄门官没有办法，默默退出。胡沙虎取不到宝玺，便用"宣命之宝"伪授他的同党，又派遣宦官李思中害死完颜永济。不久，胡沙虎在家中又被元帅右监军术虎高琪杀掉，完颜珣继位，是为宣宗，改年号为至宁，意求天下安宁。然而，此时的天下哪是他所能做主的呢？越明年三月，宣宗派遣承晖去蒙古人那里请和，又将卫绍王的女儿嫁给忽必烈，"是为公主皇后"。但是，宣宗还是不放心，两个月以后迁都到南京，也就是北宋时期的汴京，这样的做法当然挡不住蒙古铁骑的突袭。元光二年十二月，宣宗病危，其时夜色深沉，近臣们都已经出去了，"惟前朝资明夫人郑氏年老侍侧"。宣宗对她说，"速召皇太子主后事"，说完便故去了。听了这话，郑氏秘而不宣：

> 是夜，皇后及贵妃庞氏问安寝阁。庞氏阴狡机慧、常以其子守纯年长不得立，心怏怏。夫人恐其为变，即诒之曰"上方更衣，后妃可少休他室。"伺其入，遽钥之，急召大臣，传遗诏立皇太子，始启户出后妃，发丧。

但是，皇太子刚入宫，庞氏的儿子英王守纯已然先进来了。皇太子立即召集军队三万余人，聚集在东华门外街道上，然后派遣四名护卫监视英王，之后在宣宗灵柩前继皇帝位。这个郑氏是否是卫绍王时期的郑氏，难下定论，或者就是前朝的郑氏也未可知。

可惜郑氏生于金朝末世，以她的操守和智慧，在政治清明时代也许会有大作为。孔夫子云，"君子不器"，君子不仅是可以做事之"器"，而且应该抱持道蕴与人格，不为外力胁迫而恪守良知。但他又说，"唯女子与小人难养"，而郑氏却恰恰是属于"难养"的人物，这又该如何解释呢？当然，这只是我读《金史》而发现的一痕宫壶隙罅，并无更多深意。在野狐岭，曾经鬼声啾啾的古战场，想到的不是重甲骑兵、轻甲骑兵、长矛、弯刀、圆盾、强弩、石锤、金戈铁马一类的遥思与追想，却想到郑氏这样的宫中女人，花朵凋落时一丝微渺的叹息，我自己也觉得很是怪异。

六

早起去元中都。

午饭后我们重走 207 国道，通过野狐岭下沉式公路后，钻进一条隧洞。钻出隧洞后，看见公路两侧的墙壁上镶嵌有不少人物浮雕，与隧洞另一侧"野狐岭金蒙大战遗址"的文字相呼应。之后，又是一座长长的隧洞，钻出后，又是一组人物浮雕，而此时，山谷壮阔，不那么逼仄了。再向前行，公路连续急剧下降，八万里河山怒涛翻涌，山石荦确，谷走龙蛇，涧碧水流泉滴沙，远山如云横亘天际，连绵不已地在车窗里蔚蓝跳动。我突然意识到，我们就要脱离蒙古高原，而这里已是高原边缘了。

2019.5.29

2020.2.4 改定

第四章　翡翠湾

这就是梵高笔下的阿尔勒。而在帝卡波，空气鲜洁，由于没有光的污染，星空更加璀璨。如果运气好，还可以看到流星宛如银色的雨迹，假如星光阔大，也可以说是灿烂的银币——划过夜空，而南十字星座则永恒悬挂。

梵高的星空

一八八八年二月,三十五岁的荷兰人梵高来到法国南部普罗旺斯的阿尔勒小镇。他来到这里的目的是组建"南方画院"。他认为,要干出一番事业,必须有一个团队,单打独斗是不可以的。为此,他约请了同样不被主流画坛认可的高更来阿尔勒。高更此时经济状态恶化,很高兴接受了他的约请。

他们约定,作为合作的第一步,每个人画一张自画像,寄给对方以示相互敬仰。梵高寄给高更的自画像题曰"日本和尚",现在被美国哈佛大学艺术博物馆收藏,高更的则藏于荷兰阿姆斯特丹的梵高博物馆内。

为了迎接高更的到来,梵高租下了一座公寓右侧的两层。

公寓的外墙涂饰的是他钟爱的黄色,梵高亲切地称为"黄房子"。为了迎接高更到来,他还画了一幅有十二朵向日葵的画装饰房间,又买了十二把椅子。向日葵是黄色的,椅子当然也是黄色的。梵高期待有更多的画家加盟"南方画院"。但是,梵高与高更在创作理念上并不完全一致。梵高注重生活中的实际状态,采取的是一种写实风格,高更则认为艺术高于现实,要将自己的想象融进画作。作画时,高更时常对梵高呼喊:"用你的脑袋作画!"

惺惺相惜之后是吵闹。高更总用"您是对的,旅长!"这样一句话转圜。这原本是流行歌曲的一句歌词,然而梵高不喜欢,于是二人再度争吵起来。为了在分手之前答谢梵高的弟弟提奥,高更为他画了一幅肖像,画的名字是《画向日葵的人》。但是梵高不喜欢,认为把他画成了疯子。"我是这样的吗?!"他怒吼道。当晚,他们去了咖啡馆,梵高要了一杯苦艾酒,突然他把酒杯向高更的头上砸去,高更下意识躲开,酒杯砸在墙上撞得粉碎,酒则洒在他的身上。高更把梵高抱起来,穿过拉马丁广场送回黄房子。

第二天,梵高请求高更原谅,用尽一切手段挽留他。那一天,风雨大作,为了能获得短暂休息,高更让步了。夜里,高更突然醒来,发现梵高站在他的床前,在黑暗中怒视着他,高更不禁毛骨悚然。一天,吃晚饭时,他们又争吵起来。高更指责梵高往汤里倒了颜料,梵高则高声大笑,用粉笔在墙上写道:"我是圣灵,我的心智是健全的。"

在梵高与高更之间,传说最多的是在高更的唆使下,梵高割掉了自己的右耳,送给阿尔勒的一个妓女。后来证明,那个姑娘并不是妓女,而是妓院里一个年轻的清洁女工,当时不到十九岁,还没有达到做妓女的年龄。为什么高更要做这样不道德的事,有一种说法是他嫉妒梵高的才华,认为梵高的才华与耳朵有关,割掉了耳朵的梵高不再是竞争对手。

还有一种说法,在西班牙斗牛的仪式中,胜利者要割下失败者,也就是牛的耳朵,献给在场的心仪的女人。梵高大概是受了这个启示,而将自己的耳朵献给那个清洁女工。而现实是,女工打开纸包,看到鲜血淋漓的耳朵,惊叫一声,立即昏厥过去。

小镇的居民联名上书,请求有关部门对梵高采取隔离措施,割掉耳朵的梵高在精神病院住了一年多。面对高峻的厚墙与冰冷的铁栅,梵高创作了著名的《星月夜》。用他最钟情的蓝色与黄色画出了现实中并不存在的夸张的星空,这样的星空当然出于梵高的想象,而这样的技法难道不正是高更倡导,不被梵高认可却又暗中尝试的吗?

梵高与高更生前都不如意。梵高一生创作了两千余幅画,只卖出一幅。但有专家考证,这卖出的一幅,还是梵高的弟弟提奥为了让他的病情好转而采取的一种手段。高更也好不了多少,他的画也基本处于无人问津状态。G.-阿尔贝·奥里埃写过一篇梵高的评论——《孤独的人》,刊发在当时的《法兰西信使》上:

这位有着发光的灵魂的坚强而真诚的艺术家,他是否会享受到观众为其恢复声誉的快乐呢?我想是不会的。与我们当代资产阶级的脾性相比,他太单纯了,同时也太微妙了。除了得到与他志同道合的艺术家的理解,他将永远不能为人所完全理解。

因为他,包括高更,画风前卫而不能与时代对接,不是时代抛弃了他们,而是他们抛弃了时代,只能留给下一时代理解了。梵高无论如何也不会想到,他的画在他故后,会卖出天一样的价格。

梵高的代表作《星月夜》现珍藏于纽约现代艺术博物馆,是那里的镇馆之宝。

吃罢晚饭,离开兄弟会餐厅,我们在便道上等候回酒店的汽车。天色尚未变黑,远处的房屋还可以分辨轮廓。近处的路灯投出银色的光环,随着距离拉远,慢慢地转换为微黄的光晕。我们突然注意到，兄弟会餐厅外面有很多树木，棕榈、伞葵、椰树，也有水松、榕树，是那种小叶榕，葱茏可喜。海芋的叶子极其阔大，碧绿而厚重。难得这里的海洋性气候湿润温暖，养育了这样一些好树木。而澳大利亚的星空也确实瑰丽，星星硕大、明媚而令人振奋，"仿佛一个美丽的大祭坛"。

第二天，我们去绿岛游览，看了在那里的奔跑的鸟——接近麻雀那样的颜色，后来知道叫秧鸡。这是一种时常在西洋文学中读到的鸟，今天见到实体，我和徐很兴奋了一阵。之后，是乘半潜船，在海底观看那里的珊瑚礁与穿行其间的鱼，前者是五颜六色，仿佛绽放的花朵，后者基本是同一种类的鱼，细长的带状，淡蓝而焕发一种微妙的光泽，尾巴和脊部有一条黄色的边。那天的风也真大，头发立起来，风向袋也被海风拉直了。栈桥长长细细的，一艘很大的船慢慢驰来，发出安静的低沉的吼声，泊在栈桥的尽头。

吃晚饭的地方叫金舫酒家，在一座大厦的底层，有一个很明朗的灯箱，餐厅很大也很干净。餐后回到棕榈湾酒店，我们告诉前台，徐的床头灯是坏的，二十四小时不合眼皮。一会儿来了一个女工，摆弄了半天也不成，最后把灯泡拧下了事。我们又去前台要沐浴露，却给了我们洗发水。之后外出散步，返回的路上，如同昨日在兄弟会看到的，这里的星空也是笑靥如花，发出繁密而颤栗的光芒。好像是俄罗斯人喜欢把这样的星空喻为喧闹的蜂群，当然也可以理解为辉煌的交响乐章,星空原来是可以如此瑰丽、恢弘的呀!

次日,我们为这星空所诱惑,晚餐后又去酒店外面凝望夜晚的天穹。相对昨天,星空似乎多了些妩媚的姿态,每颗星都泛射清澈的光泽,夜空宛如芬芳的花篮,缀满了清凉的露珠而熠熠眨动。突然想到梵高的星月夜,夸张的星光与同样夸张的橙黄的圆月。好像是雨果说过,上帝是月蚀之中的灯塔。在西方的基督教中,光是上帝创造的,大光是太阳,小光是月亮。星星呢?也没有忘记,摆放在浩淼的苍穹之上。如果我是梵高,而梵高是上帝,星星会是什么形状?如果我有画笔,或者会画出春雨潇潇之中的梨花布满天空。梵高呢?他的天空也许会绽放绯色的桃花,或者是绛紫的玫瑰?我曾经看过他的《罗纳河上的星夜》,那里的星星安详静谧,仿佛金黄的菊花盛开在蔚蓝的夜空之上。为什么不是葵花呢?

至于星空的颜色,当然是黄与蓝,这是梵高最喜爱的两种颜色。梵高出生于新教牧师家庭,宗教情结始终纠缠于心。在基督教的教义中,上帝是光的缔造者,追逐阳光的向日葵往往被隐喻为虔诚的信徒。梵高在装饰黄房子的画中,画了十二朵向日葵便是这个意思。梵高曾说,他要画一株夜晚的丝柏,繁星密布,基督是蓝色的,而天使是柠檬色。那些被涂成黄色的星星,难道不是飞翔的天使?

第四天,我们告别了澳大利亚,去新西兰的皇后镇。

中午在帝卡波吃饭。帝卡波既是一处湖泊，也是一个小镇的名字。湖光醉人，丝柏苍翠，浅紫色的南阿尔卑斯山戴冰负雪，宛似乳白的海浪连绵而至。在湖畔高地有一座小教堂，一侧的山墙是门，另一侧是窗，窗内竖立一支木头十字架。教堂内有两排长椅，一个嬷嬷站在入口，阻止游人照相。游人并不多，稀疏地坐在长椅上，凝望窗外的湖水在云影的漂浮中袅袅波动。

这个教堂叫"牧羊人教堂"，也叫"好牧羊人教堂"，多了一个"好"字。在教堂外面，我给徐照了几张相。在教堂右侧远方有一尊雕像，徐看过后对我说，是一只牧羊犬的雕像，好像是与这个小镇有关，并没有什么更大的意义。当然，对这里的居民而言，这狗的意义或者更大，只是不为我们知晓罢了。在帝卡波，更多的价值，对游人而言，是观赏小镇上的星空。为了展示最好的星空，这里的居民把灯光调到最低限度，午夜之后，所有的观光与广告灯统统关闭，用以避免光——人类之光对上帝之光的污染。二〇〇五年，帝卡波向联合国教科文组织提出建立"星空自然保护区"申请，不知通过了没有。

如果梵高依然在世，我想，他肯定会举双手赞成这样的申请。在他斑驳的画板上，许多年流云似的飞逝过去了，而在阿尔勒，厚重的深蓝色的夜幕依旧繁星密布。拉马丁广场黄房子里的十二把黄椅子，也依旧静默地等待新来的画家。而在多努伊咖啡馆，在梵高的笔底，咖啡馆的内部是血红与暗黄色的。一张绿色的台球桌放在中央，一个白衣人站在一侧，醉汉们蜷缩在角落里，柠檬颜色的灯放射橙或者绿色的光芒。

这就是梵高笔下的阿尔勒。而在帝卡波，空气鲜洁，由于没有光的污染，星空更加璀璨。如果运气好，还可以看到流星宛如银色的雨迹，假如星光阔大，也可以说是灿烂的银币——划过夜空，而南十字星座则永恒悬挂。在北方，回归线以北的水手，依靠北斗，而在这里，在南半球，则要依靠南十字星座——仿佛上苍的昭示，判断方位。

在西方人的文化基因里，希腊文明与基督教是两个大源头。在希腊的神话中，大部分神祇关乎星辰，大熊星座、小熊星座、处女座、摩羯座、金牛座、双子座……最不可理喻的是天蝎座，一只高耸尾钩的大蝎子，被天后赫拉从阴沟里召唤出来，攻击戴安娜女神钟情的猎人欧立安。为什么要破坏别人的姻缘呢？而欧立安却从此不朽，永远定格天际，猎户座便由此而来。大熊星座的故事最为凄恻。女神凯莉丝杜温柔美丽，受到赫拉的丈夫宙斯宠爱，生下一个儿子叫阿尔卡斯。赫拉勃然大怒，将凯莉丝杜变成一只大母熊赶进森林。凯莉丝杜的儿子阿尔卡斯长大后成为一个出色的猎人。赫拉闻听以后顿生恶意，刻意安排阿尔卡斯与凯莉丝杜相见。看到多年未见的儿子，凯莉丝杜忘了自己已经变成黑熊，泪如泉涌，情不自禁地奔向阿尔卡斯，阿尔卡斯不明就里，以为黑熊要伤害他，便弯弓搭箭准备射杀。恰在这时，宙斯看见了，慌忙之中将阿尔卡斯变成一只小熊，让它们偎依在一起。但是赫拉仍不罢休，而将母子二人驱赶到北极附近，让它们围绕北极，像推磨一样昼夜旋转，片刻不得停歇。其他星星则在一天之中，半天在幽冥的天上工作，半天在幽深的海底休息。美丽的星空背后，竟然潜藏这么多丑恶、凶残的故事！

这就与中国不同，至少在中国传统诗歌中，被吟哦的对象，更多的是明月而不是星星："少小不识月，唤作白玉盘"，这是童稚眼中的明月。"拂墙花影动，疑是玉人来"，待月西厢，等候一位心仪美女，该是一件多么幸福而又忐忑的事情。杨万里这样吟咏："虫声窗外月，书册夜深灯。半醉聊今古，千年几废兴"，在秋季的月夜书斋与友人做彻夜谈，也是难得幸事，可惜鬓毛斑白，"江湖夜雨十年灯"，淤积了些许戚戚与几分幽曲。

星星呢？还是得到希腊，到梵高的画作——咖啡馆外面的夜空之中寻觅。在温暖的钴蓝色的夜幕里，星光繁密好似升空的礼花，不是一簇一簇幽静升起，而是在如潮的乐声中盛大怒放，这是何等盛况！这是星辰的盛宴，自然也是神祇的盛宴，美丽的星空不过是他们狂欢的殿堂而已。当然，在帝卡波也可以，可惜我们来的时间不对，马上要乘车去下一个地方——基督城。如果天气继续放晴，我们还是有可能参加他们的欢宴，至少可以听到他们的欢歌笑语，撞击酒杯的叮咚之声。梵高呢？或者也夹杂其间，纵声高歌，用他手中五颜六色的画笔，兴奋地在神祇的脸上涂来抹去，叮嘱他们，今天是化妆晚会，一定要喝得尽兴，而他也高擎酒杯一饮而尽，招呼侍者过来，再斟一杯。是苦艾酒吗？

2018.1.24

翡翠湾

上午去马头村。

据说马头村有上千年的历史,原叫陈家村,以陈姓为主。后来居住的姓氏杂了,因为附近有山岩状若马头,于是改为今称。

马头村最大的院子是一处旧酒坊,正房与厢房都是两层木质结构,有两进宽绰的院子,最后是一条细长的甬道,放着一只颇大的水缸,里面蓄满了水,或者是为了防火吧。正是新雨过后,天空浅灰地注进柔软的水波之中,泛溢出一种静谧的难以言说的味道。房屋原本是没有任何颜色的木屋,现在被时间磨洗得有些灰暗了。酒坊与酒如今没有任何关系。在第二层正房的堂屋,我们看见几个老者在那里忙些什么。马头村多老宅,灰色的屋顶上耸立着高耸的马头墙,宅门是墙垣门,四周环绕石框,保持着一种典型的石库门形态。上海多宁波人,因此上海石库门的根,应该在宁波,当然也在这里。

马头村多旧屋,但也有新建筑。在距离酒坊不远的地方便有一处,洁白、高阔,错落的斗拱涂饰一层耀眼的厚重蓝色,仿佛翻滚的波涛。匾额写道:"端鹬祠"。我走进去看了看,宅门两侧是游廊,三面是房屋,与宅门相对的房子上也高悬一匾曰:"孝友堂"。村里人说,这里是学习室,是村民聚会学习的场所。马头村靠近海湾,多鸐鹬,因此在历史上又称鸐鹬村。鸐鹬是一种水鸟,高脚短尾,嘴巴是丹红的颜色,头上的羽毛也是丹红色的。"端鹬祠"便与这种水鸟有关吧。据说,村里有一条路叫鸐鹬路,我虽然没有见到,然而听到这个名称以后,当时的感觉是一股幽寂的古风萦纡而来,同时想到杜甫一首与鸐鹬有关的诗,那诗题目是《曲江陪郑八丈南史饮》。郑八丈是朝廷史官,南史是春秋时齐国的史官,以秉笔直书著称,称郑八丈为南史,自然是颂扬的话。曲江在长安,这首诗应该是杜甫在长安时期创作的,诗的首联写道,"雀啄江头黄柳花,鸐鹬鹨鹅满晴沙",与鸐鹬一样,鹨鹅也是一种水鸟,比鸳鸯略大,多紫色而好并游,因此俗称紫鸳鸯。唐人李群玉吟咏,"霞明川静极望中,一时飞灭青山绿",鹨鹅飞走了,在夕照明灭之中留下了青山满目与溪流的澄澈。鸐鹬要是飞走了,这里的山峦与溪流又会是何种模样呢?"丈人文力犹强健,岂傍青门学种瓜",是杜甫对郑八丈的勉励,但是对于在水泥壳里住久了的人,在这里的清飔之中看看花、种种瓜,心曲中泛动一种归隐之思,当是可以理解的吧!

之后,去翡翠湾。翡翠湾的对面是象山港,依稀可以辨认那里暗红的起重机的长臂,灰白的烟囱与晾水塔冒出的白雾。岛屿墨绿连绵,放晴的天空羞涩地露出浅浅的蓝色。近处岸边的栈桥又长又细,所有的船体都涂饰湛蓝的色彩,而船舱却是雪白的,几十艘船只凑集一起,桅杆上挂满了赤色的三角形状小旗。码头上是游客集散中心,入门是柜台,后面是一幅巨大的壁画,在厚重的宝蓝的底色中,画满了卷曲的雪白浪花。柜台右侧是一条悠长的通道,前面是玻璃窗,后面的墙壁下放着座椅,通道有多长,椅子也就有多长。通道的顶部张挂着用绳子编织的网,墙壁、椅子都是蓝色的,迸发出一种海洋的韵味。

中午在码头附近一家餐厅用餐。餐厅有两层,一侧是玻璃窗,外面是阳台。海风兴奋地吹进来,很有些海明威笔下"露台餐厅"的感觉。"露台餐厅"位于古巴哈瓦那郊区的科西玛尔渔村,是海明威经常光顾的地方。他回忆第一次去那家餐厅是在春季的一个上午,风从东面吹进敞开的餐厅,深蓝色的海面上泛着白色的浪花,穿梭的渔船追逐着多拉多鱼。我们就餐的这家餐厅正面是海湾,背后是盐场。海湾宁静安详，宛如初秋的月光，盐场在明亮的东风里轻轻地凝聚银色的梦。阳台下面葳蕤地丛生芦苇一类植物，而露台餐厅则不是。海明威在《老人与海》中以其为蓝图的结尾是，那天下午，餐厅里"有一群旅游的客人。有个女客望着下面的水，在一些空的啤酒罐头和死的舒鱼当中，看见很长一道白的鱼脊梁，后面带个特大的尾巴。东风在港湾入口外面一直掀起大浪，这东西也随着起落摇摆"。舒鱼是一种体长三十厘米，嘴尖有齿，食肉的海鱼，而这里既没有尖嘴舒鱼，也没有大鱼的白骨架。

午饭后离开翡翠湾。在返程的路上，同行的朋友说，他刚才看见一个资料，说是附近有黄贤村，是商山四皓之一黄公的隐居之处，可惜错过了机会。听了他的话，我也觉得是应该看看的。商山四皓是汉代初年四位著名人物，由于他们的介入而改变了历史进程。按照《史记》留侯世家记载，刘邦晚年宠爱戚夫人，"欲废太子"而立戚夫人的儿子赵王如意。吕后害怕极了，但不知怎么办好。有人给吕后出主意说，"留侯善画计策"。留侯是张良的封爵，"上信用之"。于是委派建成侯吕泽请张良出主意。在吕泽的强迫下，张良方说，这种事难以用口舌说动，只有请四位老先生，所谓商山四皓出来帮忙才有可能成功。这四位先生因为刘邦不尊重读书人，逃匿深山"义不做汉臣"。但是刘邦却仍然敬重他们，你们如果想做这件事，就让太子写一封信，附上厚重的金玉璧帛，派遣一位善辩之士聘请他们做太子的老师,"时时从入朝"而一定要让刘邦看见。

高祖十二年(前195年),刘邦击败了黥布,但是身体却越来越坏。身体愈坏,便愈发想换太子。一天,刘邦设置酒宴,要求太子刘盈陪侍,吕后知道后,急忙通知商山四皓伴随太子出席。在酒宴上,刘邦看见四位老者簇拥太子,"年皆八十有余",须眉皓白而衣冠甚伟,十分奇怪,问:你们是什么人?四人趋前对曰:我,东园公。我,角里先生。我,绮里季。我,夏黄公。刘邦听罢大惊,说:"吾求公数岁,公避逃我,今公何自从吾儿游乎?"你们回避我,为什么却跟我的儿子交往呢?四位先生答道,"陛下轻士善骂",看不起读书人又好骂人,"臣等义不受辱,故恐而亡匿"。但是太子和您不同,而"仁孝""爱士",天下没有人不喜欢他,不愿意为他效命的,"故臣等来尔"。刘邦听了说,那就请你们善始善终地教导、保护太子吧。

这四位离开以后,刘邦指着他们远去的背影对戚夫人说,换太子的事做不成了,因为有这些人辅佐,"羽翼已成,难动矣。吕后真尔主矣"。从此以后,吕后真的是你的主人了。听了这话,戚夫人哭泣不已。刘邦也很颓丧,说:"为我楚舞,吾为若楚歌。"在广袖翩飞的华丽暗影里,刘邦放声吟唱:"鸿鹄高飞,一举千里。羽翮已就,横绝四海。横绝四海,当可奈何!虽有矰缴,尚安所施?"

矰缴，就是系有带子的箭。这样的箭对普通的鸟是杀器，但是对于横绝四海的鸿鹄，又有什么用呢？刘邦一连唱了数遍，所谓"歌数阕"，伤感极了，戚夫人也"嘘唏流涕"。

这四位让刘邦敬重的老者，据说：东园公，姓庾，字宣明，居园中，因此以其为号。夏黄公，姓崔名广，字少通，"齐人，隐居夏里修道，故号曰夏黄公"。角里先生，河内轵人，太伯之后，姓周名术，字元道，京师号曰霸上先生。绮里季呢？没有说明。关于夏黄公有不同说法，《三国志》吴书虞翻传引述的《会稽典录》认为，夏黄公不是齐人，而是今天的奉化人。理由是"鄞大里黄公，絜己暴秦之世，高祖即阼，不能一致，惠帝恭让，出则济难"。鄞，即鄞县，奉化原来是鄞县的一部分，而大里在今之奉化境内，即今天的黄贤村，"黄贤"之称即从夏黄公而来。黄贤村在裘村镇，翡翠湾在莼湖镇，两处相连，呼吸相通。如果早知道这段历史，无论如何要到那里拜谒的。

然而，细细想想，似乎也可以不去，到那里凭吊什么呢？在封建王位更迭的时候，人性的丧失往往甚于黑漆之夜的凶残厉鬼，比如吕后的儿子刘盈即位以后，实质是吕后执政，她的做法是，"斫断戚夫人手足，去眼，煇耳，饮瘖药，使居厕中，名曰'人彘'"。数日之后，请刘盈去看，问这是什么？刘盈不知，吕后告诉他，这是戚夫人。刘盈不禁放声大哭而"岁余不能起"，说："此非人所为，臣为太后子，终不能治天下。"从此以后不再听政。夏黄公四位老先生，闻知以后，他们该会产生怎样的想法？这真是沉重的复杂而又无奈。

  这么一想，倒不如马头村、翡翠湾单纯快乐。那么一座古朴的山村，一湾明丽的洋流，美丽的鸡鹧在青色的山岚里翱翔，如同自由的春天的云朵没有任何羁绊，而那些出海的渔船也在海里自在遨游，有谁会想起那样黢黯、恐怖的往事？在大地的投影里，翡翠湾犹如一幅恬静的画图，精心描绘栈桥的悠远，盐场与蓝海船，泛涌银色的浪花，泪珠一般温热地消融于海天边缘。

2019.4.18

冬天的树木

元丰六年（1713年）十月十二日，夜，苏轼来到承天寺见张怀民。为什么要选择这个时间？苏轼的解释是，其时"夜色入户"而清澄甚好，但是没有可以一道的赏月之人，于是想到了他。与苏轼一样，张怀民也是被朝廷贬斥的官员。苏轼元丰二年（1709年）来到黄冈，张怀民则比他晚到了四年，与苏轼同属"闲人"，用苏轼的表述是"但少闲人如吾两人者"，难免有相惜之感。

到了承天寺，"怀民亦未寝"，于是二人在庭中踱躞踏月。苏轼与张怀民说了些什么，在苏轼的笔端没有留下一丝迹印，只是描绘了其时的月色与树木的暗影，"庭下如积水空明，水中藻荇交横，盖竹柏影也"。月光清朗如水，柏树与竹子的影子仿佛交错的水藻与荇菜。藻，是一种水生植物，叶子细小犹如鱼鳃形状；荇，亦是一种水生植物，叶形如心，背紫面绿，夏天时绽开黄色的花朵。竹子与柏树的叶子形状各异，它们被月光雕刻的阴影，自然也是不一样的，因此苏轼要用两种水生植物进行比喻。可惜他没说明，何者为藻，何者为荇，从而给我们留下推想的空间。

苏轼在文章开头记录的"元丰六年十月十二日夜"，当是农历纪年。此时已经进入冬季，那时的柏树与竹子，月色中被苏轼描绘得多么诱人！如果是白昼，冬天的树木该是怎样呢？那时的树木，脱尽了叶子，一枝一桠完全袒露出来，"洞庭波兮木叶下"，呈现的是另一种美丽，也是值得我们留恋与珍视的吧。

我年轻的时候在一家工厂做工人。当时这家工厂正在转产，为此而对原有的厂房进行改建。我那时刚进厂，被分到厂里的建筑队做架子工。架子工就是搭脚手架，准备修建的厂房有多高，脚手架就搭多高。那时，搭架子的材料只有两种，一种是杉篙，再一种是细钢筋——用钢筋把杉篙绑在一起，之后再用钎子把钢筋拧紧。每一根杉篙长三米多，十根杉篙连接起来就有三十米，至少是十层楼的高度了。至于杉篙属于什么树木,当时是想也没有想过的。

九十年代我去四川峨眉旅游,休息的时候,身后是一座茂密的树林,黑压压的,用常见的文学家的表述是,"在里面可以看见星星"。在里面真的可以看到星星吗？我没有进入,也就没有这样的经验。在当时,我首先想到的是,《水浒传》中两个坏公人准备杀害林冲,去沧州途中的一座"猛恶林子","烟笼雾锁",有多少好汉被扑杀在里面。在施公笔下,烟雾把树林笼罩起来,给人的感觉是否就是"黑压压"呢？我想,大概会吧！当然,树木的种类是不一样的,在林冲眼中是松树,在这里是柳杉,笔直而高耸的柳杉,我做架子工时用的杉篙或者取材于它吧！

还是在四川峨眉,见到柳杉不久,又见到了水杉。柳杉的叶子沉重、深绿,如同绿色的尼龙拉链,水杉则轻巧许多,仿佛翠绿的羽毛凌空招展。水杉与柳杉虽然属于同类树种,但二者的命运却迥然不同。有很长一段时间,植物学家认为,由于一万年以前新生代第四季冰川的作用,水杉从地球上消泯了。一九四一年,日本植物学家三木茂在研究红杉化石时,发现了水杉化石。水杉与红杉的区别是,红杉的叶子是互生的,而水杉叶子却是对生的。他判断这种被一般古植物学家认为是红杉的化石,其实是一种新的植物,应该列为一个新属,于是把它定名为"变形红杉"或"亚红杉"——也就是水杉。他却哪里料到,被其定名为亚红杉的树种,同样是在一九四一年，在四川万县的磨刀溪，被中国的植物学家发现了活体呢！从此水杉走出国门，成为著名的绿化树种。

几年以后，在北京，我也见到了水杉。在我住处附近的绿地里，生长着三株水杉，两株靠得近些，另一株远些。开始的时候，三株水杉各自生长，各自展开秀丽的树冠。后来，距离近些的那两株水杉，相向的树枝减缓了生长速度，另一侧的树枝则依然自由生长。又过了一段时间，两株水杉的树冠连在一起，远远望去，好像是一株大树。而另一株，树枝仿佛是用尺子精确测量过似的，围绕树干均匀有序地生长。北京有一句俗话，山好能容四面看，美丽的树，美丽的水杉也是这样吧。很快，这三株水杉的高度超过了其他树木而格外引人注目。峣峣者易折，我担心这些水杉，很快我发现，附近的雪松有一株被大风吹断了头，而水杉却依旧不停地向上奋斗。

秋风宛如清澈的溪水，水杉被一点一点浸透，从翠绿转化为砖红的颜色。不久，砖红色也看不见了，树冠变得光秃秃的，周围的树木也变得光秃秃了。树木不同，树冠的形状也大不一样。银杏的树冠高耸稀疏，只有大枝而几乎没有小枝。山楂则树冠茂密，无论是大枝，还是小枝，都尖耸向上。山楂的小枝很短，好似刮胡须的刀片锐利而坚硬，行走其下，总有一种惊悚之感。

在这些冬天的树木中，有两种树木优雅、瑰丽。一种是梧桐，一种是国槐。梧桐的树冠好像是放大的连香树的心形叶片，淡绿而有斑点的树枝向外伸展，之后再向树干靠拢。每一层树枝都是如此，一层一层，直至树梢为止，勾勒出一个优美的弧度。国槐呢？树冠浑圆茂密，大枝与小枝密集交错。在我居住的附近有两株国槐，树冠也是靠拢在一起，在叶子落尽的时节，犹如硕大的雕镂的沉香木折扇，有谁——能够扇动它？椿树就很怪异，树冠乌黑，无论是大枝还是小枝，都采取不断曲折的姿态而骨感强烈。柳树则依然保持柔顺的形态，有一株被砍去了树冠，从树干的顶部滋生出了三条新枝，每一条树枝又滋生出小树枝。每一条树枝都是纺锤形状的，三个纺锤组合为一个更大的蓬松的纺锤。

相对这些树木，冬天的水杉又是另一种风度，静穆而高雅，尊贵而寂寞。没有了叶子，咖啡色的树冠变得透明清爽起来，仿佛镂花的金字塔。有一天，我路过一座水杉林，黄昏时候的太阳恰好位于树林背后，在落日的映照下，所有的水杉都放射出绯色的光芒。那光芒又纤长又曼妙，努力而幸福着，使我不禁想起苏联诗人曼德尔施塔姆的一首描述杨树的诗：

在淡蓝色的珐琅上
仿佛 四月里的思绪

白杨树枝升起

这里的水杉也是如此吧！在不知不觉间，"黄昏降临／花纹精致而细密"，"仿佛瓷盘上／刻意描绘的图案"。只是，在这里，在我的眼际，不是蓝色珐琅，而是金色珐琅，在金色的珐琅上，水杉将自己所有的美丽都刻画在冬季的天空上了。

背篓里的桃花

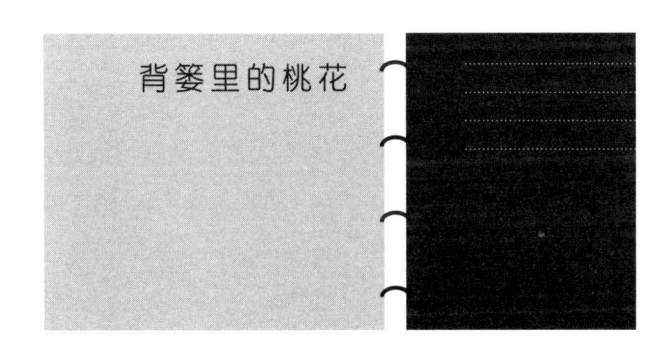

今晨有雾,现在是三月初旬,此时的雾,应该是春雾了。

记得美国诗人桑德堡写过一首关于雾的诗,把雾喻为一只猫,"蹑着猫的细步",一步一步走来。雾和猫有什么关系,桑德堡没有说,我理解或者是形容这雾从远方飘来,像猫那样悄没声地蔓延过来,猫一样"静静地弓着腰,蹲着俯瞰,港湾和城市"。然而,我这里不是港湾,窗外是山与后建小区的楼房,把近山几乎遮住。远山虽然遮不住,但今天的雾,却将它们完全蒙蔽,薄纱一般荡来飘去。

前几天这里还在降雪,只是雪花疏薄,不是冬天而是春天的雪。假如是冬天,那雪应该是厚厚的,棉衣也应该是厚厚的,厚厚的雪与厚厚的棉衣才是冬天模样，厚厚的雪黑压压地堆积在窗棂之上，将玻璃遮暗，闪着白光而坠落纷纷，把门洞衬托得暗冥深邃。天空更加斑驳，雪是皎洁的，诞生它的天空却泛滥着纤细暗淡的灰色光泽,雪落无声呀！"街衢睡了而路灯醒着，泥土睡了而树根醒着""山河睡了而风景醒着，春天睡了而种籽醒着"，"诗魔"洛夫的这四句诗，出自他的哪本诗集，我一时想不起来了。

然而，东风毕竟要从大山的那边猎猎吹来，残雪虽然还没有彻底融化，但已经有些发灰变暗，在它的边缘钻出了几粒暗绿的斑点，那是地锦草的嫩叶。现在还看不到它们的茎,叶子也没有完全展开，等到它的叶子完全舒展，它们便会用绿色的火焰，把那些冰雪的残骸灼融。

今天再路过那里，看到绿斑点增多起来，而且种类也不再单一，出现了积雪草、泥胡菜与诸葛菜的嫩芽。积雪草与地锦草近似，都是那种绿色圆点，诸葛菜则与草莓的叶子相仿，是一种小巧的心脏形状，边缘有微细的圆钝缺口。泥胡菜的叶子则是长长的，匍匐在地面上，叶子也有缺口，宛如镂空花边。泥胡菜虽然出生得晚，却比地锦草长得快，给我的感觉是，仿佛有一只无形的手，在棕色的土地上，用阳光的刻刀精细雕刻。泥胡菜与诸葛菜，都是可以食用的野菜。泥胡菜北京人称苦荬菜，也称剪刀菜、苦榔头。诸葛菜呢？就是二月兰，传说诸葛亮出征时，曾经以它的嫩芽作为充饥食物。再晚些时候，诸葛菜将会绽放浅蓝的花朵，当然现在尚早，那些花朵只能在我的梦乡里依稀摇曳而释放幽微气息。

向晚，我与妻子到小区外散步，落日浑圆而泛射白光，刺激得睁不开眼睛，我们只能侧开脸躲避。而在昨天，时间略晚时的落日则作金黄色，弥散蛋糕一样柔软的光线，随着我们前进的脚步缓缓沉入树林之中。而远山是黛色的，相对冬季已经不那么乌黑，飘散一种轻忽的幽蓝。近山的松树慢慢褪去苍黑的颜色，笼罩在一种梅子的青色光泽里。天空不再是单纯的蓝色，而是分出了若干层次，下面是灰色掺杂蓝色，其上是灰色夹杂红色，呈现一种柔媚的淡紫色，再卜是浅浅的蓝色，慢慢转换为宝石似的奇妙深蓝而滑向夜空。

在一家工厂门口，一株曾经被砍去树冠的柳树，又长出了蓬勃的树冠，如果我没有曾经路过那里，无论如何也想象不到它曾经遭遇过的不幸。现在，它的树冠开始发黄柔软，灰色的叶苞也开始饱满。它已经嗅到春天的气息，而春雨很快就要降临，先是在云端上积蓄力量，慢慢地便会滴落下来，冰冷的、灰色的，在溪涧流淌，发出充满弹性的汩汩絮语。

记得近日读过一位叫蓉娜·莫里茨的诗，那是一位苏联的女诗人，大意是当春天来临，弯曲的桃树在绮窗前盛开怒放时，走来了一位漂泊的诗人。这位诗人是王维，在夜色的静寂中游荡于桃树左右。他手抚面颊细细观赏，眼睛里射出了远离尘世的光，从他吟哦的诗句里，散发出泥土和溪水的芬芳。

  他清澈得像桃树上面的空气一样，

  他又像梦里的征兆具有预见的力量，

  这位年轻而又英俊的诗僧，

  在近旁飘忽吟唱。

  在莫里茨心中，本为唐朝官员的王维不知为何变为诗僧——一位会吟诗的僧人，而此时的莫里茨也突发痴想，认为自己是一个蓝色魅影，进入了王维缥缈的梦境诗乡。读这样的诗，心情是柔软的，难免不真诚地感受春之美好。而此时春雨不再迟疑，因为春雷已在山巅激荡，瞬间爆裂蔚蓝的闪电，从天空的一端扯到另一端。雷声隆隆，火花闪闪，大雨骤至，挥舞篱笆似的银色粗线。亿万株树木张开渴望已久的手臂，欢呼甘霖的洗礼。而圣人开文则在修道院的一间小房子里跪着祈祷，把手伸直，但是房间太小了，只能把手掌伸出窗外。很快雨息风歇，飞来一只乌鸦落在他的手掌上，把他的手掌作为一个平台，在上面筑巢、下蛋。开文感觉到鸟蛋的温暖,发现自己被"连进了永恒的生命之网",一动也不敢动,生怕把鸟蛋滑落坠地。他感动得满心怜悯,僵硬得像一根树枝,"在日晒雨淋下好几个星期",直到小鸟破壳孵出。因为这个故事,开文被尊为圣人,爱尔兰诗人希尼感动不已,感慨地说,不管这个故事是怎样想出来的,假如你就是开文,在掌心里感到乌鸫"那小小的胸,缩进／翅膀的伶俐的头和爪",还有那灰蓝颜色的鸟蛋散发着乌鸫的体温,你会怎样做?这个的故事虽然带有基督教的神秘色彩,却使我想起二〇一九年《中国国家地理》刊登的一帧照片:

一位农民背着一只背篓,坐在台阶上休息。背篓里有一株娇艳的桃树,花枝纷披,饱满地绽放湘妃色花朵。这个农民叫刘敏华,他居住的湖北省宜昌市秭归县郭家坝镇被规划为三峡库区。搬迁时,他把自家门口的桃树小心翼翼地挖出来,装进背篓,背着它离开了故乡。上山、下坡、穿城、进镇,他都背着桃树行走,累了就找地方休息,也依然背着那株粉红的桃树。行走时,他和它就变成了一株移动的、招展花枝的桃树。休憩时,他也依然背着,让桃树紧紧贴在自己的后背,他会感到桃树的清凉体温吗?他当然不会知道开文的故事,但是刘敏华也当然知道自己的故事。如果不把它背走,这株桃树将会永远沉沦于冰冷的碧波之下,背走它,便是背走一个虹彩似的鲜活生命,从而让上苍的清澈光芒娇嫩盛放。此时的刘敏华,用希尼的表述是,他与背后的桃树也已然被"连进生命的永恒之网"。而人在,树在,桃花亦在,东风激越的号角已然吹响,北斗星光的青铜之柄,开始轰然转动,指向东方,指向东方,春天浩瀚妍丽,浩浩荡荡,真的就要来了!

2020.3.13

次第花开

"我书桌下边的抽屉里有一个小信封,信封上标着'星尘'两个字,里面是一些从一颗陨星坠下的地方所收集的尘碎,是一位朋友送我的。有时我也让这些曾白热地在天上流射的物体在指头间溜过,一时仿佛接触到无穷无尽的太空。当我们在注视着艾佛格莱上空的星座慢慢地移动时,我便记起那个小信封里的星尘。"这是艾温·威·蒂尔(Edwin Way Teale)《天上的春》开头的一段文字。

蒂尔是美国自然主义作家,他在一九五一年出版了一部记述美国山川风物的著作,分春夏秋冬四册出版。一九六六年获普利策奖,一九八八年引进我国大陆,印三千册,属于小众读物，但是我极喜欢。《天上的春》便出自他的《春满北国》。

《天上的春》结尾是，春天存在大地上所有的事物里，它是蒲公英的金黄，草间的新绿，是半空的灰色积云，是新翻泥土包蕴水分的气息，是溢满雨水的壕沟，沼泽里的红枫，雏鸟的啁啾和渐次绽放花朵的植物。"天体的运行像个庞大的时辰钟，不迟不早，不停不速，经过千百次的回复，又把春天送到我们的天空、地上和周遭的海面了。"此时，大熊星座处于正北方，北斗之柄指向东方，在我国冰河解冻的北方土地上，腊梅开始细细吐蕊，群山含笑而纤云如梦，百花渐次灿烂地展开笑靥了。

一

读《瓶史》，袁宏道开篇写道，"燕京天气寒冷，南中花木多不至者"，比如桂花、腊梅之类，即便是通过人为之力来到燕京，也就是北京，却"率为巨珰大畹所有"，不发达的穷文人只能寻觅一枝两枝，养在瓶中欣赏。袁宏道说，他曾经看见一户人家用一尊年代久远的铜觚养花，觚上"青翠入骨，砂斑垤起，可谓花之金屋"。这是上等养花的器皿，次一等的是官窑、哥窑、定窑一类瓷器，既滋润又细媚，"皆花神之精舍也"。当然还是古铜之器为好，这些器物深埋土中，"受土气深，用以养花"，很适宜花的生长。当然，陶土做的瓶子也是好器皿，养在那里的花颜色明艳，速开迟谢，甚至可以"就瓶结实"。在瓶中养花，春季应是梅花、海棠，夏季是牡丹、芍药，秋季是桂花与莲、菊，冬天是腊梅。在房中摆花的时候，要有主次之分。以梅花为主的时候，以迎春、瑞香、山茶为辅。海棠为主，以林檎、丁香为辅。石榴为主，以紫薇、大红、千叶、木槿为辅。莲花为主，以山矾、玉簪为辅。腊梅则以水仙为辅。在器物的选择上，腊梅要养在高形状的器物里，水仙则要置放在低矮的池盆中。一室之内，苟香何粉而各擅其胜。

近些年，腊梅一类植物，在北京开始多起来了。不仅是腊梅，还有玉兰、红梅。在我的印象里，过去看玉兰只有颐和园与大觉寺等处，现在居住的小区里都可以见到，只是年龄尚稚，花朵微弱，虽然清新可爱，但却缺少玉堂华贵的气象。我们单位的腊梅，也是近些年栽种的，也属于尚幼的年龄，算不得老梅。花开的那天，年轻的同事给我发来一组照片，金黄的花朵缀满枝丫，似乎可以闻到幽寂的香气。翌日，天空飘舞雪花，同事又发来照片，在白雪的覆盖下，有些花蕊甚至也堆积了雪粒。我当时的感觉是颤栗了一下，北京沍寒，腊梅绽放最早也要到二月，往常已是东风娇软，却哪里料到今年碰上了大雪，但腊梅之美或许正在此时汹涌地呈现出来吧！

在北京，看腊梅有两个地方，一处是香山。去年我与徐路经那里，远远瞥到斑驳的黄色花朵，我怀疑是迎春。然而此时花期尚早，香山又不比城区有热岛效应，怎么会开花？走近端详，原来是腊梅，可惜刚刚冒出嫩黄的蓓蕾，再晚几天该是另一番热闹景象。那里的腊梅也是年龄尚浅，是园林工人近些年才扦插的，枝丫的顶端还留着剪刀的切口。

卧佛寺近年也栽种了不少腊梅，集中在山门与丹陛东侧。我们去的时候，赏花之人颇多，但我们感兴趣的是后边的老梅，找来找去找不到。问天王殿前面两位卖香的工作人员，右手的女同志说，就在天王殿后面。我们又去后面，还是没有找到。再返回询问那个女同志，她有些不耐烦了，说："就在后面，大铁杠子锁着！"为什么要大铁杠子锁着呢？一时想不明白。我们又回到天王殿后面，没有；后面的三世佛殿，还是没有；再向后走到卧佛殿，依旧没有找到。众多的人把点燃的香放到香炉里，间断地闪烁出黄色夹杂赤色的火焰。礼佛的人排着队缓缓挪动，我们无心细看，只是找那株老梅。从殿东到殿西，还是没有找到而简直有些绝望了。绝望中，再绕回到三世佛殿，蓦地看到殿东丹陛下面有一处绿漆围栅，颜色有些发灰了。围栅里伸出几条暗白的枝干，绽出浅土色的花朵，这是那株老梅吗？

我们跳上丹陛，看到佛殿东窗下立着一块黑色大理石碑，填金的说明文字，介绍这株老梅是"相传植于唐代"，并不美丽而花朵纤小，花瓣的末端是曲折的尖齿。读《花境》，腊梅有"磬口""荷花"与"狗英"三种。磬口深黄，虽盛开而"半含"，"若瓶供一枝，香可盈室"，这是最为世人珍贵的品种。荷花是"近似圆瓣者，皆如荷花而微有香"，"狗英亦香，而形色不及"。我们面对的这株唐梅应该是狗英吧！

位于山门东侧的腊梅则是磬口，金色逼人，花蕊深红，有一层蜡的质感，泛射着幽细的光泽。每一粒花都是一颗小小的心，被温暖的爱意萌动而散发郁馥的香气，我觉得是茉莉，徐说是金银花的味道，或者二者兼而有之。山谷诗云"香蜜染成宫样黄"，郑亨仲道"蜜脾融液腊中开"而的确不虚。每一株腊梅下面，至少围拢十几个人，每一个人都认为对方妨碍自己而纷纷将手臂伸长，用手机拍摄自认为是最好的腊梅。我们也加入拍摄队伍，却怎样也找不到满意的角度。徐向他人"偷艺"之后，回来对我说，有人只拍一枝，以天空为背景，化冗杂为单纯。受到这样的启示，我们也选择了几丛花束，以庙宇的月墙作背景，拍出来效果也还不差。

离开卧佛寺的时候，游人开始海潮一般涌来，彼时腊梅周围的手臂应该密如森林吧！庆幸的是，我们来得尚早而避免了"森林"之中的拥挤。如果换位思考，假如我是腊梅，面对如此众多，如此疯狂的膜拜的人流，会产生怎样感受？在如此之多的"粉丝"，也就是"腊粉"的拥趸之下，腊梅们高兴还是不高兴？这当然是庄周式的假设，汝非鱼，安知鱼之乐？汝非我，安知我不知鱼之乐？

还是说袁宏道。北京多风沙而古今如是，"空窗净几之上，每一吹号，飞埃寸余"，室内的桌、几之上，堆满厚厚的尘土，养在瓶里娇艳的花朵也被污染了，需要"经日一沐"。清洗的时候，不可以付之"庸奴猥婢"，理想的状态是，不同的品类的花配上不同品类的人。在《瓶史》里，袁宏道设想：清洗梅花的人应为肥遁山林的隐者；清洗海棠，应是有韵致的雅士；菊花"宜好古而奇者"；至于腊梅，最好是"清瘦僧"——一个清癯的"骨立"僧人。这当然是袁宏道呆坐寒斋里的梦幻玄思，但想想总可以吧。这么一想也就释然，而腊梅呢，卧佛寺的新梅与唐梅，用大铁杠子锁着，那位女工作人员为什么这么说？

二

同事在微信里发来两张玉兰花的照片，一张白色，一张紫色。白色的尚处于花蕾状态，宛如一枚精致的瓷制纺锤。紫色的已然开始绽开，最外层的花瓣向外伸展，花瓣下垂，淡紫的颜色，轻轻地向下流淌而逐渐加深，到了花瓣尖端，便仿佛凝固了一般，紫得有些发黑了。

我询问，这是哪里的玉兰，回复是在单位拍摄的。我们单位在文学馆路，我家附近的玉兰呢？黄昏时，我和妻子去亚运村公园，来到我们熟悉的玉兰下面，丝毫没有开放的意思，只是花蕾比前些天略微粗大，颜色有些发绿了而已。

过了几天，在我居住的小区见到桃花了，是那种常见的山桃花，迟疑于妃红与粉白之间，并没有"桃之夭夭"的灼眼之感。那株桃花的环境十分湫隘，前面是三个黑色的垃圾桶而肮脏不堪。每天向这里倾倒垃圾的人，看到这样美丽的花朵会有什么感想呢？而我路过那里则难免不发生感慨，叹惋这样的花与这样的命，何遇人之不淑也！相对这株桃花，还有一株，在亚运村公园东门南侧，树形舒展优雅，然而花期晚，比这株桃花至少晚二十天。而这时，大多数桃花也已经吐出自己的花朵，红深粉暗，娟秀而清纯。近年，北京街头栽种了不少桃花，时时可以看到它们簪花的身影。宋人有诗，"杏花疏影里，吹笛到天明"，可惜不是桃花，如果是桃花呢？

在北京，如同桃花，玉兰近年也多有栽种。只是身形尚幼，还不能完全打动人心。观赏玉兰，还是得去三个地方，一处是大觉寺，一处是潭柘寺，一处是颐和园的乐善堂。大觉寺的玉兰在四宜堂，有一年，我路过其下，恰好一阵罡风吹过，花朵蓦地纷披，刹那之间，每一片花瓣都奋力张开，犹如飞翔的洁白晶莹的鸽群。这当然只是我的瞬间感受，现在写来已然消减了几分。在美丽面前，文字是苍白孱弱的，彩云易散琉璃脆，柔毫纤纤又有什么办法？

三月初，我和妻子去颐和园，经过乐善堂，那里花苞已经蓬松，有一种毛茸茸的感觉。据说乾隆时期，这里广植玉兰，有"玉香海"之称。沧海依稀如梦，现在仅余两株，一株是白玉兰，一株是紫玉兰，花放之时，游人如织。现在也是游人如织，只是无人在树下驻足。我看了一眼，东侧玉兰的树巅，安卧一只淡灰色的鸟窝，不知是什么鸟在这里筑巢。如果在似锦流年的风娇日丽时节，这个鸟窝会焕发怎样一种旖旎华丽的气象呢？可惜我来得尚早，如有机会，迟些天还应再到这里访问。

昨天，我去单位授课，因为去得早，在教学楼前面的林地徘徊。这儿也是嫣红姹紫，粉黛不一。忽然看到几株开满绯色花朵的树，我以为是桃花，随意走过去，却看到树枝上悬挂着蓝色的铁牌，写有这样的白色字迹："人面桃花梅花"，原来是梅花呀！这真叫我大为惊诧。在我的印象里，北京只有腊梅，淡黄而细碎，有一层滑腻的蜡质，却不知道还有这样梅花的种类。不仅是这样，在我流连的林地，梅花的种类颇多，检阅树上的说明牌，还有"美人梅花""垂梅花""燕杏梅花""丰厚梅花""淡丰厚梅花""复瓣跳枝梅花"。"美人梅花"是娇红色的，其他几种都是皎洁如玉，花萼浅绛的娇嫩模样。记得早年读《红楼梦》，对大观园里的红梅印象十分深邃。当时读过一些红学文章，有些研究者主张大观园应该位于江南，理由之一就是梅花。他们认为，北地苦寒，不宜左家娇女，现在看来未免失之偏颇了。然而，那些梅花，曹雪芹腕底的红梅飘逝到哪里去了，大观园里漂亮的男孩子与女孩子消遁到哪里去了，真的被历史的埃尘遮蔽了吗？

　　天气渐次温暖起来，亚运村附近的玉兰也渐次开放，晶莹雪白，艳丽绀紫，还有一种介于二者之间的二乔。当然，看二乔，还是得去潭柘寺，那样一株大树，脂粉琳琅，明霞灿锦，把四月的娇娆，缓缓地聚为绚丽的焦点。当然，这样的绚丽只有玉兰自己知道，旁人如何可以分享？据说，潭柘寺每年都要举办玉兰花节，有一年玉兰突然将花期提前，使得举办方措手不及，很是狼狈了一番。花自有花的道理，我们何必强作解人。

　　当然没有必要。每一种植物，每一株树，都有自己的定力与花开时间。近日，海棠也已经盛放，嫩叶尖新掩映胭脂一样颜色的花朵，盛开与含苞待放的，红娇粉艳，搅得人心旌摇摇。晏殊有词，东风又作无情计，艳粉娇红吹满地。现在是东风尚未吹起而春光袅袅香雾空蒙,是海棠们最幸福的时光,"故烧高烛照红妆"。红妆也就是盛装,芳菲女子的盛装打扮该有多么妩媚!就这样,周围的花朵次第绽放了。只是那株桃花,亚运村公园东门的那株,依旧保持一种对春风的冷漠。然而,尽管冷漠,也毕竟放射出深赤的花芽。今天晚间路过那里,夜空蔚蓝苍茫,一树花蕾仿佛旋转的瑰丽星云。

第五章　乌　鸦

牛吃的是迎风草，因为牛只有下齿，风把草尖吹过来，它的舌头一顶，就把草吃到了。马吃的是顺风草，马有上下齿，顺着风就吃到了。把一群马和牛赶到草原上，吃草的方向不一样，牛吃迎风草，马吃顺风草，牛与马逆向而行，越走越远，自然分为对立的两个群落，因此叫风马牛不相及。

带囚笼的歌者

许多年以前了,我住的小区,进入秋季不久,时常可看到一位老汉,推着自行车贩卖蝈蝈。自行车是那种老式的,有很宽的后架子,两根木棍插在后架子里,上面悬挂着上百个小笼子,仿佛一座高耸、喧闹、绚烂的山。小笼子很精致,娇黄的秫秸皮纵横交错,编出许多精致的窗口,看着就惹人喜爱。每一只蝈蝈都拥有这样一座小房子,我也买了一只,带回家悬挂在阳台的晾衣杆上。

对于蝈蝈,我是不陌生的。蝈蝈是北京的秋虫,没有蝈蝈,北京的秋天就少了些什么而差那么点味道。没有蝈蝈的秋天,北京与外地还有什么区别呢?而北京的蝈蝈也的确叫人喜爱,翠绿的翅膀,翠绿的肚皮,眼睛是碧绿的,触须纤长也是碧绿的。大概是相处时间久了，那只带小房子的蝈蝈对我也熟悉起来，每当我走近的时候，它便把触须伸出来左右摇动，同时将绿色的大脑袋顶在小房子的窗口上，用它那苍绿的圆圆的大眼睛谛视我。我碰碰它的触须，触须倏地缩回去了。有一天，因为下班晚了，刚刚打开阳台门，悬挂在晾衣杆上的蝈蝈笼子突然滑动起来，一点一点，缆车一样滑到我的面前。我大吃一惊，这兄弟原来有这等本事，可以带着它的小房子运动。我赶紧把手中的葱叶塞进它的房子里，而它也毫不客气，一把扯进去，生怕被别人抢走似的。往常可没有这个举动，吃相很斯文，一口一口慢慢咀嚼，仿佛英国的贵族在享受大餐美食。

每当看到蝈蝈享受大餐的样子，有时候难免不生发一些痴想，比如对这小房子的感叹，真是既不大，也不小，恰好可以让它们在里面转身。如果再大些，是不是，对于蝈蝈，更为舒适、宽敞？但是，这样做，小贩自然要增加成本而决不会做的。那么，我是否应该把它从小房子里解放出来？而解放出来的结果会是怎样？或者依旧待在这里等待我的葱叶而坐享其成，或者逃离阳台而寻觅自己的乐土。离开了阳台，这蝈蝈也可能会遇到许多凶险，当然它也会有处理的办法吧。记得读过一则介绍澳大利亚黄翅蚱蜢的文章说，当这种蚱蜢遇到惊扰时，会蓦地跳向高空，进行一次短暂的飞行。在飞行途中将鲜艳的后翅暴露出来，同时发出一种嘀嗒的声响，用以吸引敌人跟踪。当敌人快要接近的时候，黄翅蚱蜢会突然收起翅膀降落到地上，仰视敌人继续向前飞。突然失去目标的敌人，则会依据惯性的原理，沿着斑驳的轨迹跟踪下去，而适为蚱蜢笑。我这只蝈蝈，有这样的本领吗？也许会有吧。蝈蝈、蚱蜢、蟋蟀原本是一类，在昆虫学的谱系里，它们是同纲，同亚纲，而且同目，都属于有翅膀的跳跃者。

秋风渐渐蜕变为冬风，和煦的阳光不再绵长。阳台已经不再适宜蝈蝈居住，友人建议我给这只有翅膀的跳跃者换一套房子，把秋天的别墅换为冬天的温室。直白地说，将透风的笼子，改为带盖的葫芦。将这位仁兄请到葫芦里，再把葫芦放在自己的胸口上，用自己的体温营造适宜蝈蝈的生存环境。这，我是懂的，但是有一点，我做不到。我属于朝九晚五的上班族，如果在上班的时候，我这蝈蝈兄弟因为温度适宜而高兴起来，突然放开歌喉——不，是翅膀，而纵声吟唱，我应该如何向领导解释？而那时手机尚未普及，即便是有手机之人，其传呼之声单调枯燥，只有寥寥数种，不若今之手机可以发出各类声响，甚至"爸爸该起夜了"之类。如果早几年普及，该有多好！如果我是画家，我一定画一幅漫画，我那位兄弟从小房子的窗户里伸出翠绿的翅膀向我招手，兴奋地高喊："嗨！你好。"

当然，时代不同，对蝈蝈与其同类的态度也大不一样。西人《圣经》在有关食物的条例中记载，上帝在晓谕摩西与亚伦时，曾经指点哪些食物可以食用，那些不可食用：走兽之类可以食用的是分蹄、反刍的动物，因为它们洁净，对人的身体无害。牛和羊可以吃，而猪是不可以吃的，因为猪，虽然分蹄但不反刍，属于肮脏的动物。水中的生物，有鳍和鳞的鱼可以吃，无鳍无鳞的不可以吃。飞翔的鸟类，猫头鹰不可以吃。昆虫呢？上帝说，"凡有翅膀用四足爬行的"都是不可以吃的，但是有些"有翅膀用四足爬行的物中，有足有腿，在地上蹦跳的"，"还可以吃。其中有蝗虫、蚂蚱、蟋蟀与其类"。蝈蝈属于有足有腿，在地上蹦跳的，自然可以延伸至上帝的食谱。但还是有人产生疑问，这些可以食用的昆虫，比如蟋蟀，究竟有几条腿？是四条还是六条？从常识角度，前面有四条小腿，用来爬行，后面有两条大腿，用来蹦跳，当然是六条。既然如此，上帝为什么说是"四足爬行物"？是上帝发生了错误，还是蟋蟀把腿长错了呢？然而，无论谁对谁错，均与蝈蝈无关，因为它与蟋蟀虽然属于同类，但毕竟在上帝的食谱之中没有出现，因此也就回避了把腿长错的问题。而且，即便长错了，又有什么关系呢？因为吸引我们的不是它的腿而是它的歌。

  现实是，我这只蝈蝈，它的歌声日渐萧疏，而且对于葱叶之类的美味不再那么感兴趣。无论如何，应该给它寻找个温暖的地方了，这是事关生死的问题。第一步，我将它和它的小房子转移到卫生间，道理是相对其他房间，在暖气还没有来临之前，这里的温度略高。而在晚间，我则点起油汀，将蝈蝈放在附近，这样的温度对于它是合适的，有几次甚至放声高歌，使得我简陋的居室也生动明亮起来。有一天，气温骤降，我将油汀开启到最高挡，担心温度过高"将不利于孺子"，而将蝈蝈和它的小房子摆放得远些。第二天突然发现，这蝈蝈竟然带着它的小房子搬家了，距离油汀近了许多。我怀疑自己的眼睛，这兄弟难道能够背着自己的房子跳跃？真是成精了！但是，想到那只滑行的"缆车"，也就释然。秋天，带着小房子滑行是因为食物；冬季，带着房子跳跃是因为温度，而那房子对于它，不过是，而且真真切切的是一只囚笼。如果我与这个带囚笼的歌者换位，我有这样的脑力与这样的体力吗？一时难以思忖清楚。而现实是，过了几天，这只蝈蝈又做了一次同样的迁徙运动，而且路途更远，距离油汀更近。可惜的是，次日我早起向它问候的时候，发现它已然物化，绿色的大圆眼睛再也不会闪动了。

哦，歌者，你这带着囚笼的歌者。

秋夜里的三枚匕首

小 引

关于蟋蟀，在我的印象中，如果与诗歌相联系，在我国最早的当然是那首劝诫晋僖公的诗。毛诗认为，晋僖公"俭不中礼，故作是诗以闵之"。但是也有不同见解，认为是彼时的士大夫们相互诫勉之诗，大意是"为乐无害，而不已则过甚"。诗共三节，每节以蟋蟀承起，"蟋蟀在堂，岁聿其莫"。天气寒冷了，蟋蟀从室外迁到屋里，时间已是岁末，所谓感物伤时也。后面是这样的诗句："今我不乐，日月其除。无已大康，职思其居。好乐无荒，良士瞿瞿。"这些诗与前面两句构成了

第一节，如果译为新诗，所谓的白话诗，大概是这样：

天气寒冷

蟋蟀躲进了堂屋

已是岁暮，再不

享乐就来不及了

及时行乐吧，朋友

但是要有节制，不可过度

不要为此耽误工作

这是享乐的原则，朋友们千万

牢记啊，牢记

诗人们说，诗是不可以移译的，如同夜晚的梦幻而难以说清。外国诗是这样,古诗也是如此,上面的译诗还会有读者吗？但如果是这样的，泰戈尔笔下，"蟋蟀的唧唧，夜雨的淅沥"，从黑暗中传到我的耳边，"好似我已逝的少年时代沙沙地来到我梦境中"，又会产生怎样的感受？而此时的森林已然换装为红与金色的华丽外衣，秋日的花朵"比新生的草原更甜美"。普希金写道，因为它唤起的感觉强烈而悲伤，"就像分别的痛苦"，"比约会的甜蜜更有力"。那么，蟋蟀呢？普希金说，他就是蟋蟀，一只酷爱自由的蟋蟀。

而鲁迅的蟋蟀则是这样。在我的记忆中，鲁迅有三篇散文谈及蟋蟀，一篇是《从百草园到三味书屋》，描写蟋蟀与油蛉。油蛉是"低唱"，而蟋蟀们是"弹琴"，不是一只而是多只，是一种琴声合奏吧！但是寻觅它们，"翻开断砖来，有时会遇见蜈蚣"。何首乌与木莲藤缠络着，木莲藤有莲房一样的果实，而何首乌蓬松着臃肿的根。

另一篇是《五猖会》。在那里，鲁迅的蟋蟀却产生了另外的意味。看会之前突然被父亲叫住，慢慢地说，"去拿你的书来"。这所谓的书是鲁迅开蒙时所读的《鉴略》，"教我一句一句地读下去。我担着心，一句一句地读下去"。读过之后是背书，"背不出，就不准去看会"。而此时的阳光明朗地投射在西边的墙壁上，"母亲、工人、长妈妈即阿长，都无法营救，只默默地静候着我读熟，而且背出来。在百静中，我似乎头里要伸出许多铁钳，将什么'生于太荒'之流夹住；也听到自己急急诵读的声音发着抖，仿佛深秋的蟋蟀，在夜中鸣叫似的"。深秋的蟋蟀呀，为什么是深秋的蟋蟀呢？

第三篇是《父亲的病》。父亲久病，难以医治，S城的名医请遍了，最后是陈莲河。他的药方上，"总兼有一种特别的丸散和一种奇特的药引"，芦根与经霜三年的甘蔗是从来不用的,"最平常的是'蟋蟀一对',旁注小字道:'要原配,即本在一窠中者。'似乎昆虫也要贞节,续弦或再醮,连做药资格也丧失了。但这差使在我并不为难,走进百草园,十对也容易得,将它们用线一缚,活活地掷入沸汤中完事"。为什么要一对,而且必须是原配,这里潜伏着何种生命的玄机呢?这就使人感到铁链似的沉重,而鲁迅之为鲁迅的原因就在于此,这当然是鲁迅的蟋蟀而与我们山河邈远了。

北京的秋天有两种鸣虫。一种是螽斯,会"虢虢"地叫,以音定名,俗称蝈蝈。还有一种是蟋蟀,发出"曜曜"的叫声,因此叫蛐蛐。

无论是螽斯还是蟋蟀,在《诗经》中都可以寻觅到它们幽秘的身影。在螽斯,是"诜诜兮""薨薨兮"而繁殖旺盛,蟋蟀则是"七月在野""九月在户""十月蟋蟀入我床下"。细嫩的秋风,渐次刚烈,蟋蟀自然要迁徙到温暖之处了。

记得法布尔说过,蟋蟀有两个长处,第一会唱歌,第二会造房子。房子当然是比喻,不过是蟋蟀掘出的一条隧道,最多不过九寸深,"宽度也就像人们的一个手指那样",依据地理形态,或弯曲或垂直,卧室位于最下端的地方,而在入口则肯定会有一片叶子,"把进出的孔道遮在黑暗之中"。蟋蟀进出时决不会触碰它们,而且要把那微斜的门口仔细用"扫帚"打扫干净,这儿就是它们聚会的平台。每当四周宁静的时候,蟋蟀们便聚集于此,"弹奏它们的四弦提琴了"。

如果是栖身在树梢上的绿树蟋呢?自然会省去造房子的麻烦吧!据说,日本著名的专栏作家泉麻人在《东京昆虫物语》中写道,日本的绿树蟋原是中国土著,一八九八年左右,在东京的赤阪、青山一带首度出现。"二十世纪二十年代,绿树蟋的数量增加,但在四十年代又突然消失",原因是"二战"末期美军的B-29轰炸机空袭东京,炸毁了它们栖息的行道树。绿树蟋减少了,美国的白灯蛾却泛滥开来。关于白灯蛾如何飞临日本,在日本有两种说法,一说是在战后,白灯蛾附着在美国的军用物资上进入日本。另一种说法是"在战争中被当作生物武器,从B-29轰炸机上投下来"。这种生于美国北部的白灯蛾,从四十年代后半到五十年代初期,它们的幼虫"以都市为中心,发挥了猛烈的威力","就像食量奇大的美国男子,大口大口地吃光所有植物",弄得日本人大伤脑筋,不得不用杀虫剂扑杀。泉麻人写道:

记得暑假在房子的侧廊吃西瓜时,庭院的角落会飘来杀虫剂的白色烟雾。"美国白灯蛾唷!快关窗户!"母亲一声号令,我们赶紧关上侧廊的玻璃门。没多久,庭院已被一片白蒙蒙的烟雾所笼罩。之后即便喷洒队已离开,那股刺鼻味一时还散不了。

美国的白灯蛾张开翅膀也不过三厘米,在灯蛾中算是很小的一种,然而它的幼虫却是植物的灾难,在它们泛滥的地方常常会看到"腐朽成悲惨网目状的行道树。外形楚楚可怜的白色成虫身影,实在很难让人想象它幼虫时"的狰狞模样。

白色烟雾的杀虫剂喷洒以后,白灯蛾不见了,绿树蟋也随之不见了。六十年代后期,美国的白灯蛾势力衰退,停止了喷洒杀虫剂,同时"从东京西部往奥多摩方向,开始铺设'新青梅街道'。于是,沿着贯穿这条新道的行道树,栖息于青梅山区的绿树蟋逐渐回到东京都市中心。或许它们也跟人一样,是为了躲避美国的攻击(白灯蛾)才逃到山里去的"。

遇到白灯蛾,绿树蟋还有机会逃避,因为它们的栖身之所毕竟是妖娆云端,不若挖洞造屋的普通蟋蟀,会遇到穴蜂那样的阴险杀手。穴蜂小巧秀气,但是内藏毒针,法布尔把它称为匕首。那么,这是怎样的一枚匕首呢?法布尔解释道,这枚毒针首先"十分光滑",与我们平常使用的缝衣针一样。这就与蜜蜂不同。蜜蜂的针带有毛刺,而这些毛刺是倒齿。当蜜蜂受到侵害时,会用这带有倒齿的针,刺进对方的身体,但是过后它想拔出来也不是一件容易的事情,"猛烈的拉拽使它有时能拉回针,有时却把针留在了对手体内"。拉回了针的蜜蜂即使一时保得性命,"针上的倒齿也起了反向的作用,使自己腹部中的内脏遭受到致命的打击,最终难免一命呜呼"。但穴蜂的针光泽滑润,使用起来十分便利,"从敌人身体中拔出也轻松"而运用自如。

据法布尔的观察,穴蜂与蟋蟀在搏击过程中的致命武器便是那枚毒针。虽然蟋蟀的身量大,但却不是穴蜂的对手,"经过一阵猛烈地踢踏、咬啮和缠斗后,蟋蟀终于被打倒,仰面朝天躺在了地上"。这时,穴蜂的毒针开始登场了:

> 穴蜂操起它那像匕首一样的毒针刺向蟋蟀的颈部;拔出来,第二次刺向它胸部前两节的关节上;再拔出来,最后刺向了它的腹部。一、二、三,这三刺一气呵成,瞬间即毕,快得令人无法想象。

至此,法布尔说,屠杀工作已经完成,"我们也清楚地看到了穴蜂是怎样运用它那个小小的武器的了","简言之,就是匕首三刺"。这可怕的匕首!

但是事情并没有结束,蟋蟀也并没有死,只是处于被麻醉的昏迷状态。穴蜂把这只蟋蟀拖进自己的穴内,把它的卵产在蟋蟀体内。被麻醉的蟋蟀可以保存十五天左右,穴蜂的卵孵化为幼虫以后,从第一次到最后一次进餐,吃的都是这蟋蟀的新鲜的肉。吃完最后一口蟋蟀肉,小穴蜂便爬出母亲给它营造的育婴室,进行新一轮的物种循环了。

今年九月，我和妻子在杭州灵隐寺附近的招待所休养，窗子外面是一条沥青小路，路的外侧是西湖龙井茶保护区。由于是近距离，游客的笑语时时传进室内，其亲密程度使人愕然，苏词"墙外行人，墙里佳人笑"便是这样的情景吧。但是，给我感触更多的，还是夜晚秋虫们银河一样绵密、瑰丽的合唱，分明可以辨出"嚁嚁"的蟋蟀的鸣声。江南与北国的蟋蟀，至少它们的歌喉并没有什么区别。一夜雷雨突作，蔚蓝的闪电宛如巨大的树根，从天穹的顶端倏忽伸展下来，窗玻璃"桀桀"作响，仿佛要破碎了。四野皆惊，很快演绎为冰冷的泽国。我担心那些秋虫，更牵系那些蟋蟀，即便是处于高处的华栋丽枋之内，它们也或许沦为悲惨的鱼鳖吧？然而，风停雨歇，很快便冒出了蟋蟀的叫声，"嚁嚁""嚁嚁"，先是短暂、零星、胆怯的一声、两声，继而渐渐密集恣肆，很快便汇集为嘹亮的交响的海洋。然而，也并不每每都是如此，在银汉迢迢月白如绢的深夜，原本甜蜜的歌声有时也会突然噎住，仿佛欢畅的小溪流猛烈地被岩石撞击回去，而突然黑云翻滚，白雨珠跳，"波漂菰米沉云黑，露冷莲房坠粉红"，刹那之间寂无音响了。为什么会这样？真的是黑煞突现，举起三枚亮晃晃的匕首，对准它们亮丽的喉咙？

秋夜皎洁与银似的匕首啊！

2018.9.22

杜 鹃

　　杜鹃是种复杂而有意味的鸟。

　　据说，这种鸟大多有寄巢而生的习惯，将自己的蛋下在别人窝里，让人家把它孵化出来。羽翼丰满以后，非洲的大斑杜鹃，还会把它带走而去认祖归宗。这样的狡猾的杜鹃，在俄罗斯也不乏其类，而且更甚一筹。它们不是把自己的蛋下进一个窝，而是多个窝，一个窝只寄养一个蛋，从而保证最大的存活率。当然，寄生蛋的大小、形状、色泽与别人家窝里的原生蛋要基本类似，否则就要被识破而有扔出之虞。

　　就是这么一种鸟，狡黠而不乏智慧的鸟，被赋予了丰富的人文内涵。

在印度，有一种杜鹃，叫作查度卡杜鹃，这种杜鹃只饮雨水而生，只在雨天歌唱。如果久旱无雨，查度卡杜鹃便大量死亡，不再展现它们美妙的歌喉了。查度卡的杜鹃为什么要采取这种生存方式，我没有研究不得而知。或者那里的杜鹃未必是这样，只不过是，犹如庄周先生推崇的凤鸟那样，非碧梧不栖，非清泉不饮，更多是一种狷介的象征罢了。

去年八月，我的几位学生从外地来京开会，我陪同他们参观位于宫门口的鲁迅博物馆。在老虎尾巴——他们都是第一次来到这里，观看得十分仔细，虽然不过是一床、一桌、一椅而已。桌上摆着一方古砖、一只旧砚和一盏深绿色的玻璃油灯。西面的墙壁悬挂一副对联，上句是"望崦嵫而勿迫"，下句是"恐鹈鴂之先鸣"。"鹈鴂"也写作"鶗鴂"，也就是杜鹃。这种鸟喜欢在暮春鸣唱，因此杜鹃一叫，百花便凋零了。鲁迅先生所集的对联出自《离骚》，一句是"吾令羲和弭节兮，望崦嵫而勿迫"，再句是"恐鹈鴂之先鸣兮，使夫百草为之不芳"。"崦嵫"是传说中的神山，太阳每天回到那里休息，"羲和"是为太阳驾车的御夫。大意是，我命令驾车的羲和降低车速，不要向日落的神山迫近，我真的担心，如果鹈鴂鸣叫起来，众芳便要告别春光了。

看着这副对联，大家都没有说话而各自思忖心事。一年多的月光银河一般，叮叮咚咚地流淌过去了，在渐次模糊的记忆里，今天却蓦然出现了老虎尾巴里面的对联和对联里面的杜鹃。与印度杜鹃的狷介不同,中国的杜鹃展示了更多的家国情怀。在唐诗是"沧海月明""望帝春心",在宋人是更哪堪"鹧鸪声住,杜鹃声切""将军百战身名裂""满座衣冠似雪"。辛弃疾的杜鹃真的是心潮奔涌而悲愤难抑!这样的杜鹃自然是查度卡所不能承受的。

书写鲁迅集句的人叫乔大壮,是鲁迅在北洋政府时期教育部同事。一九二七年,他曾去南昌协助周恩来工作,后来返回北京。一九三五年,被徐悲鸿延聘为中央大学艺术系教授,讲授"印艺"。一九四八年二月,许寿裳被害于台北家中,乔大壮知道了以后哀伤不已,他的悼诗中有这样两句:"门生搔白首,且夕骨成灰。"对此,台静农解释说,他是许寿裳"在京师任教时的学生,故自称门生"。至于"且夕骨成灰"一语,"也不是偶然说的。他在台北古玩铺买了一个琉球烧的陶罐子,颇精美,曾经指着告诉朋友:'这是装我的骨灰的。'这本是一时的戏言,后来才知道,他心中早有了死的阴影"。知道了乔大壮的人生经历,再想想老虎尾巴里面的联语,"望崦嵫而勿迫,恐鹈鴂之先鸣",这样的杜鹃,似乎又不仅仅是上面所述,从而具有了另外质地。

乌 鸦

二十世纪七十年代，我工作的单位在长安街的西南方向，因此经常穿行长安街回家。那时下班后经常开会，当然也有例外。但即便不开会，在冬季，路经长安街时也已是黄昏，飘荡着灰白、冰冷的雾霭，而这时乌鸦，一只、两只，继而一群、两群，从遥远而幽明的天际，仿佛黑色的潮流向长安街涌来，一瞬间把天空染成了乌鸦的颜色。

近年，关于北京的乌鸦再度引起关注。有细心人做过调查，说是北京的乌鸦在傍晚的时候，从北郊一带向南飞，穿过故宫金黄的屋顶以后，便落在长安街两侧绿化带的杨树上。有时一株树上栖有数十只，黑压压的仿佛沉重的心脏，悸动在夜光幽寂的暗影里。

鸟类学家解释，乌鸦白天去北郊垃圾场寻找食物，夜间在长安街两侧的树木上睡眠，所以如此，是城市热岛效应的结果。

是这样吗？我没有调查，也不是鸟类学家，难以发表意见。但有一点我是知道的，在中国古典诗词中，乌鸦往往成为战争中的文学意象。年轻时读汉乐府中的《战城南》，知道了乌鸦吃腐肉，阵亡的士兵无人掩埋，暴露的遗体要被乌鸦吃掉。这样的诗句自然催人泪下："为我谓乌：且为客豪！野死谅不葬，腐肉安能去子逃？"请替我们对乌鸦说："在饱餐之前，悲鸣几声吧！没有人将我们埋葬，我们哪能从你们的口里逃掉呢？"而李白同题的"乌鸢啄人肠，衔飞挂上枯树枝"，描绘的场景虽更为凶残，但震撼心曲的力度却减弱了几分。这自然与乌鸦无关，因为同是乌鸦，在西人的圣典中却是另一种形象。

在《圣经》中，上帝造人，但是不久上帝便后悔了。上帝见这些人终日所思"尽都是恶"，心里很是忧伤，决心将他创造的人，包括昆虫走兽飞鸟统统除掉。只有诺亚是个好人，应该留存，于是命令诺亚用歌斐木造一只方舟。方舟长三百肘，宽五十肘，高三十肘，里外涂抹松香。方舟要留透光的地方，这个地方要高一肘。门要开在方舟的旁边。方舟要分上中下三层，每层要分出若干单间。从肘部到手指尖的长度为一肘，旧约时代一肘约为44.5公分，新约时代一肘约为55.5公分，折中按50公分计算，则方舟大约长

150 米，宽 25 米，高 15 米，是一艘很大的船了。上帝对诺亚说，"我要和你立约"，你和你的妻儿要进入方舟，凡是有血有肉的活物，每样两个，一公一母，你也要带进方舟，"飞鸟各从其类，牲畜各从其类，地上的昆虫各从其类"，都要进入诺亚的方舟以保存性命。

洪水在大地泛滥了四十日，水势浩荡比峣峣的山峰还高出十五肘，所有生命都被淹没了。一百五十天以后，洪水慢慢消退。七月十七日，方舟停靠在亚拉腊山上。十月初一日，山尖露出来了。过了四十天，诺亚打开方舟的窗户，把一只乌鸦放出去，"那乌鸦飞来飞去，却再没有飞回来"。诺亚再放出去一只鸽子，看看水从地上退了没有。但水没有退，鸽子寻觅不到落脚的地方，便飞回方舟，诺亚伸手把鸽子接了回来。七天以后，诺亚又一次把鸽子放出去，晚上鸽子飞回来了，嘴里衔着"一个新拧下来的橄榄叶子"，诺亚就知道，大地上的水退了。又过了七天，诺亚再把鸽子放出去，"鸽子就不再回来了"。

诺亚的方舟停泊的亚拉腊山，今天译为阿拉勒山，位于土耳其与亚美尼亚两国之间。土耳其人声称在那里发现了方舟的遗骸，是真是假，有不同说法。近日观看索契冬奥，也有一种说法，那一带是高加索山脉，也曾经是方舟的所在地。对这些，科学家都斥为虚妄的言论，而我所关心的却是乌鸦，为什么第一次，诺亚要把乌鸦放飞出去查看水势，而不是鸽子或者其他鸟类？既然洪水未退,乌鸦为什么不再飞回方舟,它到哪里觅食呢?这当然属于上帝之谜,而给我们留下了玄想的空间。

关于乌鸦,伊索与拉封丹寓言也有两个说法,智慧的与愚蠢的乌鸦。对于后者我颇持怀疑态度,相信这与乌鸦无关,而是人造的谎言,乌鸦哪儿会这么蠢!我曾经读过一则文章,说是对于核桃等有外壳的坚果,乌鸦的做法是将其从高处抛到公路上,借助行驶中的汽车而将其碾碎,之后啄食里面的果实。而生活在新喀里多尼亚群岛的乌鸦甚至还会使用工具。据英国《科学》杂志刊载亨特博士的研究,这些乌鸦将植物的叶子加工成细长形状,用它将藏匿在树木洞穴的昆虫驱赶出来,然后将其吃掉。对于这样的乌鸦,亨特博士的结论是,乌鸦的"智慧已然达到了石器时代人类的水平"。为什么会是这样?日本的杉田教授曾经解剖过十七只乌鸦的大脑,其平均重量大约是十克,几乎是鸡大脑的三倍,而脑细胞的密度也截然不同。在乌鸦的大脑皮质中,有四至五层的神经纤维,当处理信息的时候,每一层神经纤维都可以分担任务。这样的乌鸦怎能不聪明!

这当然是对乌鸦的科学研究,而我感兴趣的还是文学中的乌鸦意象。施蛰存老先生写过一篇关于乌鸦的散文,说乌鸦的啼声是深沉哀怨的,尤其是在黎明、薄暮或者午夜时啼叫的乌鸦,格外引起人们的厌恶。他说,总有人会记得美国诗人爱仑坡所写的那首有名的《咏鸦诗》吧,"这首诗的好处不是人人都知道是在它的悲哀协韵么?从这匹乌鸦的哀啼,诗人找出 Nevermore 这个字来,便充分地流泻出他的诗意的愁绪。这不是诗人认为鸦啼是很悲哀的明证吗?"何况诗中的背景又正是景色凄寂的冬季寒宵,有一只乌鸦前来造访,以绅士的风度栖息在房门上方"苍白的帕拉斯半身雕像上面",其"眼光与正在做梦的魔鬼眼光一模一样",这样的一只乌鸦,难免不让人感到哥特式的惊悚,岂止是厌恶与哀愁呢?

然而,尽管如此,施蛰存认为,听了鸦啼而浮起悲哀之感,并不是大家都认可的事情。譬如,在上海这种地方,"挟美人薄暮入公园,在林间听不关心的啼鸦,任是它如何的鼓噪",又岂会感到一丝愁绪?当然,如果不是这样的环境,而是在黄昏逐渐点染微云的薄明,归巢的乌鸦"呀——呀"地鸹噪,所谓"天际烟暝鸦凌乱"时,还是多少要引起对故园的思念与些许惆怅吧。当然,这也要因人而异,比如,在清少纳言的笔底便会浮涌出另一种意绪。她在一篇描述四季之美的散文中说,春天是破晓时最好,渐渐发白的山顶,有紫色的云彩微细地横飘在那里;夏天是夜间最好,月色的皎洁不用说了,即便是"许多萤火虫到处飞着,或只有一两只发出荧光点点"也是很有意思的;秋天则是傍晚最好,夕阳西下辉煌地照着,到接近山边的时候,"乌鸦都要归巢去了,三四只一起，两三只一起急匆匆地飞去，这也是很有意思的"；冬天是早晨最好，下雪的时候不必说了，有时虽然没有雪，但大地落满洁白而寒冷的霜，也是蛮有意思的。而在三月三日，这一天，要是阳光和煦，"把开得很好的樱花，长长地折下一枝，插在大花瓶里"，"穿了樱花外衣的人，或是来客，或是弟兄们，坐在花瓶近旁，说着话，实在是有兴趣的事"。而这时，樱花的折枝散发新鲜的清凉气息，与这样的樱花相联，连带着叫人讨厌、恐惧的乌鸦也是美丽的，叫人欢喜了。樱花是美丽的，乌鸦也是如此美丽呀！

银鹊山庄

北京有两种喜鹊,一种是山喜鹊,一种是灰喜鹊。山喜鹊的头、颈、背、尾皆黑,胸部与腹部白色,翅膀的边缘也是雪白的。灰喜鹊颜色发灰,翅膀和尾部的羽毛呈现蓝绿色泽,个头比山喜鹊要小一些。在我居住的亚运村附近,近年喜鹊极多,原本只有一种山喜鹊,后来见到了灰喜鹊,但数量远比山喜鹊少。我不知别人怎样,就我而言,还是喜欢山喜鹊,黑白晶莹,透射出一股逼人的喜气。在中国的习俗里,喜鹊是"喜"文化的象征,如果喜鹊在梅花的丛林里飞舞,便意味是喜上眉梢。喜,是喜鹊;梅,是眉梢,泱泱的喜气已经扑到眉毛上,该是让我们多么欢喜的事情。在传统的工艺品中,这样的图案是经典图案。而且,梅花一定要饱满绽放。喜鹊呢？可以是一只，也可以是多只，如果是十二只，便是月月见喜；如果是三十只，便是天天见喜。如果天空里画的是喜鹊，丛林里奔跑的是獾——一种比狗略小的犬科动物，便意味着"欢天喜地"了。当然，还有另一种表现手法，与喜鹊不同。喜鹊在飞翔过程中，我们难以用眼睛观测到它的翅膀在气流之中的变化，蝴蝶就不同了，因为体量轻微，即使在平稳的气流里，翅膀也是颤栗闪烁，纤巧的身姿上下翻飞，十分灵动美丽。而我们在愉悦的时候，心境也是不稳定的，与蝴蝶的飞翔姿态相近，这样，蝴蝶便成为极好的欢喜的寓意。我曾经在拍卖会上见到一只粉彩梅瓶，画满了蹁跹的蝴蝶。我请管理员把它"请"出来，摩挲着感到一种充塞天地的欢喜，通过指尖向我的心扉奔涌而来。

二〇〇八年夏天，北京举办了夏季奥运会，为此在北顶村兴建作为主会场的鸟巢。我居住于附近，便有了时时谛视的机会。看着鸟巢一天一天钻出地面，仿佛是自己的孩子慢慢长大，那样的心情是慈爱期盼的。一天，围绕鸟巢的蓝色围挡突然打开了，人们欣喜地走进去，看看那里有什么变化。原来的杨树都在，树枝上的鸟巢也还在，架设在浅灰色的枝干上，鸟巢是黑色的，映衬蔚蓝的穹宇，仿佛雕镂出来的那样精细深刻。而那只大鸟巢，还没有完全造好，正处于收尾阶段。两只"鸟巢"并列在一起，怎么看都有一种说不清的情调。后来，鸟巢造好了，怎么看，依我的眼光，更像是北京人养蝈蝈的笼子，与真实的鸟巢相差远矣。至少缺少屋顶，而喜鹊的巢是有屋顶的，可以遮蔽垂落的雨雪，不会被来自上苍的泪滴濡湿。鸟，怎么可以不珍视自己的羽毛呢？

关于喜鹊营巢，我曾经读过一篇文章，分析北京高校里喜鹊巢址的分布情况。作者观察了高校内三百一十八个喜鹊巢，得出结论是，喜鹊营巢时，选择的主要树种是毛白杨、加拿大杨、国槐与洋槐，因为这些树都是高大乔木，可以为喜鹊巢提供十米以上的高度，这自然为喜鹊所喜——可以采取高蹈的态度而远离红尘，至少在休息的时候，少些骚扰吧！

春天是繁殖季节，鸟儿们，包括喜鹊，也要进入繁殖期，要为自己即将出世的宝宝准备 room。雄喜鹊个头大，体力好，负责运输，衔来粗枝，与雌喜鹊一起，在三根树杈上搭好巢的底部，这便是房子的基础了。根据鸟类学者的观察，喜鹊巢的底部大约有二十五公分厚，第一层是基础，由杨树、槐树和柳树的枝条交织叠压；第二层是一个"柳筐"，用垂柳柔嫩的枝梢，盘绕成筐的形状；第三层，是一个"泥碗"，用河泥涂在"柳筐"里，"碗"壁上按满了深深的爪痕，这显然是喜鹊用嘴衔来河泥，一块一块堆积上去，再用脚趾踩踏按平；第四层，也就是最里层了，是宝宝睡眠的床，有棉絮、芦花和鸟的羽绒，是喜鹊自己的羽绒吗？

我原以为喜鹊与乌鸦的巢是一样的,是一个没有盖子的"碗"而已。后来知道了,不是。喜鹊的巢有顶,而且与巢的底部一样,也很结实,有横梁,有支架,枝条紧密,屋顶厚重,宛如一个卵形而有盖的"罐子"。这样的巢,与我家附近没有盖子的"巢"相比,在建筑工程学上,喜鹊,鸟与人,谁的理解更接近事物的本质?至少,对于没有盖子的巢,喜鹊先生肯定不会作为蓝本,先进怎么可以向落后学习呢?

二〇〇七年,我在北京郊区怀柔买了一套房子,周末有时开车去那里居住。高速路两侧是宽阔的绿化带,最多是杨树、柳树和椿树。柳树在我的印象中是旱柳,一种枝条向上挺立的树种。椿树便是臭椿了,也就是庄子在《逍遥游》中所说的"樗",是一种不堪大用的树种。然而这种树,在降霜的日子里,却可以像魔术师一样把叶子变得赪红。杨树则至少有三种,山杨、毛白杨与加拿大杨。山杨不多,最多的是毛白杨与加拿大杨。这三种杨树,前两种,山杨与毛白杨都有光滑白皙的树皮,属于杨树中的白杨派;后一种,树皮黑褐,属于黑杨派而与白杨派无关。无论哪一种,白杨派与非白杨派,都受到喜鹊的追捧。因为,它们高耸壮硕,青翠阔大的树冠足以将它们的小房子隐蔽起来,但那得是夏季——雨水与阳光充足的日子里,而在叶子脱落的冬季,便赫然暴露出来。一般而言,一株树一个巢,但这也不绝对,我曾经看到,在一株高大的加拿大杨上，至少构建了三个喜鹊窝，从上至下，别墅式的，间隔错落，仿佛精致而有味道的小型山庄，喜鹊的巢原来可以这样布置呀！

还是说上面那篇，论述北京高校喜鹊巢址的文章，根据作者观察，喜鹊的巢距以十米为半径，就是说，在十米之内只有一个喜鹊巢。而且，即便在同一个高校，区域（教学区、生活区、绿化区）不同，巢址的数量也不一样，在可以忍受的嘈杂的范围里，食物的来源是决定因素。但这是在高校，在高速公路两侧，那儿的喜鹊，它们的巢有时却相距很近。巢的数量可以用树的数量计算，有一株树就有一个巢，树木像散兵线一样站立，喜鹊的巢也就像散兵线一样排开，它们是以树之间的距离为半径，接邻而居，何须十米距离？城与乡，生活在不同区域里的族群，二者的区别，在喜鹊的家族里，也被贯彻到底。

去年春节期间，我和妻子去汤河口，沿白河峡谷旅行。天气沍寒，河床还没有解冻，只是在靠近公路的地方，冰层有些灰暗，肌理不那么紧致光滑。在河床大拐弯的地方，生长着一片茂密的森林，树枝纤长柔密，在幽暗崖壁的背景里，泛射出圣洁的白色光芒。我和妻子都很惊喜，是什么树呢？我们停下车仔细辨认，原来是毛白杨。突然想到，在这仙境一样的环境里，会不会有喜鹊，有喜鹊的房子呢？这时候如果有几只喜鹊，从我们头顶掠过，由于山谷里光线的缘故，它们的颜色，黑与白兴许不会那么分明，而呈现出一种朦胧的银色？如果是这样，这样的银鹊与这样银色的森林，它们的巢也应该是银色才好，这样，便可以在它们的栖止之处树立一块蓝色路牌，用白色的粉笔写下"银鹊山庄"四个肥胖大字，同时在上面注明，"非对外开放单位，请勿惊扰，谢绝拜访"，如果是这样，该有多好。

附录：

  喜鹊的巢为直立卵形，大型的高八十厘米，直径六十厘米，一人难以合抱。巢顶的厚度有三十厘米。巢的侧面开一个圆洞，喜鹊便从这个圆洞出入。喜鹊制巢的材料当然是树枝，直径在一公分到两公分左右。这些树枝虽然长短不一，但交错编搭，非常牢固，单独抽出一根都很难。近日在网上读一篇报道，说是天津河东区园林绿化队工人清理树木时，发现了两个直径大约五十厘米的喜鹊巢，竟然是用大量的铁丝制成的。报道还说："令人称奇的是，喜鹊窝拎在手中沉甸甸的，而且使劲抖了几下都没散架。粗略地称了一下重量，发现两个喜鹊窝都超过了十公斤。铁丝编成的喜鹊窝，引来了路人围观，人们一边称奇，一边戏称其酷似奥运场馆'鸟巢'。"

  据说，在日本东京有一种色彩鲜艳的巢，是用衣架编制的，但那是乌鸦窝,与喜鹊无关。这些巢,铁丝的与彩色的,对乌鸦与喜鹊自然是一种无奈的被动选择,我们难道不应该给它们一些主动的选择机会吗?

秧 鸡

二〇一七年,我和妻子去澳新旅游。在澳大利亚看到垃圾鸟与秧鸡,在新西兰看到了羊驼,一种很萌的小动物。对我而言,无论是垃圾鸟、秧鸡与羊驼,都是第一次见到,因此观察得格外仔细,而在日记中做了一些功课。近日闲暇翻检旧屐,引起了对那些鸟和动物的思念,于是略作描摹而成为当下这个样子。

日人妹尾河童在一本关于旅行的文图书《素描本》中,记录他去维也纳旅游,看到史提芬大教堂前的观光马车。驾车的辕马走在光滑的石板路上一点也不打滑,感到这里的马蹄铁好像与众不同,于是拜托马夫老爹说:可以让我瞧瞧吗?

那个老爹听到这样的请求，感到滑稽，便笑着说："要求看马脚底的，你可是第一人唷！"于是把马的脚掌翻上来让他看，果然穿着防滑的钉鞋。

妹尾河童极想索要这只钉鞋作旅游纪念品，但是不好意思张口。用他的话说是"虽然好想要，但是不行，要忍耐"。我想，即便是马夫老爹肯给他，估计拉车的辕马也未必答应，毕竟拉车的是它，而不是那个老爹。但无论怎样，妹尾河童想看人家马的脚底，毕竟还可以看到，这样的愿望，或者说是好奇心还是得以满足。而我在澳大利亚与新西兰看到的那些鸟与动物，即使想看它们的脚底也是不可能的。第一，找不到可以诉求的主人；第二，哪一只垃圾鸟，哪一只秧鸡或者羊驼，肯于高抬贵脚，让我们细细观察呢？

一

我们入住在棕榈湾大酒店。这是一家度假村式的酒店，被一条纤细的公路分为两部分，主楼在公路一侧，附楼在公路的另一侧，都是白色的二层楼房。我们住在附楼634房间，窗外是高耸的椰树、棕榈，还有海芋一类植物。原以为这是一处很安静的地方,却没有想到,深夜时突然鸟声大作,把我们吵醒了。鸟声阁阁,短促而密集,仿佛无数只鸟用它们的利喙啄击我们的窗玻璃。在这骤雨一般的背景里,有时蓦然拉起一阵尖利的高音,从而增加了一丝惊悚的波澜。我想推门出去看看,是什么鸟如此高调,徐说,夜色浓重,你即使出去什么也看不见,而且不安全。

第二天早起,窗外一只鸟也没有,昨晚的鸟都飞向哪里了?

根据安排,今天去绿岛。在大堡礁中,绿岛是游人必去的地方,面积不大,前方是大海,右面是雨林。沙滩是贝壳一样灰白的颜色,有出售饮料的冰柜,黑色的遮阳伞与黑色的塑料躺椅,白种人、南亚人(有些是印度人)与中国人在浪花里游泳,赤膊的大人与小朋友在沙滩上漫步。去雨林的路上,我们在一家商店购买了一个白色的珊瑚。售货员是一位年轻女性,来自中国大陆北方。说到故乡,她幽默地说,看看我的肚子——她怀孕了,腹部已然微微隆起。在澳大利亚,珊瑚是管制商品,徐请她开具两张证明,证明这是合法交易,随后又买了两个冰箱贴。走出商店,我突然注意到,商店的外形刻意做成船的形状,灰绿色的船头高耸起来,船舷上悬挂着红白相间的救生圈。

中午,在绿岛一家餐厅吃饭,我们点了面包、生蚝、薯条、黑咖啡与苹果酒。服务员不少是中国人,先是一位年轻的女性,之后又是一位年轻的先生。面包不错,可以嚼出麦粒里阳光的滋味。

薯条尤其好，八分焦，而把土豆的香味播散出来。因为等候观看海底珊瑚的半潜船，而时间尚早，饭后我们在一处绿地休息。一位穿红格短袖衫的年轻人坐在圆桌前面。徐问他可以坐吗？他说可以。坐下以后，徐说，你是地导吗？他很诧异，徐笑着说，你袖口上贴有标志。我看了一眼，在他袖口的折角上，果然有一个小巧的粉色即时贴。徐后来对我说，领队说过，领队在船上，地导在岛上，根据这句话，这个人必然是地导。此人高而微胖，精确说是"壮"，而且皮肤黧黑。我问他家乡，他说是台湾的高山族，怪不得脸容多少有些异样。他多次去大陆参加活动，对杭州印象最好，在北京，常住三元桥一带，对北京的堵车印象深刻。去过南锣、中戏，见过演皇帝的陈建斌。他在一家文化公司工作，做演员推介。他递给我们一张名片，洁白的纸面上印着"星推"两个黑色的楷体字。春节的时候，他说，绿岛是中国人的岛。

说了一会儿话，徐掏出花生米喂一只麻灰颜色的鸟。刚丢出一粒花生米，又来了一只，早来的将花生米吞进去，另一只围拢在徐的脚下转，徐又扔出一粒花生米。待要扔出第三粒时，年轻人阻止她说，不要喂了，不要招惹它们。为什么？他说，这种鸟叫秧鸡，发情时厉害得很，有一次啄了一个小孩子的眼睛。眼下正是秧鸡的发情期。我问他秧鸡的叫声，他模拟了几声，我们昨晚听到的，正是秧鸡。我当时的感受是，在他说出"秧鸡"两个字时，脑海里噌地一闪，升起一阵银色的欢快的焰火。在西方与俄国的小说中，秧鸡是一种常见的鸟类，但在我国的小说，至少在我的阅读经验中则似乎没有，而在民间，关于秧鸡却多见记录。我记得有这样一首歌谣："大田薅秧排对排，一对秧鸡飞出来。秧鸡跟着秧鸡走，小妹跟着阿哥来。"江南稻田多秧鸡，秧鸡之"秧"便应该由此而来。收稻子的时候，秧鸡往往成为农夫的俘获物，这对于秧鸡而言，当然是不幸的事情。

据说，秧鸡的味道不错，因此不仅农夫喜欢，也往往沦为猎人枪口下的牺牲品。当然也不都是这样。契诃夫写过一个颇长的短篇小说《农民》，揭示沙俄时代农村的窳败、农民的穷困与愚昧。一个丧失了丈夫的妻子离开农村去城里寻找出路。小说的结尾是，路旁的树丛中，云雀不停地婉转啼唱，远处的山沟里，鹌鹑的呼叫声此起彼伏，"倏地，一只秧鸡发出断断续续急促的啼叫，仿佛有人往石板上丢出一个铁环一样"。对于秧鸡的叫声，契诃夫的描绘真切生动，在这方面，俄国的作家有一种天生的基因，契诃夫是其中的圣手。在他的腕底，即便随意涂抹的文字也使人难忘。我记得《契诃夫手记》中有这样一句："她脸上的皮肤不够用，睁眼的时候必须把嘴闭上；张嘴的时候必须把眼睛闭上。"这是一个什么样的女人呢？

还是说秧鸡。去绿岛沙滩的路上，我们也遇到了它们。徐对我说，在那里，她就喂过秧鸡，也是花生米。有一只秧鸡十分强悍的样子，很快吞下一粒花生米，别的秧鸡看着它，想吃花生米，又不敢过来。徐特意把一粒花生米丢给一个身形幼小的秧鸡，强悍的赶过来，已经被那只吃掉了。这秧鸡颇有些恼怒，怒目而视，徐有些害怕。这当然，徐说只是自己的感受，秧鸡未必是这样。徐害怕小动物。二〇一五年，我们去俄罗斯旅游，在彼得堡的森林里喂一只松鼠。那松鼠敏捷地从树上爬下来，站在道路中央，站起来看着我们。徐掏出——也是花生米抛过去，松鼠吃了又追过来，徐赶紧把一把花生米扔出去，躲开了那只松鼠。

如果是猎人呢？当然，我从来没有见过以松鼠为猎物的记载，不像是秧鸡被写进屠格涅夫的短篇小说《美人梅齐河的卡西央》，后来收进《猎人笔记》中。小说的主角是"我"，另一个是卡西央。"我"是猎人，卡西央是农夫。走了很长时间，没有遇到任何鸟——都飞向哪里了？在远处，靠近树林的地方，只有斧头在"钝重地响着"，"一棵葱茏的树木好像鞠躬一般伸展手臂，庄严地、徐徐倒下来"。失望之际，广阔的生着苦艾的橡树丛中突然飞出一只鸟，而那鸟，恰是秧鸡。"我打了一枪；它在空中翻了个身"，"便石头一般掉下来。卡西央走到秧鸡落下的地方，俯身在洒着血迹的草丛，愤怒地质问：'你为什么打死这只鸟？'""我"有些吃惊地说，秧鸡是野味，可以吃嘛！"你自己不是也吃鹅或鸡之类的东西吗？"

卡西央反驳道，"那些东西是上帝规定给人吃的，可是秧鸡是树林里的野鸟"，不仅是秧鸡，还有许多，所有树林里的生物、田野和河里的生物、沼地里和草地上的——杀死它们都是罪过。人类吃的东西是有规定的，"人另外有吃的东西和喝的东西：面包——上帝的恩惠——和天降下来的水，还有祖先传下来的家畜"。

俄罗斯人信奉东正教，而东正教是基督教的分支，认为人是大地与海洋的管理者，哪些可以吃，哪些不可以吃，上帝是有规定的，超过这个规定便是犯罪。而鱼是可以吃的，因为鱼不会说话，它身体里的血不是活物。"血是神圣的东西！血不能见到天上的太阳，血要回避光明……把血暴露在光天化日之下，是极大的罪恶和恐怖"。卡西央的这些话正是这种教义的反映。但教义是教义，现实是现实，圣像面前魔鬼多，何况人又不是圣徒！

还是在绿岛餐厅，我们也见到了秧鸡。有一只在餐桌之间穿梭，踮起脚，伸长脖子瞄着餐桌上的食品。没有人给它食物，逡巡了一会，有一桌客人吃完饭起身离开，秧鸡倏地跳上去，啄食桌上的残迹。似乎也并没有什么可以吃的，于是很快跳下来，继续在餐桌之间踱来踱去。秧鸡是沼泽中的鸟类，个头比母鸡小，拙于飞翔而善于奔跑，脸颊有红或白色的线条。澳大利亚是海洋国家，因此秧鸡很多。记得近年看到关于澳大利亚女作家阿特伍德的小说《秧鸡与羚羊》的介绍，大意是说，在二十世纪下半叶，人类遭到毁灭性打击，人都死光了，只剩下一个叫"雪人"的人，只有他是真实的人类，余者皆为"秧鸡人"，而"秧鸡人"是用生物技术制造的人，没有任何缺陷而完美无缺。小说的宗旨是警醒人类不要滥用生物技术，是一个现代版的创世记故事。我当时很奇怪，为什么要将秧鸡与人类嫁接，现在明白了，在这里人与秧鸡原来是这样一种关系！

离开绿岛，在邮轮上，我见到那个高山族的导游坐在后排，很高兴地和同排的年轻人说笑。看到他们欢乐的模样，我也很高兴。我猜测他们可能是同行。我告诉徐，徐回头看看，也很高兴。下船的时候，他从我们身边经过，我向他打招呼，他踟蹰了一下，似乎在搜索，便向我们笑笑。他在脑海里搜索什么呢？是刚才关于秧鸡的谈话吗？可能是也可能不是。在斑驳的落日余晖里，一只秧鸡在闪烁地奔跑。

哦，秧鸡！

二

中午去鱼市场。

鱼市场位于悉尼边缘，是当地海鲜产品的集散地，也是游客观光与就餐之处。市场很大,也很拥挤,通道两侧是硕大的玻璃缸,各种鱼类游来游去,展示在游客面前。

我们点了一只红色龙虾、三枚甜虾和三个生蚝。龙虾两吃,后部冷吃,前部熟吃。陪同我们的导游说,新鲜的海产品,一是脆,一是甜。我们果然吃出了这两种感觉。

就餐的地方在鱼市场外部,栏杆外面是港湾,海浪慵懒波动,雪白的海鸥贴着栏杆飞。地面上也有海鸟,在餐桌之间安静地走来走去。白色的羽毛,但是黑嘴、黑脑袋、黑脖子、黑尾羽,腿和脚也是黑色的。问导游说是白鹮,俗称垃圾鸟。眼看着一只垃圾鸟跳上一张空餐桌,啄食上面的残余食品。它的嘴尖而长,弯弯的宛如一把镰刀。突然,坐在我前面的食客站起来,准备离开餐桌取东西,就在这时,餐桌上空"呼"地掠过一道白光,人们不禁发出仓促的惊呼,原来是一只海鸥俯冲过来,要叼走餐桌上的鱼。那个食客急忙回身,用双手捂住。人们关切地问,叼走了吗?他说没有,大家也就默然。徐坐在我的对面,没有看到背后情景,听到惊呼,问我发生了什么事,我告诉她,一只海鸥在与一个天津人争夺一条香喷喷的鱼。

那也是一名中国游客,在澳大利亚,中国的游客也真多,鱼市场就是缩影,稍不留神,眼睛看眼睛的都是中国人。海鸥呢?却似乎不是。在我的印象中,在中国,海鸥不是这种蛮横的强盗样子,而是作为一种哲学象征。最著名的当然是《列子》讲的那个故事，"海上之人有好鸥鸟者"，一个小孩子"每旦之海上，从鸥鸟游"，与海鸥嬉戏。然而，好事难以长久，小孩子的父亲说，既然你与海鸥的关系这样亲密，那么你捉两只来也让我玩玩。第二天，小孩子来到海边，准备捉几只海鸥，但海鸥看透了他的心思，不再和他亲近而哄然散逸，用《列子》的表述是"明日之海上，鸥鸟舞而不下也"，只是在他的头顶盘旋，不再和他亲昵了。这当然是中国故事，在澳大利亚，比如今天这里的鱼市场，则没有这样复杂。不过是人要吃鱼，海鸥也要吃鱼，海里捉不来，就到餐桌上抢，这样一种简单的自然法则而没有更多文化含量。

当然这样的法则，对垃圾鸟则不是，它没有这样的胆魄，温婉而言，或者说不喜欢这样做，只是睁大眼睛，小心且耐心地待食客走后，跳到餐桌上啄食遗洒的残屑。更多则是在垃圾桶附近蹀躞，捡食人们丢弃的食物，这就使人感到难堪。它们本是滨水的鸟类，以捕鱼为生，应该是"出没风波里"的渔夫模样，在这里，怎么会堕落为肮脏的城市流浪汉呢？如果是在埃及，在埃及的古代，这种鸟是被尊为神鸟，称为圣鹮的。在埃及古王国晚期的《金字塔铭文》中，讲述了一个法老的故事，祝愿他在前往永生之地的时候，"化作一只圣鹮而超越千难万险"。在云端的黄金帐幔内，那个法老如果听到曾经的圣鹮，如今沦落为与垃圾为伍的"脏"鸟，会升起怎样感喟的思绪呢？

在燠热的阳光中，海风如缕，习习吹过。一只小船慢慢驶来，靠上码头，下来几个工人把货物从船舱里搬出来。因为距离远，看不清是什么货物，只能看清包装盒子是暗白色的，里面是刚刚捞上来的龙虾吗？工人们穿着白色的工作服，有一位是橘红的颜色，光斑似的在码头闪动。突然想起阿尔勒，想起曾经的梵高在那里作画，浪花翻卷，溅湿了他的画架。而身后是肥沃的谷地，万千条淡紫色的犁沟伸向天边。群山巍峨，云层壮丽。为什么在鱼市场突然想到梵高，实在是说不清。有一只类似鸬鹚的大鸟游过来，而在它的附近，有一艘深绿色的轮船浮在那里一动不动。更多的船聚集在对岸，降下帆的桅杆裸露在水面上，宛如茂密的森林。而另一侧的堤岸上，有一座双孔小桥，后面是一座生锈的类于堤坝的建筑，究竟是什么建筑，同样由于距离远而看不清。能够看清的只是海鸥，仿佛灿烂的雪花，在夹杂波浪的海风里飘。突然一只俯冲下来，炸弹似的急剧坠落，接近浪尖的瞬间，又蓦然折返蓝天。好像是，在《圣经》中没有提过海鸥，只是反对同性相恋。怪异的是，在上世纪七十年代，一个鸟类学者在一座无名岛上，发现有两只雌性海鸥在爱巢里共同抚养幼鸟。据调查，这个岛有百分之十四的海鸥家庭是由同性恋者组成，鸟类学者把这样的家庭定为"拉拉家庭"。基督教认为，在上帝创造的世界里，不存在同性恋的动物，因此，人类的同性恋也是罪恶而不可以的。然而，不信基督的海鸥飞来了，把上帝的神谕快乐地啄了一个透明的洞。

二〇一五年，我和妻子去瑞典旅行，在接近斯德哥尔摩的时候，司机接到通知说，市中心有游行的人群，许多道路被封闭了，建议他采取回避措施。于是，我们远远下车走到市中心，果然看到一支浩荡的队伍，花、花、绿、绿，有人短裤也有人赤膊，军鼓高击，频呼口号，裹挟着潮水般的兴奋呼啸而来。海鸥呢？并没有加入他们的队伍，也没有在他们的头顶上飞。有诗人说，海鸥是上帝的泳裤，没有海鸥的上帝不敢乱动。那么，被上帝嫌弃的海鸥呢？

附近的餐桌空了，又一只垃圾鸟，瞅个空当，轻轻跳上去，啄取遗落的残渣。我看看它的嘴，因为是弯曲的，啄食的时候，十分笨拙。但这可能只是我的感觉，垃圾鸟肯定不会这样认为。在古埃及的传说中，这弯曲的嘴使人联想皎洁的新月，因此垃圾鸟被尊为月神。据说，垃圾鸟鸡爪一样的脚趾，会在沼泽的土地上留下痕迹，对埃及人也多有启发，从而产生了象形文字，因此垃圾鸟又被尊为文字之神。这样的神，颈项以下是人的身体，颈项以上是垃圾鸟的头。这当然是依稀远古的传说，如果在现实的阳光下面，我们看到这样一个人，黢黑的鸟嘴对接洁白的人体，我们可以接受吗？大多数人，包括我在内，肯定会惊倒，有谁会将它与埃及的神祇联系在一起呢？

在中国，这样的神祇则是仓颉："观鸟迹虫文，始制文字，以代结绳之政。"当然，此人也相貌古怪，有四只眼睛，"天雨粟，鬼夜哭"，能使天象异常、惊悚、诡异的人物，难道可以是普通人的貌相？这自然是可以理解的。然而，现实是，这是在今天，在澳大利亚海滨，鱼翔鸥舞穿过阳光的另一种风景。李太白有诗，"仙人有待乘黄鹤，海客无心随白鸥"，没有丝毫机心。如果面对的是圣鹦——垃圾鸟呢？李，又会是一种怎样心态？这就使我想起了苏子瞻"时夜将半，四顾寂寥"的那样一种高冷，"玄裳缟衣"的那样一只大鸟，横江东来，"戛然长鸣，掠余舟而西也"。飞到什么地方去了？不得而知。这当然是中国的高蹈之鹤，不是海鸥，也不会是垃圾鸟。

那只垃圾鸟，已经跳下餐桌，在餐桌之间走来走去，过了一会便泯然于众，不知走到哪里去了。

三

关于羊驼，没有到新西兰之前，我的知识处于盲区。只听说在中国的网络上，羊驼被"恶搞"为"草泥马"（Grass Mud Horse）。

对这样的污名，如果是羊驼，它们知道了，肯定会抓狂，气得跳上天。

今年五月，我和徐去新西兰旅游，在一家农场见到了这种小动物。农场的名字叫"皇家爱哥顿"。一辆大轮拖拉机牵引一辆笨重的拖车，游客就坐在拖车里。司机是一位白种人与毛利人的混血儿，一位中年女性，身材很小巧，头发黄黄的扎在脑后。导游呢？也是女性，年龄也相仿，却高高胖胖，皮肤黝黑，自称是"华二代"。不是官二代，富二代，也不是星二代，而是第二代华裔，操一口广东普通话，对我们说她的中国名字叫"眯眯笑"。我们被拉到一片有羊驼的草场上，眯眯笑把手伸进一只羊驼的毛里，问我们厚不厚？大家都不说话，只是看那羊驼，沾满了黑色的泥污。在新西兰包括邻国澳大利亚，所有的羊，当然也包括羊驼，都没有固定的宿营地。当地人解释，羊原本是野生动物，没有宿营地的饲养才符合它们的生长环境。因此，干净的不是，脏乎乎的才是真实的，是这样吗？

眯眯笑把她的手伸进一个铁皮桶里，不断掏出黄色的、有小拇指长的饲料棒，分给大家，让我们放在手心里，把手掌伸开，让羊驼舔食。不要害怕，眯眯笑说，羊驼没有下门牙，不会咬你们的手。我张开手掌，走过一只大些的羊驼，舔我手掌里的饲料棒，很快就吃完了。又走过来几只羊驼，笑吟吟地看着我，我张开手表示没有了，但是它们似乎没有看到我的这个动作，而继续走过来，形成一种合围之态，我一时有些紧张。徐在旁边给我照相，却一张也没有照上，她害怕小动物。其实是，无论是她还是我，都不应该怕它们。这些羊驼都很可爱，神态呆萌，天然的毛绒玩具，哪里会有伤人的可能？但我们还是紧张。

在新西兰，城市之外，公路两侧都是翠色连天的牧场。牧场都很辽阔，即便是小牧场也有四十公顷。牧场划分二十六个方格，主人让羊群一天吃一个方格里面的草。照此进行，二十六天之后，再返回到第一个方格，而这时，获得喘息的草已经是苍翠欲滴了。这里的草不是自然生长，而是人工种植的三叶草与黑麦草。三年以后，这些草便枯萎了，需要重新播种。在新西兰，牧场主们饲养绵羊，也饲养牛与羊驼，但绝对不会做山羊的主人。原因是，山羊上下都有门牙，吃草的时候，连草根都吃掉，采取一种竭泽而渔的办法。绵羊，当然包括羊驼，只有上门牙，因此只能吃草叶。牛腿长，因此适宜吃草尖。中国人讥讽老夫少妻是"老牛吃嫩草"，其实是符合牛的吃草规律。还有句古话是"风马牛不相及"，我的一位学生年轻时做过牧民，他的解释是，牛吃的是迎风草，因为牛只有下齿，风把草尖吹过来，它的舌头一顶，就把草吃到了。马吃的是顺风草，马有上下齿，顺着风就吃到了。把一群马和牛赶到草原上，吃草的方向不一样，牛吃迎风草，马吃顺风草，牛与马逆向而行，越走越远，自然分为对立的两个群落，因此叫风马牛不相及。如果牧场里既有牛又有羊（新西兰的牧场主不养马），则先把牛放到方格里，牛吃饱了，再把羊放进去，牛吃草尖，羊吃草叶，各取所需。

新西兰的牧场主就是如此精明，而这应该是有文化传统与遥远的生存基因的。在《圣经》里，迦南的亚伯拉罕是个笃信上帝的人。一天，为了试验他的忠心，上帝呼叫亚伯拉罕，命他把自己的长子以撒杀掉而作为祭品。亚伯拉罕虽然极度痛苦，但依然接受了这个残酷的天命。他带着以撒去摩利亚山，以撒不知道自己就是祭品，问父亲，既然祭祀上帝，为什么没有祭品呢？到了山上，亚伯拉罕把以撒捆绑起来，掏出尖刀准备动手。这时，上帝在天空呼叫他，说你不可以这样做，我知道你对上帝是敬畏的了。而在这时，亚伯拉罕发现一只肥硕的公羊被困在稠密的灌木丛里，于是便杀掉公羊，代替他的儿子供奉给上帝。从此，上帝授命亚伯拉罕为人世间的代理者。亚伯拉罕属于游牧民族，以牧羊为生，自然精通牧羊之道。耶稣说，我是好牧羊人，而好牧羊人为羊舍命——引领羊进入天堂之门。在基督教常见的画像中，上帝的怀里抱着一只羔羊，便是那神谕的表征。而现实是，或者说，这样的神谕与羊驼有什么关系吗？

我们转到拖拉机的另一侧，向眯眯笑又要了一把饲料棒。羊驼围拢过来，我摊开手掌，走来一只羊驼，把嘴唇贴在我的掌心上。

我仔细谛视它的牙，并非没有下门牙，只是牙齿很短，而上门牙很长，二者不成比例，羊驼不咬人的原因就在这里。吃过饲料棒，那只羊驼仍不肯走，笑眯眯地看着我。它的眼睛很清澄，面对这样的眼睛，我觉得我的心突然干净了。这当然只是我的刹那感觉，与羊驼没有任何关系。我同时奇怪，在中国的网民那里，为什么要把这么可爱的小动物列为十大神兽之首？在这样的不公正面前，即便是巴兰的驴也会高声抗议，而反唇相讥吧！《圣经》中不是有如下恶人：加略人犹大、希律王、耶弗他、耶洗别、罗得、加百利、亚比米勒、犹大约兰、该隐、希罗底与希律·安提帕，从羊驼的角度，"恶搞"它的网民应该取代谁的位置呢？

更多的羊驼走过来，把我围在中间，笑微微地看着我，精确说是盯着我的手。我把手掌上的饲料棒伸到一只高个的羊驼面前，它张开嘴舔食。我又俯身喂一只小羊驼，很小的一只羊驼，估计相当于人类的童年，眼神更加清澈、无邪，毛是柔软的淡紫的颜色。徐问我，喂羊驼的时候有什么感觉？我说，可以感到从羊驼嘴里呼出的温热气息。我把饲料棒递给她，她不要，她还是怕。看到她这样，眯眯笑说不要怕，怕什么呢？是的，怕什么呢？

眯眯笑招呼我们回到拖车上，有人问，羊驼是羊还是骆驼。眯眯笑不回答，说你们自己到手机上搜索一下就知道了。当然是骆驼，原本生长在南美的安第斯山脉，属于偶蹄目骆驼科，是一种小型的骆驼，体重只有五六十公斤从而接近羊。牧人说，羊驼胆小，性情温顺，如果你喂它，它一定要等你走开以后才去吃。是这样吗？眯眯笑说，天下事哪有绝对的？我们这儿的羊驼是羊驼里的明星，巴不得你喂呢！你不要以为羊驼脾气好，可以随便欺负它，它也会发脾气。你如果让它不高兴，它也有办法让你难堪，要不像骆驼那样，从鼻孔里喷出粪便，或者向你的脸上吐一口唾液！听眯眯笑这样说，我不禁一愣，同时不由涌起另一个念头，第一个把羊驼污名为"草泥马"的人可要小心了，千万不要来新西兰，不要来"皇家爱哥顿"，弄不好会被羊驼的唾沫淹死。真的要是到了那步田地，聪明的，就读读莫言的打油诗，效仿那样的策略，"好汉不提当年勇""忍把浮名换玉盏"吧！而我在高密雕塑园看的"钢制"的羊驼则肯定不会，因为那是它们的衍生产品，与羊驼无涉。当一扇门为你关闭，万幸的是，上帝说，一定会有一扇窗为你打开。

真的会是这样吗？还是努力敲吧，门终究会打开的！

2018.2.4

青铜峡的猫

时雨纷纷落不停,泥猫睡死于佛经。

——夏目漱石

黄昏时赶到青铜峡,乘船游览。黄河在这里并不宽阔,水波的颜色亦不甚混浊,而反射一种幽微的灰色。在空明柔软的灰色里,水流亦不甚湍急,像是一个温顺的男孩子。

这就是黄河吗?我一时有些懵懂。

船舷的右侧是贺兰山,左侧是牛首山。贺兰山为页岩层积,岩石堆叠而肌理清晰。有些地方的岩石采取一种倾斜姿态,有些则横平竖直，横长于竖，仿佛硕大的城砖。暮色逐渐低沉，开始在贺兰山的褶襞里聚集，太阳的光迹却依旧闪烁，勾勒出山脊的边缘。随着游船的推进，贺兰山变幻着不同颜色，朦胧地在黄与灰之间闪动，更多是灰色的斑块，空虚而不凝重，不像我昨天在西夏王陵看到的贺兰山，灰色夹杂浅银，在淡蓝的闪光里跳跃，那样一种美丽的颜色。贺兰山纯是石山，不生一株树木，古诗中所谓濯濯童山就是这个意思吧。当地人说，南方人看到贺兰山时非常高兴，这样的山他们那里没有。他们那里的山，混杂浓淡的各种绿色，遮蔽了山体的形状与肌理。要看山，或者说欣赏，还是得到这里看贺兰山，看山峦曲线与山体襞褶，山谷的暗影慢慢滑入阳光的银迹。如果是夏日，阳光则雄浑壮丽，光芒万丈地照彻天地，不像是江南的阳光，湿漉漉、温吞吞而羞答答。

　　船舷的左侧是牛首山，相对贺兰山低矮许多，层理混沌不那么鲜明，在夕阳的照耀下泛出一种金属的暗光，是那种紫铜之色。有一句话叫落日熔金，大意是说夕照的光线像黄金一样熔化，制造那种夺目耀眼的感觉，而这里的山却使我产生了另样的感觉，仿佛山体注进了太阳的热力，将原本冰冷的岩石变得温暖起来。

　　船首推着波浪徐缓前进，慢慢地在船的左侧出现了大禹像，也是那种紫铜色，只是相对牛首山焕发明亮的光泽。雕像背后是一组仿汉代的建筑，四坡的屋顶蓝得有些发乌，这里是纪念大禹的文化园，相传大禹曾经在此治水，故而树立了他的雕像，修建了他的纪念馆。纪念馆的左侧是塔林，每一座塔的主体都是覆钵式样，底部是带有折角的方形基座，顶部是细长的塔颈、华盖与塔刹。塔不甚高大，但是数量众多，有一百零八座，依山修建，总计十二行，依据一、三、三、五、五、七、九、十一、十三、十五、十七、十九的奇数，排出一个三角形状的佛塔巨阵。佛教认为，人生有一百零八种烦恼，而为了消除烦恼，特意规定贯珠要一百零八颗，诵经要一百零八遍，击钟呢？也要一百零八响，紧十八，慢十八，不紧不慢又十八。从定更到五更，要击打两遍，总共一百零八响。在这里修建一百零八座佛塔，也应是这个意思吧！

然而，使我不解的是行走江湖的水浒人物，也一定要集合为一百零八位，三十六位天罡星，七十二位地煞星，这样的数字与佛也有什么关系吗？这样的问题一时说不清，那就不说。这么想着，突然看见一只小猫，是一只黑色带有虎皮花纹的幼年的小猫，从一座塔的后面轻轻转过来。陪同我们上岸的导游蹲下抚摸它，这是一个美丽的小姑娘，猫很享受的样子眯上圆圆的黄眼睛，享受她柔腻的指尖滑过脑袋与脊背的绒毛，张开嘴向她"喵喵"叫。导游摸摸口袋，什么东西也没有掏出来，小猫失望地凝视她，依旧"喵喵"叫，我估计这个小猫饿了。导游说，她每次上岸都要带些食物，今天不知什么原因忘记了，很有些歉然的表情。小猫依旧不离开，偎依在她的腿部不肯走，继续仰着脸向她"喵喵"叫。我突然想起挎包里有我预防饥饿而携带的猪肉脯，便摸出一小袋送给导游。导游把包装袋撕开露出一截，送到小猫嘴边，小猫狼吞虎咽地吃起来。

在我的印象里，猫作为宠物是唐时作为贡品从中亚引进的，而日本的猫，据说是奈良时期的遣唐使，为了防止携带的佛经被混进船舱的老鼠啃啮，而随船带进了日本。元稹有一首《江边四十韵》的诗，其中有这样两句，"停潦鱼招獭，空仓鼠敌猫"。鱼和水獭，老鼠和猫，都是天生的冤家，而他居住的地方是"土虚烦穴蚁，柱朽畏藏蛟"，叫人烦恼，并没有对猫的描摹，不若宋人黄庭坚与陆游在吟哦里，袒露出对猫的喜爱与珍惜。黄庭坚家中的老猫故去了，没有了喵星人，吱星人便沸反盈天而跳闹成精，搅得诗人睡不好觉。听说隋主簿家的猫生了几只小猫，便携带礼物前去迎请："夜来鼠辈欺猫死，窥瓮翻盘搅夜眠。闻道狸奴将数子，买鱼穿柳聘衔蝉。"狸奴与衔蝉均是猫的别称。那时猫金贵，到人家要一只小猫，还要准备一些礼物，把小鱼穿在柳条上，所谓"买鱼穿柳"。鱼是"买"来的，要猫咪不能说是"要"，而要说是"聘"——那时的前贤对喵星人该有多尊重！聘请这只小猫到自己家里任职负责消灭老鼠。

陆游对猫也十分喜爱，也留下了不少咏猫之诗，比如：

> 裹盐迎得小狸奴，护尽山房万卷书。
> 惭愧家贫策勋薄，寒无坐毡食无鱼。

如同他的前辈黄庭坚，陆游向旁人讨一只猫咪，也要送些礼物，黄庭坚是鱼，陆游是食用盐。请猫的目的，是为了保护自己的图书免遭鼠害。请来了小猫，陆游又觉得惭愧，惭愧"策勋薄"，薪酬低而又不能为它提供美味与温暖的窝，所谓"寒无坐毡食无鱼"，这就让今天的猫咪羡煞。猫，在古人心目中曾经拥有那么高贵的地位，不像今天，经常可以看到被人丢弃的流浪猫。这只小猫为什么会到这里？我问导游，她摇摇头说不知道。吃了一块猪肉脯，那只小猫似乎依然饥饿，我于是又拿出一块递给导游。导游撕开猪肉脯的包装，再次送到小猫的嘴边，而这时又来了几个游人蹲下来抚摸那只小猫，小猫向后躲避，喉咙里发出威慑性的吼声，它以为这几个女人是来争抢食物的吧？

这是诗人与猫，而佛门弟子与猫又是一种什么关系呢？记得禅宗中有一宗"南泉斩猫"的公案。南泉驻锡的寺庙有两个弟子，一个住在西厢，一个住在东厢，所谓东厢西厢。有一只小猫经常在东西厢房之间活动，两个和尚都喜欢这只猫咪，东厢和尚说是他的，西厢和尚也说是自己的，为此而争执起来，请他们的师傅南泉和尚断决——这只小猫应该归谁所有。南泉对这两个弟子说，你们都说猫是自己的,但是你们得说出理由,谁说出理由便判给谁,不然我就把猫斩了。两个和尚都说不出理由,南泉于是挥刀把猫斩了。赵州和尚——其时在南泉那里学习,晚上回到寺里,南泉告诉了他这件事,赵州听后默默无语,把鞋脱下来,置于自己头顶。看到赵州的这个动作,南泉说,如果当时你在场,小猫就不会被斩了。赵州的举动是批评南泉本末倒置。南泉认为和尚争猫,是因为猫而起了执念,猫是执念的起因,斩掉猫就破掉执念。赵州则认为,猫与和尚无关,和尚的执念在自己内心,斩猫不过是就事论事,并不能解决和尚的占有欲望。这当然只是我的浅显理解,其实是各有所执,只是南泉的做法未免血腥,而赵州的做法则是对这种做法的委婉抗议。修行本是和尚自己的事情,与猫有什么必要搅合在一起呢?这就如同黑猫——当然也可以是其他颜色的猫,在寺庙里行走,在飞翘的琉璃檐角上跳跃,是猫自己的事,在黄脆的古佛经卷上睡觉,同样也是猫自己的事,佛经有什么办法?自然是没有办法的,所谓"斑鸠嫌树斑鸠起,树嫌斑鸠也是斑鸠起",在佛经与猫之间,猫主动,当然如果是夏目漱石的泥猫,那就另当别论。但是,和尚一旦介入,猫就被动了,这就是猫的不幸。然而,幸与不幸,自是禅宗千年公案而一笔糊涂账,但不杀生总是应该的。那只被南泉斩首的猫也实在是不幸,不像眼前这只小猫,至少可以享受小姑娘的美丽呵护。然而,如果到了冻雨纷堕，玉龙千山寂暗，这只猫咪又该怎么办？小姑娘没有回答，而此时的暮色已经遁入暗夜，山峦依稀消隐，黄河依旧安顺，波动的星光开始曲折闪烁，游轮的舷窗装扮淡黄的灯火了。

2019.12.5